Stratís Tsírkas, de son vrai nom Ioannis Hadjiandrea, est né en 1911 au Caire d'une famille grecque. À Alexandrie, il collabore à divers journaux et se lie d'amitié avec le grand poète grec Cavafy, à qui il consacrera plus tard un important essai. Il s'établit à Athènes en 1963 et traduit alors de nombreux écrivains : Stendhal, Pierre-Jean Jouve, Malcom Lowry, Saint-Exupéry, César Pavese, Emmanuel Roblès… Il meurt le 27 janvier 1980.

Sa trilogie romanesque *Cités à la dérive* (*Le Cercle* ; *Ariane* ; *La Chauve-souris*), traduite en plusieurs langues, a reçu en France le prix du Meilleur livre étranger en 1971.

DU MÊME AUTEUR

Cités à la dérive
Seuil, 1971 et 1999
et Points, n° P 695
réédité sous les titres

Cercle
Cités à la dérive I
Points, n° P 5364, 2021

Ariane
Cités à la dérive II
Points, n° P 5365, 2021 (à paraître)

La Chauve-souris
Cités à la dérive III
Points, n° P 5366, 2021 (à paraître)

L'Homme du Nil
Nouvelles
Seuil, 1973 (épuisé)

Printemps perdu
Roman
Seuil, 1982 (épuisé)

Stratís Tsírkas

CITÉS À LA DÉRIVE

Tome 1

LE CERCLE

ROMAN

Traduit du grec
par Catherine Lerouvre
et Chrysa Prokopaki

Présentation
par Catherine Lerouvre

Éditions du Seuil

La première édition de cet ouvrage
a paru dans la collection « Méditerranée »
dirigée par Emmanuel Roblès

TEXTE INTÉGRAL

La version originale de cet ouvrage a été publiée à Athènes,
en trois volumes (1960, 1962, 1965)
aux éditions Kédros sous le titre :
ΑΚΥΒΕΡΝΗΤΕΣ ΠΟΛΙΤΕΙΕΣ

ISBN 978-2-7578- 8998-5

Présentation par Catherine Lerouvre

En grec, le titre de la trilogie de Stratis Tsirkas, inspiré d'un vers de Georges Séféris, peut signifier aussi bien *Cités ingouvernables* que *Cités à la dérive*. Les deux grands thèmes qui s'entrelacent dans l'ouvrage, thème de la fatalité historique, thème du drame politique, illustrent cette ambiguïté.

L'auteur saisit les différentes communautés grecques au moment précis où elles *dérivent* vers leur extinction, alors même qu'explosent les nationalismes au Moyen-Orient. Ces colonies, dont le rayonnement économique et culturel devait être « brisé puis dévié par l'invasion des banquiers de la City, suivis bientôt par les troupes britanniques[1] », se désagrègent lorsque leurs pays d'adoption recouvrent leur indépendance. Qu'il s'agisse des derniers îlots vivotant aux confins de l'ex-empire ottoman ou des colonies marchandes d'Égypte ou du Levant, le drame des déracinés – image de la fatalité historique – revêt partout les mêmes accents douloureux. Rappelons seulement que des 200 000 âmes que comptait la colonie grecque d'Égypte vers 1920, il n'en reste plus que 25 000 à l'heure actuelle.

1. Stratis Tsirkas, *Cavafy et son époque*, Athènes, 1958.

Stratis Tsirkas met en scène des personnages aux prises avec des événements réels, la guerre de 1939-1945 – à une période particulièrement dure, 1942-1944, où tout pouvait basculer en faveur de l'un ou l'autre camp, et où, au-delà de l'écrasement du nazisme, c'était bien la « condition humaine » qui se trouvait tout entière engagée. L'après-guerre, avec ses problèmes que l'on n'en finit pas de résoudre – colonialisme, racisme, dictature – se dessinait en couleurs sombres. En plaçant ses héros à Jérusalem, au Caire, à Alexandrie, Tsirkas a trouvé à la fois la matière vive idéale et le lieu parfait de la tragédie. Allemands et Italiens affrontaient les Alliés dans l'interminable Bataille du Désert tandis que les Russes, acculés au Caucase, réclamaient l'ouverture d'un second front. Cependant, une poignée d'hommes revendiquaient le droit de se battre eux aussi afin que leur pays, une fois la paix revenue, pût vivre en toute justice et liberté. En effet, les principaux personnages de *Cités à la dérive* sont des Grecs : réfugiés, combattants ayant réussi à fuir la Grèce pour reprendre la lutte aux côtés des Alliés, Grecs d'Égypte, de Palestine, de Turquie installés là-bas depuis des générations, mais aussi des militants d'extrême-droite, nostalgiques de la dictature de Métaxas, et des politiciens sans scrupules exploitant les circonstances pour satisfaire leurs ambitions. Mêlés aux Grecs, des agents secrets anglais, américains, français tissent leurs intrigues dans l'ombre tandis que des militants communistes de toutes nationalités, s'ils œuvrent pour la libération de leur pays, ne perdent pas de vue leur idéal et, de leur côté, préparent l'après-guerre. C'est là que se joue le drame politique et que le terme *ingouvernable* prend tout son sens.

Tsirkas n'a cependant pas voulu faire œuvre d'historien ni même apporter une contribution à l'histoire comme simple témoin. Ses héros, de chair et de sang, vivent chacun leur tragédie personnelle au sein de l'épreuve collective. L'auteur interprète la résonance des faits dans leur conscience comme si l'Histoire était déjà écrite par un historien objectif. Mais les événements qui composent la toile de fond du roman sont trop complexes ou trop éloignés dans le temps pour qu'il ne soit pas nécessaire de les rappeler brièvement.

L'importance de la Grèce sur l'échiquier international n'est plus à démontrer : l'ingérence des étrangers dans ce qu'il est convenu d'appeler « les affaires grecques » ne date pas d'aujourd'hui et, sans craindre d'énoncer une contre-vérité, on peut dire que la vie politique en Grèce depuis 1944 – retour du roi, guerre civile, régime réactionnaire, dictature – procède de l'action de l'Intelligence Service au début, de la CIA ensuite, qui ont su y préserver les intérêts impérialistes en s'appuyant sur une classe dirigeante toujours à leur dévotion.

Le 4 août 1936, après neuf ans d'exil et trois ans de règne, Georges II donne tous les pouvoirs à Métaxas qui fait peser sur le pays une sévère dictature : censure, syndicats tenus en tutelle, jeunesse encadrée à la façon des Jeunesses hitlériennes, parti communiste hors-la-loi, arrestations, tortures, déportations. Le ministre de la Sécurité, Maniadakis, a carte blanche et ignore si bien les demi-mesures que des modérés de droite comme Canellopoulos, chef du parti de l'Union nationale, ou des centristes comme Papandréou, sont déportés. Pourtant, en dépit de ses idées fascisantes, Métaxas opte pour le camp des Alliés lorsque, le 28 octobre 1940, l'Italie envoie un ultimatum à la Grèce. C'est alors la campagne d'Albanie au cours de laquelle le peuple grec – qui vient de subir quatre années de dictature et retrouve sa vocation démocratique – se bat victorieusement. Il repousse les Italiens bien au-delà de la frontière albanaise avant de céder devant les Allemands venus prêter main-forte à leurs alliés en avril 1941. Dans Athènes menacée et que le corps expéditionnaire anglais évacue précipitamment, Koryzis (un banquier qui a succédé à Métaxas, mort en janvier) offre sa démission au roi ; elle n'est pas acceptée, il se suicide. Comme aucun homme politique n'est disposé à lui succéder et à assumer la responsabilité du chaos (conséquence de l'impréparation militaire et diplomatique, de la tolérance envers la Cinquième Colonne) et tandis que les généraux négocient l'armistice de leur propre chef, c'est encore un banquier qui devient Premier ministre le 21 avril : Emmanuel Tsoudéros, adversaire de Métaxas et déporté en sursis. Depuis la veille, l'amiral Sakellariou, métaxiste, assume la vice-présidence et le ministère de la Marine. D'ailleurs, tous les anciens collaborateurs de Métaxas conservent leurs portefeuilles : Maniadakis à l'Intérieur et à la Sécurité, Dimitratos au Travail, Nicoloudis à la Propagande et au Tourisme.

Le roi et son gouvernement se replient en Crète où les habitants, désarmés depuis 1938 par Métaxas, opposent aux parachutistes nazis qui attaquent l'île une résistance héroïque mais vaine. Churchill leur ayant refusé l'asile à Chypre, le roi et Tsoudéros se réfugient en Égypte, suivis bientôt, dans un désordre indescriptible, par la plus grande partie de la flotte, quelques centaines de fonctionnaires, des officiers, des soldats, le personnel de la maison du roi et certains métaxistes qui n'avaient eu garde d'oublier leur fortune amassée pendant la dictature. Tandis que la flotte et la marine marchande sont basées à Alexandrie, l'armée de terre se regroupe en Palestine et en Syrie et voit ses rangs grossis par le flot des réfugiés désireux de poursuivre la lutte.

Après plusieurs atermoiements, le gouvernement en exil rétablit par décret le régime constitutionnel afin de marquer son accord idéologique avec les Alliés en ce qui concerne les buts de la guerre. Mais ni les ministères, ni l'entourage du roi, ni les forces armées ne sont épurés des réactionnaires qui préparent ouvertement la restauration d'une monarchie absolue et de l'« ordre du 4 août » pour après la Libération.

Entre-temps, les Allemands, les Italiens, les Bulgares occupent la Grèce, affament la population (300 000 morts de faim pendant l'hiver 41-42), exécutent ou déportent les patriotes. Aux actes spontanés de résistance, succède l'organisation d'un mouvement de masse. Divers groupes syndicalistes et politiques de gauche fondent le Front national de libération (EAM) et créent un centre militaire de résistance, véritable noyau de l'Armée populaire grecque de libération (ELAS) qui se manifestera dès février 1942. L'adhésion massive du peuple grec à ces deux mouvements dont les dirigeants, communistes en majorité, tiennent pour indispensable que la réforme sociale ait lieu dès la Libération, inquiète à la fois les Anglais et le gouvernement du Caire Aussi voit-on naître – avec leur aide et sous leur impulsion – d'autres organisations de résistance destinées à faire pièce à l'ELAS. Citons en particulier l'Armée grecque démocratique nationale (EDES), la Ligue nationale sociale de libération (EKKA). Des agents anglais, tels le major Myers – Eddy dans la clandestinité – assurent le contact entre Londres, Le Caire et la Grèce.

Malgré la censure féroce des Britanniques et du gouvernement en exil, les nouvelles sur la fondation de l'EAM, ses buts, son activité, parviennent au Moyen-Orient. Au sein des forces armées, les communistes et les démocrates s'organisent clandestinement. Après l'Organisation antifasciste de l'armée de terre (ASO) et de la Marine (AON), l'Organisation antifasciste de l'aviation se crée (AOA). Les gens de mer de la marine marchande étaient déjà groupés dans leur syndicat, la Fédération des Organisations de la marine marchande grecque (OENO).

En avril 1942, Canellopoulos (qui avait dirigé, au début de l'occupation, une organisation clandestine de jeunes, de tendance nationaliste), débarque en Égypte avec l'aide des Anglais. Il y donne des conférences où il fait le procès du régime de Métaxas. Lors d'un remaniement ministériel, il remplace l'amiral Sakellariou à la vice-présidence et cumule les trois portefeuilles de la défense : terre, air et mer. Pourtant, Sakellariou, nommé commandant de la flotte, dirige toujours personnellement les communications secrètes avec la Grèce (Tsoudéros, le Premier ministre, n'a même pas accès à toutes les informations parvenant du pays occupé) et opère, en fonction de leurs affinités idéologiques avec lui, le choix des officiers à transporter par sous-marins en Égypte. Pendant ce temps, Canellopoulos fait venir des fonctionnaires, des journalistes et des officiers pleinement dévoués à sa cause personnelle et les place dans des ministères. Sa surenchère patriotique (mais c'est grâce à son insistance auprès des Anglais que la Ire Brigade grecque participe à la bataille d'El-Alamein) lui attire la haine des officiers d'extrême-droite qui rêvent d'une armée de prétoriens tandis que la gauche et le centre libéral le traitent avec méfiance et le combattent.

Les autorités britanniques ne voient pas d'un bon œil la combativité sans cesse accrue et le moral à toute épreuve des deux brigades grecques dont les soldats, de plus en plus politisés, se réfèrent ouvertement aux organisations de la résistance intérieure. Et ce, d'autant plus qu'en mars 1944, l'EAM a procédé à la création d'un « gouvernement de la montagne », le Comité de libération nationale (PEEA), qui s'assigne trois objectifs précis : organisation de la lutte nationale pour la libération, administration des régions libérées par le maquis, maintien de la souveraineté du peuple après la Libération. Dès que la nouvelle parvient en Égypte, un Comité de coordination constitué par les délégués des deux brigades et de la marine, et appuyé par une motion adoptée par la majorité des combattants, demande la dissolution du gouvernement du Caire et la constitution d'un gouvernement d'Union nationale avec la participation des résistants. Ceci déclenche une riposte immédiate des Anglais, soucieux de conserver leur autorité. Ils procèdent au désarmement de certaines unités et prennent des mesures répressives (un an auparavant, déjà, pour briser le moral des soldats des deux brigades, ils leur avaient infligé une marche forcée à travers trois cents kilomètres de désert). Mais, aussitôt, des meetings de protestation ont lieu, auxquels participent aussi bien la communauté grecque que les combattants. Tsoudéros – qui semble acquis aux protestataires – donne sa démission pour la reprendre sous la ferme « pression » de Churchill, cependant que les éléments réactionnaires des Brigades, qui voient là l'occasion de se débarrasser des antifascistes, se mettent à comploter ouvertement. Si ouvertement que ces mêmes antifascistes les prennent de vitesse en arrêtant les officiers métaxistes et en s'emparant du commandement de la Ire Brigade. C'est plus que n'en peuvent supporter les Anglais, appuyés par le gouvernement que Vénizélos avait formé le 13 avril après la démission, définitive cette fois, de Tsoudéros. Les autorités britanniques font encercler la Brigade, coupent l'eau, interdisent tout ravitaillement. Au bout de deux semaines, les Grecs ne s'étant pas rendus, les blindés de Paget leur donnent l'assaut final et les hommes sont internés dans un camp. Les marins mutinés subissent le même sort. Le ministère de la Marine – occupé par des opposants – est pris par les Anglais et les unités navales grecques, attaquées par l'amiral Cunningham – toujours avec l'accord de Vénizélos qui a opéré une volte-face après avoir encouragé les mouvements de protestation – sont obligées de se rendre. Le bombardement des navires avait fait une quinzaine de morts et une trentaine de blessés. En mai 1944, on comptait au moins dix mille combattants grecs internés, sous bonne garde anglaise, dans des camps de concentration en Libye et en Érythrée.

Dans le même temps, les délégués de la résistance intérieure signent, au Liban, avec les émissaires du gouvernement en exil, un accord pour la constitution d'un gouvernement d'union nationale. Bien qu'ils représentent un mouvement armé tout-puissant, ils font d'énormes concessions. Ils désavouent aussi la mutinerie. Les Anglais exploitent la situation à fond : ils distribuent des milliers de tracts reproduisant le texte du désaveu dans les camps où sont détenus les prisonniers. C'est l'effondrement des espoirs de la gauche. Les accords du Liban, et, sur le plan international, les accords de Yalta, aux termes desquels l'Europe fut partagée comme on le sait, sont à l'origine des tourments que connaîtra le pays par la suite. Peu après la libération, en décembre 1944, c'est l'intervention britannique : inquiet de la puissance du mouvement populaire issu de la Résistance (les adhérents de l'EAM s'élevaient à un million environ), Churchill envoie – la guerre n'était pas finie – ses chars à Athènes, où les résistants tiennent sur les barricades pendant trente-trois jours. La répression sauvage qui suit débouche sur la guerre civile (1947-1949) qui verra la victoire de la droite, grâce à l'aide des Américains, successeurs des Anglais dès 1948 en tant que force « protectrice ». Les événements relatés dans le livre sont le prologue du drame dans lequel la Grèce a été plongée et qu'elle continue encore à vivre aujourd'hui.

Tsirkas, dans sa trilogie, ne s'est pas attaché à décrire en soi les événements dont nous venons de donner le schéma. S'il met en lumière les deux grands thèmes annoncés au début de cette préface – fatalité historique, drame politique – autour desquels se nouent des thèmes secondaires et s'articulent les intrigues, il brosse aussi une immense fresque où tous les personnages – fussent-ils épisodiques – s'imposent au lecteur. L'action du roman commence en 1942, alors que Rommel menace Le Caire et Alexandrie, et se termine en mai 1944 avec l'écrasement de la mutinerie au Moyen-Orient. Des soldats et des officiers antifascistes – Manos Simonidis, Garélas, Fanis, Le Minus, Fotéros, pour ne citer qu'eux – sont pris dans un double conflit au moment même où ils ne devraient songer qu'à la guerre : conflit qui les oppose aux réactionnaires et aux Anglais, conflit qui naît de leurs dissensions internes. Le sous-lieutenant Simonidis, dont l'humanisme révolutionnaire se heurte au stalinisme dogmatique incarné par Le Minus, est le personnage principal du roman. Il tente de concilier ses propres contradictions sans trahir la cause qu'il a choisie. L'auteur nous fait participer aux combats de ce groupe, à son action politique, il décrit de façon magistrale la marche forcée à travers le désert et le récit de la mutinerie constitue l'un des sommets du roman. Dans l'Épilogue, espèce de choral final, les survivants se retrouvent à Salonique, cinq ans après la fin de la guerre civile, et évoquent la mémoire de leurs compagnons morts.

Autour de ce groupe, des personnages évoluent, apparaissent plus ou moins fugitivement, mais leurs interventions, même brèves, revêtent une double importance : elles servent en quelque sorte de catalyseur aux héros dont toutes les vérités s'éclairent ; elles permettent aussi une approche différente des événements, si bien que les acteurs et le drame sont doublement cernés. Si Manos Simonidis, tout au long du roman, raconte son histoire à la première personne, d'autres voix se font entendre en contrepoint : celle d'Emmy Bobretzberg qui trompe son angoisse de vivre en se livrant sans retenue à ses obsessions sexuelles, celle d'Anna Feldmann, amoureuse toujours méprisée, celle d'Ariane, femme simple, riche d'humanité et de courage, de Robert Richards qui abandonne sa défroque d'intellectuel décadent pour rallier la Résistance, celle de la tendre Nancy qui découvre, à travers son amour pour Manos, le sens profond de la vie, celle de Paraschos, Grec d'Alexandrie, toujours en porte à faux, tiraillé entre le passé et le présent, et de bien d'autres encore…

Si l'homme en guerre reste le sujet principal, qu'on n'imagine pas, pour autant, que *Cités à la dérive* soit un « livre-de-guerre » : c'est une œuvre foisonnante, composée comme une vaste symphonie avec ses trois « mouvements » – *Le Cercle, Ariane, La Chauve-Souris* –, riche de symboles et dans laquelle, au-delà du récit formel, souvent prémonitoire, il faut savoir lire le plaidoyer passionné que Stratis Tsirkas prononce en faveur de l'Homme et de la Liberté.

Le lecteur – s'il en éprouve çà et là le besoin – pourra se reporter, en fin de volume, à un index des personnages réels évoqués dans le roman, à un autre index des personnages fictifs et à une liste des principaux sigles employés.

Les quelques changements que l'on pourrait repérer dans le texte français par rapport à l'original, destinés à faciliter l'accès au roman, ont été faits avec l'accord de l'auteur.

CITÉS À LA DÉRIVE

Tome 1

LE CERCLE

« Que ma main soit oubliée si jamais je t'oublie
Jérusalem ; que ma langue se colle à mon palais
Si je ne pense pas à toi et ne t'évoque
Même dans la folie de la Joie »

Psaumes

« Jérusalem, cité à la dérive
Jérusalem, cité des réfugiés. »

Georges Séféris
« Stratis Thalassinos à la mer Morte »
juillet 1942

1

Un murmure, une sorte d'euphorie printanière, chuchotante, entrait par la fenêtre avec la brise qui sentait le pin. Et une voix, venue de temps immémoriaux, disait qu'au-dessus du fleuve flottait le parfum d'un lys d'or.

Il y avait des années qu'Emmy n'avait éprouvé cela. Quelle bénédiction ! Il lui semblait que ses articulations, ses nerfs, son âme émergeaient d'eaux lustrales. Le sommeil qui repose et nourrit se retirait et son corps, jeté à plat ventre sur le drap, abordait voluptueusement la plage d'une vie nouvelle.

Une porte d'armoire soupira, la serrure d'une valise claqua.

Le nez d'Emmy reposait sur une tache humide. Il y avait des années aussi que sa salive n'avait coulé pendant son sommeil. Et la taie d'oreiller était de pur lin.

– Bonjour, où sommes-nous, Hans ?

Hans répondit, sur un ton absent, comme si quelque chose le préoccupait, qu'ils se trouvaient à la pension de Frau Rosenthal-Feldmann. Il lui tournait le dos. Mais Emmy n'avait pas envie de bouger.

– Ah bien. Mais où ?

– Je ne te comprends pas, Frau Bobretzberg !

– Allons, Hans, dis-moi ! L'Afrique ou l'Europe ?

– Mais… l'Asie, naturellement.

A présent, il devait être debout devant elle : joues creuses, lunettes à monture d'argent, cheveux gris coupés en brosse. Le type même du Viennois socialiste-chrétien.

– Frau Emmy Bobretzberg, lui dit-il sérieusement, excuse-moi de te le faire remarquer, mais ta posture est indécente. Ce quartier allemand se trouve à Jérusalem. Tu comprends ?

La chemise de nuit d'Emmy – tulle bleu froissé – retroussée presque jusqu'au milieu du dos, découvrait un corps parfait. Une chair ferme et lisse comme de la porcelaine dorée. Ses courbes… Dans le bosquet aux marronniers du Prater, Hans, une nuit d'été, avait risqué son premier geste amoureux. « Je voulais savoir. Il y a des femmes qui ressemblent à une poire. Toi, tu es une pomme… »

Emmy baissa sa chemise, se retourna en écartant du bras ses cheveux cuivrés ; elle se couvrit du drap, de lin aussi, délicatement festonné.

Une lumière verte pénétrait par la petite fenêtre du fond dans la longue chambre blanche. Les murs étaient si épais que l'appui pouvait servir d'étagère. Les poutres, peintes en marron, rejoignaient en oblique la cloison de droite, moins haute. « Le toit, pensa-t-elle. Nous voici de nouveau sous un toit de tuiles. » Dans l'angle, il y avait un guéridon, ou plutôt une planche de hêtre ciré posée sur un trépied de nickel et supportant un accordéon aux touches d'ivoire et d'ébène. Au mur, une gravure de Dürer encadrée de noir. Dans l'autre angle, un fauteuil moderne en cuir : entre deux « huit » parallèles de chrome, le siège, en peau havane fatiguée, se creusait de façon accueillante. Deux chaises de paille aux dossiers hauts et une armoire, de hêtre aussi, aux lignes cubistes, sans glace. Et par terre, sur un tapis en poil de chèvre qui recouvrait tout le plancher, leurs valises ouvertes. Dehors, les oiseaux gazouillaient.

– Quel jour de juin sommes-nous, Hans ?

– Mais… le sept, dimanche sept.

Il n'avait pas encore mis son col dur. Il n'était pas rasé.

– Aujourd'hui, dans un an, il y aura cent ans qu'Hölderlin est mort.

– Je crois que tu te trompes.

– Je me trompe ? Il est mort en 1843, le sept juin à quatre heures du matin. J'ai encore rêvé qu'il me parlait. J'ai dormi si merveilleusement.

Hans sortait avec soin ses chemises de la valise et les rangeait dans un tiroir de l'armoire.

– Moi pas tellement. Et pourtant, après tant de fatigues, j'aurais dû dormir d'une traite. J'ai entendu les trains. Des wagons de marchandises se heurtaient et le bruit se répercutait vingt, trente fois, puis il cessait. Et ça recommençait : la machine sifflait, quelqu'un criait une phrase, le mécanicien lâchait la vapeur… A l'aube, dans mon demi-sommeil, il m'a semblé que j'étais attaché en croix sur les rails.

La panique l'avait de nouveau envahi.

Hier, à la gare, en les accueillant, l'employé de l'hôtel les avait avertis qu'il avait réservé une chambre dans une pension : à l'*Astoria*, les voyageurs dormaient jusque dans les couloirs ; chargé de la grosse malle, il marchait sans hésitation dans l'obscurité tandis qu'eux, trébuchant sur cette terre inconnue, caillouteuse, avançaient à tâtons dans la nuit. Elle avait alors soupiré : « Ah, quelle fraîcheur ! » Bien sûr, c'était l'altitude : sept cents mètres au-dessus de la mer, pour quelqu'un qui avait vécu dans cette infecte cuvette des Pharaons, c'était un grand changement. Pendant tout leur séjour à Alexandrie, elle s'était plainte : « J'ai la nuque raidie, Hans. Ça ne me lâche jamais. » « Tu as peur, mais comment l'avouer ? » lui répondait-il. Et encore : « Quelque part dans la nuque est implanté l'instinct vital. Quand tu entends un bruit derrière toi, que fais-tu ? » Pourtant, ce n'était pas cela. Dès que les sirènes hurlaient, elle se précipitait sur le balcon pour ne pas rater le spectacle alors que Hans cherchait dans le noir le chausse-pied, la serviette… « Ah, quel parfum ! avait-elle dit la veille. Ça sent l'eucalyptus et le pin. » « Et les platanes », avait ajouté en allemand l'homme de l'hôtel. Avec une lampe de poche teintée de bleu, il éclairait maintenant un sentier parmi les arbustes et les amas de pierres. « Nous ne prenons pas de taxi ? » avait demandé Hans. Et l'autre : « Inutile. Deux cents mètres et nous arrivons. » « A deux cents mètres de la gare ? Mais c'est un point stratégique ! » Puis ils avaient entendu de la musique, un hurlement de femme derrière les arbres, interrompu soudain par une rafale de mitraillette. L'homme de l'hôtel s'était arrêté. « Vous avez aussi un cinéma de plein air, dans le quartier. Il est très mondain. » Sa voix dénotait une certaine familiarité.

Emmy se redressa sur le matelas. Devant la fenêtre verdoyait la cime d'un eucalyptus. Les feuilles humides de rosée brillaient.

– Tout m'apparaît comme dans un conte. Quelque chose me dit que le voyage de retour a déjà commencé. Je sens l'Europe. La situation ne peut pas être aussi grave, c'est impossible.

– Ton instinct, Emmy, dit Hans en regardant sévèrement son décolleté. Et c'est pour rien qu'un colonel américain aurait battu Le Caire à ma recherche ? Les Anglais ne veulent pas l'avouer, mais ils ont été contrariés. Il est vrai que les Yankees ne plaisantent pas, tu as vu comme on nous a vite trouvé des places dans le train militaire ? Bien sûr, nous ne pouvions pas exiger un wagon-lit !

– Ce Néo-Zélandais me dévorait des yeux... Mon Dieu, me disais-je, faites que mon visage reste frais... Et toi qui feignais de ne pas comprendre l'anglais. Je n'ai pas voulu te démentir.

– Ce n'est pas l'Europe, ici, Frau Bobretzberg, comprends-le. C'est l'Orient. Quand tu verras la vieille ville et que tu apprendras les haines et les machinations qui déchirent cette cité à la dérive, tu sentiras avec quelle sagesse...

Le Pape ! Ils étaient arrivés au Vatican comme deux bêtes traquées. Leur cœur, un sac crevé, et leur cervelle, rien, un rideau noir. Onze mois durant, ils s'étaient cachés dans un chalet au Tyrol jusqu'à ce qu'ils eussent trouvé le moyen de passer la frontière. Pie XII leur avait accordé dix minutes d'audience, il venait d'être élu. Il écoutait, mâchoires serrées. Dix minutes. Puis il avait prononcé quelques mots en latin : dans les années de grande épreuve à venir, la première vertu chrétienne serait le silence. C'était une phrase comme les thalers de Marie-Thérèse dont on leur disait à l'école qu'ils avaient cours sous toutes les latitudes, à toutes les époques. Et Hans l'avait gobée. Impossible d'être aussi naïf.

– Tout cela me paraît un peu invraisemblable, reprit Emmy. Si les Américains s'inquiètent parce qu'ils voient déjà Rommel entrer à Alexandrie, ils auraient dû nous envoyer en Afrique du Sud ou plus loin encore.

– Mais c'est moi qui l'ai demandé, Emmy ! cria Hans, agacé. Mon poste exige que je me trouve près du front. A Johannesburg ou à Washington, ce serait comme s'ils nous envoyaient en exil, une espèce de sanction.

Son poste ! Le dernier ministre d'Autriche ! La confusion, la panique. Les bottes des nazis sur la Ringstrasse et les marronniers tout verts et le Chancelier qui ignorait, qui ne se rappelait pas quel ministère il lui avait confié, celui de l'Éducation nationale ou celui des Affaires sociales.

– Ici, je peux être utile, dit Hans. Je dirigerai les émissions des Autrichiens libres. Et si ça tourne mal, un taxi et en deux heures nous sommes à l'aérodrome de Lydda. Maintenant que j'ai pris contact avec les Américains, tout sera facilité.

Les marchandages de nouveau, les atermoiements, les humiliations…

A ce moment, en bas, dans la petite rue, on entendit un timbre de bicyclette. Un enfant appelait d'une voix chantante : « *Leben.* » Immédiatement, derrière la porte de leur chambre, une planche craqua. Des pas. Quelqu'un partait, descendait en hâte l'escalier de bois. Hans écarquilla les yeux et remua la tête de façon significative en montrant la porte. Emmy haussa les épaules, indifférente. Le monde magique qui l'avait enveloppée à son réveil s'était évanoui. Elle essaya pourtant de le recréer.

– Je crois avoir trouvé pourquoi j'ai dormi si délicieusement. Il y a trois ans que nous n'avons pas couché sur le même matelas. Depuis Rome. Ces lits à une place de l'exil, je les hais ! Tu m'as tourné le dos toute la nuit, c'est vrai, mais il me suffisait de bouger l'orteil pour te toucher.

Hans l'interrompit :

– Je t'en prie, Emmy, tu dépasses les bornes !

Peu après, on entendit de nouveau des pas ; la planche craqua. Quelqu'un frappa à leur porte.

– Herr Bobretzberg, Excellence !

– C’est Frau Anna, dit Hans à voix basse, couvre-toi. Et plus fort : oui, Frau Feldmann, qu’est-ce qu’il y a ?

– Excusez-moi, Excellence. Si vous voulez prendre votre douche aujourd’hui, il faut descendre tout de suite. Je vais garder la salle de bains pour que personne n’y entre. Je viens juste de laver le carrelage.

– Tout à l’heure, chère madame, je vous remercie. Et à Emmy : tout le confort ! Heureusement qu’on n’a pas besoin de descendre au jardin.

– Mais on est si bien, ici, dit Emmy.

Hans prit son nécessaire de toilette, ses pantoufles et tira une grande serviette de l’armoire. Il ouvrit la porte, s’arrêta un instant :

– Ferme à clé derrière moi, ce sera plus sûr.

– Va, je fermerai, dit Emmy en riant.

Tout de suite, Frau Feldmann frappa de nouveau. « Frau Bobretzberg, bonjour, je peux entrer ? » et sans attendre elle entra. Elle se dirigea droit vers la petite table, prit l’accordéon et le posa sur le rebord de la fenêtre. Une robe de chambre de damas jaune – un tissu royal – la faisait paraître encore plus grande et mince ; ses cheveux, qui encadraient de bouclettes serrées son visage allongé, avaient une couleur indéfinie, mi-carotte, mi-paille ; une frange en rouleau couvrait son front étroit ; vue de dos, en pied, elle évoquait une tête de loup, de face, c’était une coquette mûrissante, insatisfaite.

– Un temps exquis ! Je suis venue pour le petit déjeuner.

Une certaine hésitation, une certaine raideur donnaient à ses gestes quelque chose d’inachevé et de militaire.

– A propos, comment se fait-il que Son Excellence ne prenne même pas une goutte d’eau le matin ? Si c’est par économie, je vous assure qu’il y perd. Les deux œufs à eux seuls me coûtent les cinquante mils que je demande pour le déjeuner complet.

Sous les paupières sans cils, bordées de rouge, ses yeux inquiets – deux grosses billes bleues – qui louchaient légèrement, avaient une expression étrange.

– Ce n'est pas ça, dit Emmy en rougissant. Depuis des années il a l'habitude de prendre son petit déjeuner tard, dehors.

Hans communiait chaque matin. Mais il n'était pas nécessaire de fournir des explications à une personne d'une autre religion. Si elle avait quelque expérience elle comprendrait toute seule.

– Comme il vous plaira, répondit Frau Anna d'un ton cassant. Notez seulement qu'au prix convenu j'ajouterai cinquante mils, c'est-à-dire un petit déjeuner.

Soudain, elle leva les bras, découvrant ses coudes pointus.

– Mon Dieu, mon Dieu ! Comme vous êtes belle ! Quels yeux, quels cheveux, quelle peau !

Emmy rougit de nouveau et remonta davantage le drap sur elle.

– Je vous remercie. J'ai si bien dormi !

– N'est-ce pas ? fit triomphalement Frau Feldmann. Le matelas, vous savez. Je couche ici quand je n'ai pas d'invités. C'est ainsi que je les appelle. « Client » fait vulgaire. Que disions-nous ? Ah, oui ! Le secret du sommeil se trouve dans un bon matelas. Et celui de l'amour, naturellement, si vous permettez. C'est mon pauvre mari qui avait conçu ce matelas. C'est lui qui en a calculé l'épaisseur, la largeur, qui a choisi les fournitures. Avez-vous remarqué que sous les jambes il est plus haut ? Certains mettent quelque chose dessous pour le soulever. Mais il est préférable que la partie inférieure du matelas soit cousue séparément. Tous les meubles que vous voyez ici ont été fabriqués d'après ses dessins. Et quoi encore ? L'argenterie, les services, tout cela vient d'Allemagne. J'ai emporté avec moi ce que j'ai pu ramasser.

Elle avait l'accent rhénan et son débit rapide la faisait un peu bégayer.

– Oh mon Dieu ! J'ai oublié l'heure. Il faut que je m'occupe aussi des autres. Dans un moment, je vous apporterai le petit déjeuner, n'est-ce pas ? Pour la douche, plus tard ; Son Excellence m'a dit que vous n'étiez pas pressée de sortir. Laissez les autres s'en aller. Malheureusement, nous n'avons qu'une salle de bains pour les deux étages.

– Je voudrais prendre un bain chaud... si c'est possible, dit Emmy pour tâter le terrain.

– Nous avons également un chauffe-eau qui marche avec de la tourbe. Cinquante mils le paquet, deux paquets cent mils. Je vous conseille cependant de ne pas entrer directement dans la baignoire. Je la nettoie, je la désinfecte, mais j'ai peur. En bas logent des gens très mélangés. Qui sait quelles maladies ils transportent ? Voici ce que je fais. J'ai un caillebotis que je place au fond de la baignoire, je pose les pieds dessus et j'ouvre la douche. Chaude l'hiver, froide l'été. Je vous mettrai mon caillebotis.

– Je vous remercie, Frau Feldmann. Savez-vous si la cathédrale allemande est loin d'ici ?

– La cathédrale allemande ? fit l'autre comme si on lui parlait de l'accordéon qui se trouvait dans la chambre. Voilà, par la fenêtre... Ah, il est redevenu touffu, cet eucalyptus. La tache rose, derrière les arbres, c'est son toit.

Emmy n'esquissa même pas le geste de se lever. Frau Feldmann s'inclina, la chambre se remplit des reflets dorés de sa robe ; à grands pas, agitant ses boucles et ses mains pour montrer que de nombreuses responsabilités l'accablaient, elle partit avec un petit rire de gorge badin.

Tout de suite, Emmy sauta du lit et ferma à clé ; elle enleva sa chemise de nuit et la laissa tomber sur le tapis. Cette brise parfumée… Pas de glace dans la chambre. Et encore ce pressentiment… Une vie nouvelle, pleine et cependant légère à porter. Elle tira le miroir de son sac. « Quels cheveux, quels yeux, quelle peau ! », avait-elle dit. « Une peau pareille à la crème du Graben Kaffe ! » Elle s'assit sur le fauteuil et se regarda. « Mizzi, Mizzi, c'est toi qui l'as dit. De ta peau à toi. »

Elles se connaissaient depuis l'école, mais elles ne s'étaient liées d'amitié que l'année des fiançailles d'Emmy. Mizzi travaillait chez Bally, le magasin de chaussures en face de leur appartement de la Karl Marxhoff à Heiligenstadt. Le hasard avait voulu qu'elles s'inscrivissent ensemble dans une équipe de basket-ball, rouge, bien sûr. Un samedi soir, au vestiaire, Mizzi caressa son dos nu, enlaidi par quelques boutons d'acné. « Oh la, la, ça gâche tout ! Pourquoi ne fais-tu rien ? » « Que faire ? pommades, traitements, j'ai tout essayé. Le médecin dit que ça passera avec l'âge. » Alors Mizzi eut son rire de cristal : « Pourquoi ne demandes-tu pas son avis à ton secrétaire ? » « Quel rapport ? » répliqua Emmy. Ses compétences à lui étaient autres ! Mizzi la prit par la taille ; les autres filles se mirent à les taquiner. Mais Mizzi la fit asseoir sur un banc. « Laisse-les, elles finiront par s'en aller. » En effet, peu après elles étaient parties en chantant « Sombre dimanche » et en laissant les robinets ouverts et les douches couler. « Dis-moi, reprit-elle, le type au col dur qui vient te chercher, c'est ton fiancé ou pas encore ? Je ne te reproche pas de ne pas me l'avoir présenté, je comprends. La politique nous sépare. Toi, tu es neutre, c'est ton droit. Maïs, dis-moi, quand vous sortez le soir, qu'est-ce que vous faites ? » Emmy lui répondit évasivement. Mizzi abandonna le ton de la plaisanterie et, sans discrétion, avec insistance, chercha à savoir. A la fin, elle apprit tout. Peu de choses, en réalité. Mizzi, alors, se mit à lui donner des explications sur les boutons d'acné, en mêlant la chimie, la biologie et l'hygiène, et sur le rôle des hormones dans la beauté de la peau. Baissant encore la voix, mais d'un ton neutre maintenant et sans pour autant cesser de lui caresser le dos, elle lui indiqua le moyen de ne pas perdre une goutte… Emmy rougit jusqu'aux oreilles. Elle avait terriblement honte et cependant une joie sauvage lui faisait sauter le cœur. Mizzi se leva et passa sous la douche en sifflant. « Sais-tu ce que c'est ? » lui demanda-t-elle. « Bien sûr. *La Flûte enchantée* de Mozart », répondit Emmy, l'autre la regardait avec malice. Soudain, elle comprit et rougit de nouveau. « Oh, Mizzi… » fit-elle déçue, d'un ton de reproche. Mizzi éclata de rire la première. Et puis elles attrapèrent un tel fou rire que la femme de ménage – pince-nez et robe blanche – qu'on appelait Frau Doktor accourut. « Qu'est ce qui se passe, les filles ? Voyons, dites-le moi aussi. » Mizzi, Mizzi…

Hans tournait impatiemment le loquet. « Un instant. » La robe de chambre était pendue dans l'armoire depuis la veille au soir. Aucune comparaison, bien sûr, avec celle, royale, de Frau Feldmann.

– Il faut voir ce qui se passe en bas, dit Hans dégoûté. Une vraie tour de Babel. Quatre familles, une par pièce ! Des enfants, des vieilles, des soldats, des réfugiés. A ce que j'ai compris on loue les chambres séparément. Frau Anna n'en est pas la propriétaire. Imagine-toi : une seule salle de bains pour nous tous et pas de cuisine. La Feldmann a l'air d'être à couteaux tirés avec eux. Elle les traite très grossièrement. Ce n'est pas une question de religion car il y a aussi des Juifs, en bas. Et qu'est-ce que c'est cette histoire de petit déjeuner ? Hier, nous nous sommes mis d'accord pour quatre cents mils la chambre, petit déjeuner compris.

– Quelle importance, Hans, répondit Emmy en enlevant sa robe. C'est si bon marché !… Même pas la moitié de ce qu'on nous demandait au Caire.

– Tu compares le *Shepherd's* à cette Arche de Noé ? Aucun rapport ! Et puis : « Combien de temps comptez-vous rester, Excellence ? » « Mais quelques jours, une semaine au plus. » « Ah seulement ? Herr Andréanou m'a dit que vous resteriez plus d'un mois et, naturellement, je lui ai payé d'avance la commission correspondante. » Naturellement. Dès notre arrivée, nous sommes encore tombés sur des Juifs, voilà ce que je sais. Et qui est cet Herr Andréanou, tu ne me le demandes pas ?

– Je te le demande, Hans.

– Celui qui nous a accueillis à la gare. Le maître d'hôtel de l'*Astoria*. Et notre voisin, par-dessus le marché ! Il occupe une chambre juste au-dessous. Je l'ai vu sortir, pomponné, repassé, tiré à quatre épingles. Il m'a fait une de ces courbettes ! J'ai vu sa femme aussi, toute menue, une nonchalance de chatte.

– Tu dramatises. Non, je t'en prie. Moi, ça ne m'effraie pas de rester longtemps ici. Nous serons enfin dans une atmosphère familiale. L'après-midi, nous prendrons le thé tous ensemble et en cas de maladie…

– Je t'en prie, Emmy ! Je te l'ai dit, ici il n'y a que des réfugiés.

– Mais nous nous sommes coupés du monde, Hans. Tant d'années seuls, sans amis, sans chaleur.

Ses yeux étaient pleins de larmes. Hans finissait de s'habiller en hâte.

– Nous en reparlerons, dit-il. Maintenant, je pars. Je vais essayer de dénicher les bureaux de l'Administration. Je te retrouverai pour déjeuner, vers deux heures. Mais où ? C'est ennuyeux, cette maison n'a même pas le téléphone.

2

Je ne savais pas que la solitude se buvait à petites gorgées. Ni qu'elle était aussi amère, ma bouche ne peut s'y habituer. Et elle me monte à la tête. Des gens gesticulent, tiennent des discours sur un ton didactique. Allongé dans mon grenier ou assis, je les entends parler, parler comme des « têtes-coupées ». Les mêmes choses, les mêmes choses, des mots coulés dans le même moule, tous.

Le soleil roule lentement comme une roue de chariot turc, il embrase le bonnet gothique du petit toit de la cathédrale. Au-dessus de moi, le renard de zinc de la girouette tourne, queue tendue, et se plaint doucement.

Le plus dur, c'est le crépuscule. Je le redoute, toute la journée je l'attends et quand il arrive je guette mes nerfs, immobile, j'éprouve ma résistance. Dès qu'on entend la cloche de la cathédrale et que la soleil plonge derrière les montagnes de pierre grise avec leurs oliviers sauvages entourés de terre rouge et la route de Jaffa qui serpente de croupe en croupe, le démon s'empare de moi. Descendre. Une épaisse obscurité envahit les feuillages. Pourtant, en haut il fait encore jour et la crête des collines, à l'est, reflète une lumière violette. Sortir tout de suite serait risqué. Le premier jour peut-être pas, mais je finirais sûrement par le payer si cela devient une habitude.

Je ne me rappelle pas qui a comparé la venue de la nuit, ici, à la démarche lente d'une jeune fille revenant, pieds nus, de la fontaine. Question d'état d'âme. Au début, elle m'a semblé, à moi aussi, avoir quelque chose de biblique. Mais alors l'inaction n'avait pas encore émoussé ma sensibilité. Maintenant elle me fait penser aux coquetteries d'une cabotine qui s'attarde, dans les coulisses.

Quand il fait bien nuit, je descenas ; ma tête bourdonne de la plainte du renard (seul-eul, seu-eul). Pour me dégourdir les jambes, je marche pesamment sur la terre qui assourdit mes pas. Obscurité. Dans ce quartier tout en jardins et villas, les rares habitants appliquent strictement les consignes du QG sur le couvre-feu. Quoique déracinés, ils sont demeurés Allemands. Je connais le chemin, inutile d'allumer ma lampe de poche. Mais, la plupart du temps, je n'ai aucun but.

Je m'arrange d'abord pour passer devant la maisonnette des vieux, avec l'air de quelqu'un qui se rend à son travail. Si les persiennes de la chambre à coucher sont entrebâillées, il n'y a pas de problèmes. Je mange, nous buvons un arak ; je parle grec avec mes compatriotes et l'heure tourne. Quand ils vont se coucher, je pars à pied pour la vieille ville. Je flâne à l'intérieur des murailles de Jérusalem, je déambule sans me presser par les ruelles obscures sous les innombrables arcades. Le quartier arabe m'attire davantage. Même passé minuit. Dans ses souks couverts, je trouve des petits magasins éclairés, je sens l'odeur de la foule, les épices et le grillé ; les soies et les cuivres enchantent mes yeux. Dans un café ouvert toute la nuit, radio en sourdine, je tue le temps en buvant de la menthe ou du thé. Les autorités n'ont pas osé imposer aux musulmans des jours sans viande : pour eux, le mouton est en vente libre. Ainsi quand je ne mange pas chez Hadjivassilis, je me gave de brochettes et de kebab au quartier arabe. Je commande aussi de la bouillie de sésame et des radis rouges et ensuite du baklava. Quand on m'apporte l'addition, je me retiens pour ne pas m'exclamer : seulement ? Une misère, comme si nous n'étions pas en guerre ! L'amour du lucre ne les a pas encore touchés. Chaque fois que je suis allé dans un restaurant juif, j'en suis reparti le ventre creux, même si c'était un jour avec viande. Je ne parle pas de la cherté qui s'explique, d'un certain côté : ces gens-là ont d'autres frais, la confédération des travailleurs juifs maintient des salaires élevés. Mais voilà, la cuisine kasher ne me nourrit pas.

Autant que possible, j'évite le quartier chrétien. Je n'ai pas vu le Saint-Sépulcre et je ne le verrai pas, il me semble. « C'est un péché, a fait la mère Mariétoula quand je le lui ai dit, va allumer un cierge, que Sa Grâce te protège sur cette terre étrangère où tu es tombé, mon enfant. Qu'est-ce que tu racontes ?… C'est au Saint-Sépulcre que tu vas ! Qui oserait te faire du mal ? Va, pour que l'âme de Lilika soit contente car elle nous voit d'en haut et elle s'attriste… » C'était la première fois que j'entendais appeler ma grand-mère Lilika, nous la connaissions sous le nom de Vassiliki. Mais je n'y suis pas allé.

Restent les quartiers russe et arménien. J'y passe, mais rarement. Il y a un épicier, Loïzidis, qui vend du fromage des Balkans et un boulanger qui fait du pain blanc ; il le camoufle en y jetant quelques raisins secs, il le baptise alors cake mais il le vend cher. Pour midi je m'achète du pain, du fromage, des œufs durs et quelques pickles. Je les empaquette bien, les mets sous mon bras et les traîne toute la nuit avec moi où que j'aille. J'ai supprimé le café et les cigarettes. Quand le jour se lève, j'achète le *Palestine Post* au vendeur de journaux de la Porte de Sion – le samedi je prends le *News* mais il ne vaut pas grand-chose – et je rentre me coucher.

Ces derniers temps, la Bique installe toujours son lit de camp sous l'escalier. Elle feint de dormir. Je monte en m'efforçant d'éviter les planches qui grincent. Si je fais du bruit, elle se croit obligée de dire dans son épouvantable français : « C'est vous, monsieur Caloyannosh ? » Si je ne réponds pas, elle répète la question plus fort, au risque de réveiller toute la maisonnée. Comme si elle disait : « Tu vois quelle bonne logeuse je suis ? Je fais attention à tout. » (Ou bien : « Ne me mêle pas à tes histoires, je ne veux pas savoir que tu te caches. ») Je n'y résiste pas et je lui réponds : « Excusez-moi, madame, je ne voulais pas vous réveiller. Il est tôt. »

Qu'elles soient entrebâillées ou closes, le problème résolu ou non par les persiennes de Hadjivassilis est secondaire : celui de la solitude d'une nuit. Ce n'est même pas un problème. Je pourrais rester dans ma cellule pendant des mois, des années. Autant que nécessaire. N'est-ce pas Pascal qui a écrit : « Presque tous nos malheurs viennent de ce que nous n'avons pas appris à rester dans notre chambre » ? Cette sorte de solitude, ceux qui parlent comme des « têtes-coupées » la redoutent. Dès qu'ils sont seuls, ils se vident, c'est comme s'ils n'existaient plus. Voient-ils quelqu'un ? Ils grimpent sur la chaire du Devoir et ils parlent, parlent. Mon impatience à l'heure du crépuscule est liée à une autre solitude, plus profonde. Et, depuis des mois maintenant, le problème demeure entier. Je ne peux même pas dire s'il se résoudra. Je préfère ne pas y penser. J'y pense, bien sûr, mais à heure fixe, méthodiquement et presque objectivement. Sinon il me submergerait et je n'y tiendrais plus.

Dans la maison de Hadjivassilis, broderies et chromos évoquent leur fille qui est morte depuis des années, mais seule la vieille prononce son nom. Quand j'entends « Amalitsa », je crois qu'il s'agit de ma mère. Je me l'imagine même : la voilà, elle se précipite sur notre véranda à Kifissia[2], elle enlève ses lunettes et, le regard inquiet, elle scrute à travers les platanes et les peupliers le chemin qui descend de Kéfalari : « Alkis a encore pris la bicyclette. Et toi, le plus âgé, tu ne lui dis rien… »

Ensuite, assis sous la treille, nous bavardons à voix basse comme des voisins qui prennent le frais. Le vieux parle de ceux qu'il a vus et de leurs propos. Soudain, un chemin s'ouvre, étroit et faiblement éclairé. J'interroge. Les perles d'ambre du chapelet oriental tombent lentement ; Hadjivassilis les rassemble dans sa paume, les frotte vivement des deux mains et les sent. Ses réponses sont bien pesées. Le chemin se referme. Ce sera pour une autre fois.

Depuis le jour où j'ai rompu avec les « têtes-coupées » (je ne les entends plus que dans mon cauchemar éveillé) je suis comme égaré. J'avoue que je ne m'y attendais pas. Je tente de me raccrocher quelque part. Ma vie s'est éparpillée comme des perles dont le fil est cassé. Elle n'a ni unité ni poids. Autrefois, pensées et actes tendaient vers un but commun. J'étais un écorché vif, certes, mais j'étais moi-même, un homme cohérent. D'où je venais et où j'allais, je le savais. Je ne me faisais pas d'illusions. J'étais comme une petite pierre dans une mosaïque en train de naître. Cela me rappelle le mot que m'a lancé

2. Kifissia : banlieue située au nord d'Athènes.

une « tête-coupée » quand je me suis levé pour quitter la réunion : « Désormais tu es un caillou merdeux. » Où est la vérité ? Et puisque j'ai raison, pourquoi est-ce que je me sens comme…

Maintenant, l'aspect positif. Peut-être n'est-il que le résultat d'un luxe puisque je peux gratter et creuser à loisir. De toute façon, en restant seul, j'ai retrouvé l'homme ; je ressens avec plus d'acuité son malheur, ses craintes et ses petites joies. Je comprends mieux ce que signifient humiliations, désespoir. Sans doute mes ennuis m'ouvrent-ils les yeux. Quand on vit en collectivité, on partage, qu'on le veuille ou non, les enthousiasmes et les intransigeances de ses camarades. On a beaucoup d'yeux pour voir mais on ne distingue que des volumes, de grandes surfaces, les nuances vous échappent. On dit l'ennemi, les alliés… Mais concrètement ? Doucement ! Et « les têtes-coupées » ? Et « la Bique » ? Se débarrasse-t-on des problèmes en collant une simple épithète sur les gens ?

Il n'est pas impossible que mon égarement soit une sorte de neurasthénie, une conséquence de la solitude. Si je me trouvais, même dans la clandestinité, à Athènes ou dans la montagne avec les maquisards, réagirais-je de la même façon ? Ou bien est-ce la faute de cette maison et de son étrange atmosphère ? Tant de gens, naufragés de la tempête qui ravage le monde et que le malheur sépare au lieu de rapprocher. A croire que chacun redoute d'attraper de l'autre une maladie plus grave que celle qui le ronge. Un seul couloir, des chambres de part et d'autre, des portes à un battant ; quand elles sont ouvertes, le voisin peut tout voir. Maintenant, avec la chaleur, on ouvre souvent. Cependant, ils vivent tous drapés dans leur solitude. Où qu'ils aillent, elle reste collée à eux. La tunique de Nessus.

Seuls et coupés de tout, en marge du monde, en marge de leur patrie. En marge même de cette extravagante Jérusalem. La maison n'a pas le téléphone. Ce n'est pas un inconvénient d'ordre pratique, c'est un symbole.

Avec le téléphone, je suis sûr que la clientèle changerait. Par exemple, les Juives polonaises et leurs gosses seraient obligés de partir. La demande est telle en ce moment qu'un immeuble avec le téléphone passe tout de suite dans la catégorie de luxe. Le gardien du séquestre s'en serait occupé, mais certainement pas pour défendre les intérêts du propriétaire, ce mythique Herr Kohler. Il était venu ici avec toute sa famille, il y a quarante ou cinquante ans, pour assister en personne à la deuxième incarnation du Christ, et il fonda cette colonie avec d'autres Allemands. A présent, ils dorment tous sous cette terre aride tandis que leurs petits-fils sont détenus dans des camps pour ressortissants ennemis…

Les Polonaises, qui n'arrivent même pas à payer régulièrement le loyer actuel, auraient déménagé au quartier juif ou se seraient résignées à entrer dans un kibboutz ou alors auraient renié leur religion. Et leur voisine d'en face, la Roumaine ? Son mari s'en va et en dix minutes la voilà coiffée, habillée, maquillée, qui file à son tour. Quand il descend la petite rue à gauche, elle remonte à droite sur ses talons nerveux. Au tournant, son amant l'attend avec la jeep. Je les vois par la lucarne : comment imaginerait-elle que quelqu'un habite là-haut ? J'ai d'ailleurs l'impression qu'aucun des pensionnaires ne se préoccupe de savoir qui je suis, où je couche. Ils me voient si rarement. Peut-être la Rapesco et, naturellement, la Bique… Donc, une demi-heure avant que le Roumain n'ait fini à l'Astoria, voilà sa dame qui revient, pressée, hors d'haleine. Je n'ai jamais vu la jeep qui la ramène, les arbres la cachent, sans doute.

Elle se démaquille, se déshabille, se décoiffe, prend une chaise et s'assied devant la fenêtre. Elle lime ses ongles et, de temps en temps, elle se penche pour voir s'il arrive. Il apparaît à trois ou quatre heures, brandissant de loin la gamelle qu'on lui remplit à l'hôtel. Elle lui répond d'un air maussade, rentre, met la table.

A côté d'elle, la Tchèque. Elle non plus ne veut pas le téléphone. Elle l'a dit à la Bique. Elle est dactylo dans un service allié et on l'accable de travail. Le soir, elle titube ; elle ne désire qu'une chose : se déshabiller et se coucher. Dans les bras d'un homme ou seule, peu lui importe pourvu qu'elle dorme tout son soûl. S'il y avait le téléphone, ils seraient capables de la faire lever dare-dare à minuit passé pour qu'elle aille leur taper un télégramme de trois lignes. Prendre un taxi et venir jusqu'ici les ennuierait : ainsi, l'affaire est remise au lendemain. Ils l'ont pourtant fait deux fois. Heureusement qu'ils l'ont trouvée seule, sans son ami, un soldat croate.

En face de la Tchèque, il y a le couple de Juifs séphardim. Des réfugiés du Yémen, nouveaux mariés, presque des enfants. Minces, délicats. De grands yeux noirs, tristes. Il a la peau olivâtre, elle basanée. Je suis noire, mais belle, fille de Jérusalem. Ils s'en vont main dans la main, ils rentrent, silencieux, inséparables. Ils ne connaissent personne. A qui téléphoneraient-ils ?

Au premier étage à gauche, une grande chambre, « la chambre bleue », avec la Rapesco. Elle n'a pas besoin de téléphone. Elle sait que toutes les communications sont surveillées. Il lui faudrait parler d'une manière vague ou en code, ce qui serait encore pire. Elle les connaît les espions, elle est pétrie de la même pâte. Ce n'est pas une de vos phrases qui leur livrera le secret. C'est l'enregistrement et le recoupement de tout ce que vous dites et qu'on vous dit. N'avoir pas le téléphone vous protège aussi du danger que l'autre vous trahisse. Quant à « eux », ils se résignent, un souci de moins, pensent-ils, et ils s'habituent à ne pas se souvenir de vous. Elle n'utilise même pas le téléphone de l'épicier. Parfois elle envoie la Bique donner un coup de fil à sa place. Mais je crois qu'il s'agit d'un prétexte pour se débarrasser d'elle lorsqu'elle lui casse la tête avec ses bavardages.

En face de chez la Rapesco, c'est la chambre à l'accordéon. Clientèle de passage. A côté : clientèle de passage. Pour le moment, un commandant de la RAF. Personne ne le voit. On ne l'entend même pas. Son képi est accroché à un clou dans le couloir et, devant sa porte, une paire de chaussures noires.

Et moi, au grenier de la tourelle. « Il n'y a pas de téléphone, tant mieux », avait dit Hadjivassilis. Je l'entends encore : « Cette chèvre a un cahier de quatre sous et inscrit le nom que tu donnes, n'importe lequel. Elle descend d'une grande famille et considère comme une offense de demander des papiers. De temps à autre, chaque mois, disons, un agent de police enfourche sa bicyclette et fait un saut jusqu'ici. La discussion commence. Mais ce n'est pas un hôtel, je ne reçois pas de clients, pourquoi me tracassez-vous ? A la fin elle apporte le cahier. Il ronchonne. Passeport, numéro, date, lieu, où ça se trouve ? Elle se radoucit, elle lui donne sa parole que la prochaine fois il trouvera tout marqué. Elle lui glisse la pièce et il s'en va. Il s'écoulera de nouveau pas mal de temps avant qu'il ne revienne. Il suffit de ne pas te trouver devant lui car, si le diable s'en mêle, il te demandera ta carte d'identité. Si tu es dans la chambre, ne t'en fais pas.

Vas-y pour quelques jours et on verra. Tu diras que tu viens de la part de Spiney, la grande épicerie de Jaffa Road. Moi, ni vu ni connu. Invente aussi un mensonge pour expliquer que tu ne sortiras que de nuit. Ingénieur ? Garçon de café ? Cinéma ? Non, elle voudrait savoir lequel et quémanderait même un billet de faveur. Il vaut mieux lui dire la Radio. Là, c'est très embrouillé. Des tas de services, des secrets, va chercher… »

Brave vieux ! Il a été interprète et un peu contrebandier, autrefois. C'est pourquoi il connaît gens et choses. Il a eu bien raison : cela ça dure depuis trois mois et la Bique n'y a vu que du feu. Dès que le printemps est arrivé et que son fils a déguerpi, je lui ai proposé de quitter la chambre à l'accordéon pour le réduit où il dormait. Par économie. Cela lui convenait. Elle m'a diminué le loyer mais elle a gagné une chambre. Personne ne monte jusqu'ici ; j'espère que ses locataires m'oublieront peu à peu. Je m'arrange pour aller dans la salle de bains l'après-midi : ceux qui habitent le bas sont absents la plupart du temps et, après tout, ils s'en moquent. D'elle-même, la Bique m'a offert de me rayer du cahier : si le contrôleur passe, comment lui avouer qu'elle fait dormir quelqu'un dans ce trou à rats ? On lui ferait fermer sa pension. Mais je crois qu'elle m'a rayé parce qu'elle paie tant par tête à l'agent de police. Je l'ai vu, il n'est venu qu'une fois. Uniforme gris, en short malgré le vent glacé qui soufflait. Il ne m'a pas vu. Si nous avions le téléphone, on l'ennuierait plus souvent, on l'obligerait à demander les papiers.

3

Oh Anna de la fameuse maison des. Fabricants de tissus banquiers et mécènes de Cologne. C'était une autre époque. Cette pie-grièche te fera crever. Tu rejoindras plus vite tes ancêtres. Elle a réclamé la bassine tu l'as apportée. Elle a réclamé de l'eau chaude tu as monté et descendu héroïquement l'escalier pour lui en apporter trois brocs. Son Altesse tu vois ne peut prendre son bain là où même une Rosenthal se lave. Hier le canapé bleu a encore été trempé. Si on le sortait dans le couloir as-tu dit avec beaucoup de tact. Cela ma chère n'est pas mon affaire. Son regard te transperçait. Une princesse comment veux-tu que. Toi qui possédais nourrices et femmes de chambre cuisinières et intendantes laquais cochers gardiens et jardiniers et qui prends maintenant le balai et la serpillière et. Princesse. Des bulles. Bibesco Popesco Lupesco Vacaresco maintenant elle aussi princesse Rapesco en provenance de Paris via Ankara et Damas. Les princesses ont des usages. Quel joli canapé bleu royal je le veux dans ma chambre ça repose les yeux. Volontiers cet après-midi on le transportera et on dira désormais la chambre bleue. Mais aujourd'hui autre refrain elle te dit il n'est pas tellement original. Le dessin et la couleur sont d'Édouard Manet portrait de Madame Manet si vous avez visité le

Louvre. Et pourquoi Monsieur Manet ne nous l'aurait-il pas emprunté à Cologne nous recevions souvent des Français. Oh non t'a-t-elle dit. Et l'armoire et le fauteuil de cuir et la table de verre appartiennent à une mode que lança Francis Jourdain autour de dix-neuf-cent-tu-ne-sais-plus-combien. Je l'ai connu dans un congrès. Il ressemblait au Christ à soixante-sept ans si vous ne l'aviez pas crucifié à trente-trois. Est-ce que par hasard au même congrès vous avez rencontré aussi Monsieur Manet. Oh non t'a-t-elle répondu lui il est mort en 1883. Quelle menteuse. Que de fables pour ne faire de Feldmann qu'un banal imitateur sans génie.

Le canapé est resté là. Tu ne peux le soulever seule et si tu le traînais tu réveillerais le major ainsi que. Elle t'a fait sortir dans le couloir et tu es restée à te regarder dans la grande glace. Tu l'avais accrochée à sa porte pour que tout le monde s'en serve. Et tu l'as entendue entrer dans la bassine. Et l'eau. Dans le Jourdain on les baptise une seconde fois tout habillées. Et tu t'es penchée pour voir par le trou de la serrure. Tu serais entrée tout de suite lui faire une scène. Et tu as entendu ah et la porte de la Viennoise s'est refermée. Elle t'avait prise sur le fait. Tu es entrée récupérer le plateau. Et tu as tourné la chose en plaisanterie. Une princesse roumaine as-tu dit je suis curieuse de voir comment est fabriquée une princesse. Elle a rougi et l'a gobé. Malheur à nous si elle aussi se met à prendre son bain dans la chambre. Elle est étroite. Peut-être sous le Dürer. Mais quel menteur mon Dieu. Le grand architecte de Francfort le premier temple de style cubiste au monde. La richesse et le génie une nouvelle dynastie Rosenthal-Feldmann. Je t'ai apporté un Dürer pour l'anniversaire. Et c'était une copie. Et il entretenait l'autre depuis tant d'années. Son grand amour. Tout s'est découvert quand. Le coup de téléphone au moment où tu lavais Sam qu'est-ce que vous dites oh qu'est-ce que vous dites ici Frau Anna ici Frau. Il est mort. Des lettres d'elle et les clés et les dettes et les hypothèques. Comme la lumière s'assombrit soudain. A toi pour la vie et pour la mort. Comment les embobinent-elles comment les retiennent-elles. Partir avec Sam quelque part où personne ne nous connaisse une vie nouvelle. Terre promise. Peuple élu. Des bulles. Un certain Grunspan a tué Von Rat et nous voilà ruinés. Oh Anna qui est-ce pourquoi se cache-t-il tu pourrais raccommoder ses chaussettes au lieu de rester allongée et de te ronger. Quand les lave-t-il quand les fait-il sécher il est toujours propre. Deux chemises. Discret. Il n'a jamais demandé qui recousait les boutons. Deux tricots de corps deux caleçons un pyjama trois paires de chaussettes le tout acheté ici un chandail des gants pas de pardessus. Pendant l'hiver sans poêle il a dû se geler. Pas un mot. Il a supprimé le petit déjeuner par économie.

Un taxi la portière ils sont deux. Anna tu dors. Ils vont t'ennuyer avec les pourquoi couchez-vous là etc. Tu dors. Elle est belle un peu bête. Le Graben le Danube bleu. Des économies. Le petit déjeuner coûte deux cents mils œufs porridge beurre confiture café lait pain sucre avec un seul ils voulaient manger tous les deux. Tu as bien fait. Tu as attendu que Son Excellence parte pour apporter le plateau. Et pour les punir cinquante mils de plus. Maintenant ils comprendront que tu te comportes avec eux comme une vraie châtelaine. Ils savent faire l'addition le pain et le lait seuls coûtent cinquante mils le café a encore augmenté comment tu te débrouilleras.

Encore un taxi. Bonsoir bonne nuit. Elle ne les faits pas monter pour ne pas que tu les voies. Quand elle laisse sa porte entrouverte toute la chambre se reflète dans le miroir. Tu la verras se déshabiller. Mais deux étages et tu es si fatiguée. Tu dors. Oh Anna il rentrera tard cette nuit aussi. Quand dormiras-tu enfin tout ton soûl. Tes yeux brûlent toute la journée tu bâilles et tu titubes. Mais il le veut il a besoin de sentir que quelqu'un se soucie de lui comme s'il était dans sa famille. Il marche exprès sur la planche qui craque. Quand tu lui dis bonne nuit il dort tranquille il y a quelqu'un qui veille. Oh Anna il est fier c'est pourquoi il a supprimé le petit déjeuner il a compris combien ça coûte. S'il voulait ah comme ce serait bon de. Il t'était si facile de renvoyer Sam depuis mars déjà. Mais jamais jamais il n'acceptera de. Oh Anna tant qu'il reste en payant il est fier qui sait pourquoi il se cache. Des pleurs c'est le petit garçon il a mal peut-être qu'il a seulement faim. Celles-là touchent le fond. Ce sont elles qui abîment la façade du premier on croirait une buanderie. Horreur. Quand elle lave la vieille et qu'elle laisse tout grand ouvert où trouve-t-elle le courage de parler de tant de choses et de rire et avec l'éponge de lui savonner les. Et puis le broc *splatch* et l'édentée se tort de rire pliée en deux et la bru se tord de rire jambes au vent. En voulez-vous encore mère lui demande-t-elle en yiddish et tu n'entends pas ce que la vieille répond. Tu l'as vue pourtant lui baiser la main. Oh Anna il est tôt il vaut mieux que tu dormes. Imagine-toi si ta belle-mère vivait et te baisait la.

Il pleure de nouveau. Si quelqu'un pouvait les mettre à la porte. Le propriétaire a disparu. Peut-être Miss Pamela si tu poussais Sam à lui demander d'en parler à son frère. Bah elle les protège. Christian Science Movement c'est-à-dire commerce. Elle finira par en faire des chrétiennes elle aura Sam aussi tu verras. Mais il a seulement douze ans non treize non douze et quelques mois. Est-ce qu'elle le veut pour. Elle n'en a pas l'air. Elle a trente-cinq ans et plus. Alors pourquoi elle ne. La vocation dit-on la mission. Des bulles. Mais ses yeux reflètent de la lumière et quand elle parle quelque chose de. Ici Miss Pamela Butler la force ma chère Frau vous la trouverez en vous-même dites-vous que ç'a été une mauvaise passe tournez la page nouveau chapitre.

Des brodequins c'est le poilu de la Schramek deuxième nuit à la file. Oh Anna il rentrera tard comprends-le. Tu dors. Il est d'abord allé dans la salle de bains. Ce soir il est venu en fraude il a dû prendre l'autocar de Haïfa. Si on l'attrape qu'est-ce qu'on lui. Peut-être qu'il a trouvé le moyen de rentrer avant qu'il fasse jour. Il a tiré la chasse d'eau. Elle a de la chance elle le sait. N'en parlez pas je vous en prie c'est la seule joie qui me reste si je la perds je deviendrai comme une bête. Seule joie lui pomper toute la nuit les entrailles pendant qu'elle dort. Son sommier fait un de ces tapages on les entend jusqu'au Mur des Lamentations. Et ensuite réveille-toi lui dit-il tu dois te laver et elle sort juste avec une serviette autour de ses. Elle court tout de suite à la salle de bains. La jument pas saillie dans les écuries de l'oncle Karl. On avait amené un étalon de race de chez le voisin. Ça a marché tout de suite une décharge électrique. Leurs naseaux frémissaient et elle hennissait mais elle restait elle ne s'enfuyait pas. Et le vieux-comment-on l'appelait avec la main avec la main. Et puis oh et puis oh quel fleuve. Et puis il l'a prise par la bride et l'a entraînée en galopant dans la prairie. Doucement criait oncle Karl doucement. Pourquoi la fait-il courir maintenant tonton. Schramek ferait bien de ne pas courir.

Oh Anna non tu t'es trompée c'est le major. Tu ne dors pas. Belle nuit major Farran. Comment ah oui nuit sans lune. Comment oui ça doit être les cyclamens. Quelles nouvelles je veux dire quelles nouvelles du front. Encore soûl. Que veux-tu qu'ils fassent les pauvres. Mais c'est mieux que tu ne lui aies pas. Bonne nuit Major Farran doux sommeil. Que tu ne lui aies pas dit combien il doit pour le nettoyage du képi il l'oubliera. Demain tu lui en parleras. Demain tu appelleras la femme de ménage arabe et vous prendrez le canapé et vous le mettrez dans. Excusez-moi mais c'est le major qui l'a demandé sa chambre est très nue. Ou plutôt ah souviens-toi du professeur qui était là avant que le major vienne. Quelles gens quelles choses bizarres on voit quand on accueille des étrangers chez soi. Oh il avait de bonnes manières. De l'Université d'Oxford il s'en vantait. Classiciste royaliste et catholique comme l'a dit aussi Mister T.S. Eliot. Qui est celui-ci si vous permettez Herr professor Richards. Rien d'extraordinaire seulement le plus grand poète que le monde ait connu. Pas plus grand bien sûr que notre Goethe. Plus grand encore que notre Shakespeare si cela peut vous consoler. Il savait parler sans blesser. Ses lèvres s'amincissaient comme s'il s'apprêtait à dire une injure et il disait un compliment. Oh quel merveilleux service Frau Rosenthal-Feldmann vos porcelaines de Limoges je veux dire. Quand je mange dans l'assiette aux pierrots le porridge devient plus délectable. Et votre théière un miracle bien que cela ne rende malheureusement pas le thé meilleur. Ne prenez pas cela mal c'est le privilège des héroïnes de Mister Forster d'ébouillanter convenablement la théière. Il était charmant et comique avec son teint rose ses joues rebondies ses cheveux blonds et ses lèvres tristes. Un grand bébé boudeur. C'était l'hiver et il portait un pyjama de soie et par-dessus un pull-over jaune canari. Il marchait sur les pointes en sautillant et glissant comme les enfants qui font le. Oh Anna qu'est-ce qu'ils pouvaient se raconter pendant des heures en grec. Il n'était pas encore monté au grenier il habitait la chambre à l'accordéon à côté.

Duel psychologique dit Richards. Philosophie et politique répondit l'autre. Et toi tu lui as dit faites attention vous lui plaisez si jamais il vous attirait dans sa chambre. Tiens je ne l'avais pas compris il a l'air si cultivé et comme il faut. Et toi tu lui as dit qu'il allait te ruiner car il veut le poêle allumé toute la journée dès qu'il s'enferme il se déshabille et se met en soutien-gorge et culotte de soie avec des dentelles et il dort comme ça mais il ne fait de mal à personne. Et lui il dit pauvre monde que de drames. Et toi tu en as eu envie mais tu ne lui as pas répété ce qu'il avait dit de lui. C'était une occasion mais peut-être qu'il le prendrait mal et qu'il partirait pour toujours. Oh Anna. C'était l'après-midi et Richards demandait de la compagnie pour prendre le thé cinq heures et il faisait nuit et il pleuvait. Où est le monsieur. A son travail à la radio. Écoutez-moi Frau Rosenthal-Feldmann je déteste fourrer mon nez dans la vie privée des autres. Mais il vaut mieux que vous sachiez vous risquez d'en avoir besoin un jour. Je ne sais pas s'il s'appelle Caloyannis ce que je sais c'est qu'il ne travaille pas à la radio. Moi, vous comprenez, je suis le directeur des émissions grecques. Oh ce n'est pas un secret important je peux le dire maintenant qu'on me déplace au Caire. Et toi tu as dit qu'il était peut-être technicien ou quelque chose de semblable. Et lui il t'a dit non car dans le personnel technique il n'y a pas de Grecs. Et toi tu as dit peut-être qu'il n'est pas Grec. Et lui oh non c'est le Grec le plus authentique que j'aie connu il a le sens de la mesure et le sentiment tragique de la vie. Toi tu tremblais. Richards a compris et il a parlé de la police. Vous aurez des ennuis il vaut mieux que vous l'effaciez du registre. Je ne sais pas pourquoi il se cache il n'a pas l'air d'être déserteur. Sur le plan des idées nous sommes différents comme le jour et la nuit. Peut-être qu'en lui-même il me considère comme un ennemi. Moi je ne peux pas il y a quelque chose qui m'attire en lui. Sérieusement Frau Rosenthal-Feldmann. Il a quelques-unes des huit qualités qui selon notre ami Mister Eliot font l'humaniste. Plutôt qu'à la logique il fait confiance au sens commun. Il est tolérant pas fanatique du tout ni bigot ni borné. Il évite l'approbation ou la désapprobation il procède d'une manière critique. Et une chose que Mister Eliot a peut-être oubliée. La justice dans sa meilleure manifestation. De la compassion de la charité. Ce qu'il ne possède pas je le passe sous silence. Parce que si vous me trahissez et je ne sais pas ma chère Frau combien d'heures vous pouvez tenir secrète une conversation intéressante il aura l'impression que j'ai médit de lui. L'homme est fait de telle manière que même lorsqu'on loue ses vertus il croit qu'on le blâme car on tait celles qu'il n'a pas.

Le cinéma est fini. Curieux si près et on ne l'entend pas. Parce que tu es en bas. Là-haut il doit l'entendre. Mais non puisqu'il n'y est pas la nuit. Où se rend-il avec quels gens conspire-t-il. Il est déserteur Richards s'est trompé. Fraülein Boehm. Le lieutenant grec le gommeux qui a tenté de la violer. Dans la chambre à l'accordéon. Ça lui ferait du bien mais. Petite répétitrice d'anglais au Collège de Saint-Jean de la Croix. Tablier bleu col de dentelle. Lave amidonne repasse. Elle paraissait belle jusqu'au jour où tu as découvert que l'ongle de son pouce gauche était crochu comme celui du perroquet. Et elle y passait aussi du vernis rouge. Le soir partout où il y a bal ou réception. Pour le moral des forces alliées. Des bulles. Et le matin pressée d'être là avant la cloche ils sont très sévères. Et elle laissait le pot de chambre avec sa pisse de la nuit sous le lit. Et toi dès qu'elle descendait tu le vidais par la fenêtre sur l'eucalyptus. Mais elle faisait semblant de ne pas comprendre elle tournait même la tête comme ça tout en courant et elle te souriait. Et le gommeux s'est accroché il voulait qu'elle lui donne des cours d'anglais. D'accord tous les après-midi. Frau Anna je laisserai ma porte ouverte. Mais un mercredi tout le monde était absent tu t'en souviens tu étais allée au thé hebdomadaire de Miss Pamela. Il l'a jetée sur le lit il lui a déchiré son chemisier. Au secours maman elle donnait des coups de pied au secours. L'autre était encore dans le grenier. En mai il faisait encore jour. Il l'a entendue mais il n'est pas descendu. Il savait avec qui elle était puisqu'il t'avait demandé qu'est-ce que vient faire tous les après-midi ce gommeux de militaire. Heureusement la vieille l'a entendue et a envoyé sa belle-fille en haut. Oh mon dieu elle l'a mis en pièces. Elle l'a pris par la taille l'a jeté à terre lui a piétiné la gueule avec ses chaussures et l'a fait saigner. Et puis elle lui a fait dégringoler tout l'escalier à coups de poing et de pied. Lancez-lui les gants et le képi. Et l'autre enfermé à clé faisait semblant de dormir. Et Fraülein ne voulait pas que ça se sache. Le fiancé au front et le reste. Des bulles.

La cloche de la cathédrale sonne. Dix ans et tu n'as pas pu apprendre à quelles heures. La Viennoise veut y aller. Elles font comme ça au début et puis ça les ennuie. L'eucalyptus. Oh comme il tarde à faire jour. Caloyannosh Caloyannosh aie pitié d'Anna qui lutte avec le sommeil.

4

Chose rare, le vent est tombé. Le renard rouillé murmure de temps à autre : « bi-i-i-que, bi-i-i-que » et puis se tait. J'ai envie de prendre la bible que Hadjivassilis m'a prêtée (les Ecritures Saintes, traduites des archétypes sacrés par l'Association Biblique Britannique), d'aller sous la lucarne et de chercher dans *le Cantique des Cantiques* le passage des petits renards.

Le ciel vire du saphir au bleu-nuit. Il ne changera plus jusqu'à l'aube. Les étoiles innombrables jetteront des éclats de diamant comme les somptueuses décorations sur la poitrine d'un maréchal soviétique. Cette splendeur, cette magie me prendront à la gorge et je resterai, fasciné, à contempler les remparts dessinés à l'encre de Chine sur le bleu métallique de l'horizon.

J'ai envie d'aller sous la lucarne et je ne me décide pas. Je reste derrière la porte fermée et je tends l'oreille pour guetter ce qui se passe dans le couloir. Rien, le calme. La Bique a dit qu'elle descendait tout de suite au jardin pour arracher les tiges desséchées par la chaleur. Étrange discrétion.

Emmy a dû conduire le visiteur inopiné dans sa chambre. L'a-t-elle fait asseoir sur le fauteuil de cuir ? La porte est sans doute demeurée ouverte mais, d'ici, impossible d'entendre. C'est curieux, pourquoi ne l'a-t-elle pas gardé dans le couloir puisqu'il y avait là du thé prêt et suffisamment de cake ? Ils semblaient ne pas se connaître. « Je suis désolée, lui a-t-elle dit en anglais, Herr Bobretzberg ne rentrera pas avant huit heures. » Le capitaine américain a répondu en allemand qu'il venait pour elle, personnellement. A-t-elle été troublée ? Je ne sais pas. J'ai seulement saisi : « Il se passe quelque chose ? » et la Bique est intervenue avec sa ridicule horticulture. Dès que j'ai entendu qu'on la réclamait, je me suis penché, j'ai vu l'uniforme de lin soyeux, j'ai alors prétexté que je devais finir d'écrire quelque chose et je me suis enfermé en hâte.

Je me demande si mon exaltation ou, pour mieux dire, ma sensibilité ressuscitée, ma réceptivité, ont quelque rapport avec Emmy. Je me demande, c'est une façon de parler. Du jour où je l'ai rencontrée, mon esprit s'est réveillé ; la vie me paraît de nouveau savoureuse. Cette heure du thé, je l'attends. « Quel dommage ! disent-elles quand je me lève pour partir. Vous ne pouvez pas rester encore un peu ? » Et moi je pense que Hadjivassilis a peut-être quelque chose à me communiquer et je me sens coupable d'avoir négligé de l'apprendre plus tôt. Peut-être s'agit-il de ce que j'attends depuis des mois. « Je regrette de me priver de votre agréable compagnie, mais, vous comprenez, les règlements… » Je parle vaguement de guerre et de service et je m'en vais à contrecœur. Je trouve clos les volets des vieux et mon vagabondage jusqu'à l'aube commence.

Heureusement que je n'ai pas grondé la Bique la première fois. Maintenant je le regretterais. J'entendais des bruits – on aurait dit qu'on traînait des meubles dans le couloir – et des bavardages interminables en allemand. Je devais me raser et je me demandais comment descendre à la salle de bains. A un moment, les deux femmes ont disparu derrière la baie vitrée du fond, à l'endroit où la Bique a transformé le couloir en cuisine et en débarras. J'ai saisi l'occasion et je me suis faufilé. J'ai eu le temps de voir le canapé bleu et une petite table de verre et nickel qu'on avait sortis de la chambre de la Rapesco. En montant, quand j'ai eu fini, je les ai entendues s'affairer avec les théières et les petites cuillères. J'ai baissé la tête ; je pensais ne pas saluer pour passer inaperçu.

– Oh, monsieur Caloyannosh, venez que je vous présente. Nous disions justement que, pour que le thé soit parfait, il nous manquait une sympathique présence masculine.

J'ai eu envie de l'étrangler, la Bique ! Son visage exprimait un enthousiasme ardent et son rire, hésitant, sonnait de façon bizarre. Je me suis retourné pour donner une excuse et alors j'ai vu Emmy. Elle était assise, souriante, sur le canapé, les jambes croisées, la robe découvrant les genoux. Ses yeux étaient deux grains de muscat, or miellé.

– Un instant, ai-je répondu. Le temps de poser ceci et de mettre une veste.

Emmy s'est levée en secouant ses cheveux.

– Venez comme vous êtes, ici les hommes circulent tous en bras de chemise.

Depuis longtemps je n'avais entendu un français aussi pur, sans accent barbare.

La Bique a fait les présentations. Au moment où je pensais : « Main expressive et racée », j'ai entendu :

– Le mari de Frau Emmy était ministre dans le gouvernement Schushchnigg. Maintenant, ils sont à Jérusalem car il a été nommé à la direction de la Radio.

J'ai senti mon sang se glacer ! J'ignorais ce qu'elle avait pu lui raconter sur moi, aussi ai-je parlé d'une manière évasive. J'ai dit que les services de la Radio étaient si hermétiquement cloisonnés qu'on pouvait travailler pendant des mois et ne connaître que deux ou trois personnes de son service. Je regardais fixement le gobelet d'argent aux cyclamens sur la nappe de lin amidonnée.

– Évidemment, a dit Emmy. Mon mari ne s'occupe que des Autrichiens libres. Voilà que je fais enfin la connaissance d'un Grec ! Je disais à Frau Anna quel grand désir j'avais, depuis ma jeunesse, depuis que… depuis l'école.

Elle avait légèrement rougi. La Bique m'a apporté une tasse et une cuillère, elle dansait presque :

– Monsieur Caloyannosh est un humaniste. Il estime beaucoup la poésie de Mister Eliot.

Quelles bêtises racontait-elle ? J'ai protesté. Et c'est ainsi que nous nous sommes plongés dans une passionnante discussion littéraire. Emmy avait une manière charmante de verser le thé tandis que ses yeux guettaient sur ma bouche le « merci » qui l'arrêterait ; elle obéissait calmement et puis, en souriant : « Avec ou sans lait *cette fois* ? » Elle avait deviné dès le premier instant que je n'avais pas encore appris comment je préférais le thé.

La discussion a glissé sur Hölderlin, Emmy a commencé à réciter des vers. Puisque j'avais dit à la Bique ne pas connaître l'allemand, je faisais semblant de ne rien comprendre. Elle a traduit le :

Chargée de poires jaunes
et de rosiers sauvages, la terre

mais elle s'est interrompue, découragée, le menton sur la poitrine.

– Non, je le massacre. En allemand, c'est autre chose…

Soudain, elle m'a demandé quel poète, pour moi, évoquait la Grèce de la façon la plus vivante.

– Il existe une voix comparable à aucune autre en ce moment, pour moi du moins.

A mes lèvres montaient les vers sur la mer – mon amour de toujours ! – dans la *Préface* de Varnalis. Je les ai récités en luttant contre ma mémoire qui me trahissait. Puis j'ai traduit. Elle m'a prié de redire en grec les vers :

Jusqu'à ce que vienne le jour où tu me prendras
Toi, l'ensorceleuse, dans tes golfes en fleurs
Pour m'arracher à ce noir enfer
Pour m'entraîner loin de ces noirs damnés.

– Je vous remercie. Ma journée s'est remplie de beauté !

La Bique nous regardait, tantôt Emmy, tantôt moi, et hochait sa figure enfarinée, l'air approbatif. Nous nous taisions, troublés. J'ai maîtrisé mon émotion et j'ai achevé le poème.

La Bique a rompu le silence sans à-propos :

– Vous n'avez rien dit des excellents gâteaux que Frau Bobretzberg nous a apportés. Il ne lui a fallu que trois jours pour savoir que ceux de Zandès sont meilleurs que ceux de Fred !

Emmy demeurait silencieuse. Je cherchais à renouer la conversation mais rien de ce qui me venait à l'esprit ne convenait. Dans nos oreilles résonnaient encore les mots du poète sur les damnés noirs. Brusquement nous avions senti, derrière le rideau sombre tiré à cause du couvre-feu, bouillonner un océan de lave ; le monde brûlait.

– La seule chose à laquelle je ne peux pas m'habituer, c'est le pain, a prononcé Emmy avec peine. Noir, avec de petits cailloux parfois. Au restaurant, c'est pareil.

– Que voulez-vous c'est celui du rationnement, a expliqué la Bique. Remarquez que j'utilise aussi la carte d'alimentation de mon fils. Sinon je ne pourrais pas me débrouiller. Peut-être, si je priais le major Farran d'apporter de temps à autre une miche blanche et légère de la NAAFI. Mais Son Excellence aussi pourrait s'en procurer à la cantine de la radio.

– Oh, vous ne le connaissez pas, a répondu Emmy.

Je devais dire quelque chose pour devancer la Bique qui, toute à son idée, allait se tourner maintenant vers moi et peut-être même s'étonner de ce que je ne le lui aie pas proposé depuis tant de mois.

– J'ai entendu parler d'une boulangerie qui en vend du blanc, pas très cher. Je vous en apporterai pour le goûter.

Là, je me suis levé, j'ai regardé ma montre. Si Hadjivassilis avait entrebâillé ses volets, il devait être sur des charbons ardents. Je suis monté, j'ai mis ma cravate et ma veste, j'ai pris ma lampe de poche et je suis descendu. Le regard d'Emmy, son sourire me saluaient, brillants et chauds.

– Bonne soirée, ont-elles dit toutes les deux, accoudées à la rampe de l'escalier.

Chez les vieux, les volets étaient fermés mais sous la treille on entendait des voix. Hadjivassilis parlait entre ses dents sur un ton d'indignation contenue et quelqu'un lui répondait fort et avec insolence sans se soucier des voisins. Ce devait être Adam. Les eucalyptus de la rue bruissaient ; derrière la clôture, le robinet était ouvert au-dessus du bassin qui se remplissait ; une grenouille coassait dans l'ombre fraîche du jardin. Je suis parti rapidement.

J'ai fait un détour pour éviter les parages du cinéma. Je suis resté quelques minutes à l'arrêt de l'autobus ;

d'une villa obscure parvenaient les accords d'un piano, on jouait du Mozart. La nostalgie de Vienne, comme une vague, m'a submergé, pourtant je n'y étais jamais allé. Quand on évoquait le charme viennois, j'imaginais quelque chose de sucré et de sirupeux, une crème chantilly, qui me répugne. Emmy me démontrait maintenant que c'était là un préjugé puéril. Mais qu'en savais-je, comment pouvais-je juger si vite ?

Je suis arrivé devant la masse muette de la Tour de David ; j'ai tourné à gauche pour aller à la boulangerie, dans le quartier arménien. Je craignais, si je n'arrivais pas à temps, que les miches ne fussent toutes vendues. Finalement, il était trop tôt ; dans une heure environ, m'a-t-on répondu. Je me suis dit que je devrais manger et je me suis enfoncé dans le quartier arabe. A onze heures, je suis retourné chez le boulanger. J'ai pris deux pains tout chauds qui embaumaient. Je me suis dirigé vers le quartier russe. En passant par la petite place couverte de gravier entre l'hôpital anglais, l'hôpital arabe et le tribunal, j'ai entendu derrière moi des bottes crisser. Deux ombres – je ne distinguais pas bien – s'avançaient vers moi. J'ai hâté le pas. « Simonidis, hep ! Simonidis ! » me cria l'une d'elles.

C'était Garélas, je l'avais reconnu à sa voix. Il ne m'avait jamais vu en civil et maintenant je me faisais une raie et j'avais rasé ma moustache. Comment m'avait-il reconnu ? C'était un bon ami, un brave gars. M'arrêter ? Mais qui l'accompagnait ? J'ai constaté que je me trouvais entièrement dans l'ombre du tribunal tandis qu'ils devaient passer sous la lampe bleue de l'hôpital de la Croix-Rouge. J'ai tourné la tête. Un soldat et une soldate, une ATS. Il la tirait par le bras pour l'obliger à courir, elle aussi. Il vaut mieux qu'il reste dans l'incertitude, me suis-je dit, moins les « têtes-coupées » en connaîtront sur mes mouvements, mieux ce sera. Je me suis sauvé à toutes jambes pour sortir du quartier des remparts.

J'ai décidé de ne pas attendre l'aube pour rentrer chez la Bique, ça n'aurait pas été prudent. En marchant, je tendais l'oreille pour savoir si j'avais quelqu'un à mes trousses. J'ai atteint le quartier allemand sans encombre ; la maison Köhler était obscure. J'ai repéré la fenêtre d'Emmy ; les carreaux reflétaient le ciel lumineux, quelqu'un avait décapité l'eucalyptus qui, la veille encore, la masquait. J'ai réfléchi à ce que je dirais en rentrant si tôt et j'ai ouvert la porte du jardin. J'ai fait très attention, les planches ont quand même craqué. Mais la Bique est restée muette, elle faisait semblant de dormir.

Le lendemain, je suis descendu de bonne heure dans l'après-midi et j'ai offert le pain. Elles m'ont fait fête ; pourtant la Bique m'a paru peu loquace. Elle a lancé quelques remarques confuses sur la maison qui commençait, soi-disant, à devenir plus attirante et moi j'ai fait celui qui ne comprenait pas ; je lui ai souri comme à un voyageur dont les paroles sont couvertes par le bruit du train et ça s'est arrêté là. Elle portait la robe jaune mais elle avait changé de coiffure. Il semblait que la mode de la Rapesco fût passée. Leurs mignardises étaient de l'histoire ancienne. Maintenant elle tentait de copier la coiffure d'Emmy, malheureusement ses cheveux étaient pauvres : on ne pouvait les peigner en chignon, ils se hérissaient comme le duvet sur le croupion d'une poule plumée. Ensuite, elle s'est levée, elle est allée dans la chambre d'Emmy. Quand elle est sortie, elle marchait solennellement, bras tendus, visage extatique et les billes bleues de ses yeux fixées sur l'accordéon qu'elle a posé sur mes genoux.

– Jouez-nous un petit air, monsieur Caloyannosh. Frau Bobretzberg aimerait beaucoup vous entendre.

Emmy, enfoncée dans le canapé, inclinait la tête pour approuver et me souriait. Je me suis souvenu des airs que je jouais chez Adrien à Montparnasse, à l'époque où mon père m'avait coupé les vivres et où je me battais pour subsister sans interrompre mes études. Mon répertoire était inépuisable. La Bique s'exclamait :

– Comme c'est beau, je l'ai déjà entendu.

– Vous connaissez des chansons grecques ? m'a demandé Emmy.

J'ai attaqué des airs de Roumélie, de Crète, de Morée.

– Et les paroles ?

Quand j'ai traduit :

« Toi qui mènes la danse, toi plus belle que la mariée », Emmy s'est levée. Elle venait m'embrasser, je peux le jurer. Soudain, elle a touché ses joues, elles étaient toutes rouges. Elle m'a tourné le dos et elle est partie en courant. La Bique l'a suivie en levant les bras au ciel.

J'ai continué à jouer et à chantonner. La Rapesco est sortie de la chambre bleue, elle a fermé à clé, s'est regardée dans la glace pour arranger sa frange et elle est passée devant moi, le nez en l'air, traînant un sillage de lourd parfum. Peu après, Emmy et la Bique sont revenues. L'odeur d'eau de Cologne qu'elles ont apportée était comme une brise dans une nuit d'été étouffante. Emmy souriait de nouveau, ses yeux étincelaient, dorés. Je lui ai dit la phrase d'Hölderlin :

– *Denn alles ist gut.*

Parce que, oui, tout est bien. Les saisons et les heures, les jours et les nuits, les fleurs et les fruits se succèdent, telle est la loi, l'ordre ; le reste, les déchirements, les désastres, les guerres trouvent quand même une place et s'intègrent dans l'harmonie des mondes et la sérénité. La beauté de l'homme ne meurt pas ; elle ne disparaît que si la vie même s'éteint sur terre.

– Ach ! s'est exclamée la Bique au comble de la surprise. Mais vous parlez aussi l'allemand, vous !

– Nein, nein, ai-je fait précipitamment tandis que mes doigts sur les touches entamaient une folle danse cosaque.

Je me dépêchais pour pouvoir m'en aller. Qu'est-ce qu'Adam avait dû dire au vieux ?

Avec Emmy, nous nous étions compris. La phrase de Hoelderlin, elle l'avait reçue sans broncher. Aujourd'hui, ce serait son tour de me surprendre et qui sait comment. Mais la guerre est venue nous interrompre. A quelle heure le Yankee fichera-t-il le camp ? Le soir tombe. « Attrapez les renards, les petits renards qui détruisent les vignes, car nos vignes sont en fleur. »

5

De la porte de Damas à la porte de Jaffa, le chemin n'est pas long si on coupe par la vieille ville. Et si l'on veille à ne pas s'égarer dans le dédale des ruelles, qu'on supporte calmement les cris, la bousculade, la puanteur, les ânes chargés qui foncent sur vous pour passer ; si l'on ne redoute pas les chameaux qui s'agenouillent brusquement en blatérant, une écume épaisse à leurs lèvres pendantes, et qui s'obstinent à vous barrer le chemin, alors on peut trouver ce trajet agréable car en été il offre un gros avantage : il est à l'ombre. Pourtant, Emmy prit l'autre, à l'extérieur, celui qui longe presque parallèlement la muraille, tout en côtes rudes et sans arbres. Elle avait besoin de calme pour réfléchir. A Benny qui lui avait proposé de la ramener en voiture, elle avait répondu doucement mais fermement : « Non, je veux marcher, seule. »

La villa des Américains, au pied de la petite colline qui se dresse face à la porte de Damas, était entourée de grands et vieux arbres, mûriers et figuiers. D'un coup, Emmy se trouva dans l'embrasement du midi ; le soleil lui perçait les tempes de ses flèches enflammées, un ciel gris, aveuglant, donnait un éclat insupportable à la pierre des maisonnettes et à la terre jaune alentour. Elle prit ses lunettes noires dans son sac pour protéger ses yeux et de son écharpe s'enveloppa la tête et couvrit bien sa nuque. Derrière, il n'y avait personne sur l'escalier de marbre de la villa. Elle pressa le pas.

Un goût de fauve et de soufre lui collait au palais. Elle regarda autour d'elle, pas une âme ; elle s'arrêta et cracha avec un petit cri. « Quel dégoût », se dit-elle. Elle réfléchit. « Non. Ça t'a plu. Ne te le dissimule pas. »

Elle revoyait ce qui s'était passé. Elle pressait, elle suppliait son imagination de tout accueillir comme des incidents désagréables mais passagers puisque avec le temps ils se déposeraient, prendraient leur petite place, comme des taches d'ombre dans la nouvelle vie qu'elle avait pressentie si fort à son arrivée ici. En vain. On aurait dit que, pour la première fois, dans cette ville à la dérive, les nœuds de sa vie embrouillée la meurtrissaient. Et elle devait les dénouer tous, en une heure ou deux. « Tu as été habituée à classer les choses en belles et en laides. En agréables et en désagréables. Maintenant il faut que tu décides ce qui est le bien et ce qui ne l'est pas. » Elle traversait une crise, c'est tout. Un changement d'éclairage avait soudain révélé quelque chose d'horrible : Hans portait un masque. L'homme avec lequel elle avait été unie pour cette vie et pour l'autre, comme on dit, n'était pas celui qu'elle croyait ni celui qu'il lui laissait imaginer. « Mais lui aussi ne pourrait-il en dire autant de moi ? » se demanda-t-elle.

A deux heures, il l'attendait au restaurant de l'*Astoria*. Comment le regarder en face aujourd'hui encore ? Et lui dirait-elle ce qu'elle savait ? Et que se passerait-il ensuite ? La sueur ruisselait derrière ses oreilles et mouillait l'écharpe. Elle alluma une cigarette pour chasser l'âcreté de sa bouche. A côté, une vieille Ford montait, hoquetante, surchargée d'Arabes, de baluchons, de cabas. Quelqu'un la vit fumer et lui lança une phrase méprisante. Dans la descente, le fracas des tôles disjointes couvrit les ricanements du chauffeur et des passagers. Retournés sur elle, une dizaine de visages basanés et ridés se moquaient, muets, avec un éclat de conquête dans les yeux. Emmy s'arrêta, interloquée ; l'hostilité gratuite des gens la surprenait toujours et la désarmait.

La route goudronnée passait maintenant entre de vieux oliviers aux larges troncs creux. Emmy avait tiré un fil de l'écheveau de ses pensées et le dévidait.

« Benny Kurtmeyer, de l'OWW. Je pense que vous savez ce que c'est », – ainsi s'était-il présenté.

Elle n'eut pas besoin de lui offrir un siège. Il jeta son calot sur le guéridon et se laissa lourdement tomber dans le fauteuil de cuir. Il s'allongea, posa sa jambe sur le bras métallique. Il portait des chaussettes basses, négligemment roulées sur la cheville, découvrant son tibia épais et poilu. Ses cheveux frisés s'appuyaient à la combinaison oubliée sur le dossier du fauteuil. Emmy l'enleva et s'assit au bord du lit. Derrière elle, la porte restait ouverte.

– Il me semble que c'est quelque chose qui tient de l'Intelligence Service et du Spectacle aux armées pour les soldats américains.

– Admettons, ça n'a pas d'importance. J'ai l'impression que Mike ne vous a pas révélé sa spécialité.

Elle rougit. Mike Nicolson, un grand gars blond, droit et mal équarri comme un cèdre rouge fraîchement abattu dans les forêts de l'Idaho. Il était tombé amoureux d'elle. Assis au bar du *Shepherd's* pendant des heures entières, il buvait, muet, la regardant à la dérobée comme un chien battu. Il était devenu son cauchemar. Ses doigts qui pianotaient sans arrêt le marbre du bar, elle les sentait dans son dos, le long de ses vertèbres. Elle l'avait suivi dans sa chambre et elle y retourna souvent. Dans l'ensemble, l'aventure l'avait déçue.

– Je l'ai vu il y a deux semaines, au Caire, dit Benny. Il m'a paru absolument épuisé. J'ai fait allusion aux lacunes des émissions autrichiennes à Jérusalem. Les Anglais ont accepté, comme vous voyez. Seulement, je m'attendais à vous trouver à l'*Astoria* ou au *King David's Hotel*.

Emmy se leva :

– Monsieur le capitaine, je crois que vous devez partir immédiatement.

Elle s'efforçait de parler à voix basse pour que le Grec du grenier ne l'entendît pas. Il ne fallait pas le mêler, lui, à une telle affaire. De toute la force de son âme, elle suppliait Frau Anna de venir. Benny se frotta le menton, déboutonna sa chemise de lin soyeux et caressa la toison de sa poitrine. « Il est de ceux qui ont le dos entièrement poilu, comme les orangs-outans », pensa Emmy en rougissant de nouveau. Elle restait debout.

– Asseyez-vous, ma jeune dame, ne vous excitez pas, lui dit-il froidement et d'un air provocant. Je sais, vous pensez à une certaine visite du colonel Davis et c'est pourquoi vous ne me croyez pas. Tout a été fait sur l'ordre de Mike.

– Tout ? Même la retraite du général Ritchie sur le front de Libye ? avait répondu Emmy en se rasseyant.

– Non, bien sûr. Mais c'était là le prétexte de Herr Bobretzberg quand il nous a demandé de l'envoyer à Washington.

– Mensonges ! C'est vous, enfin, les Américains qui vouliez l'envoyer plus loin et mon mari a choisi Jérusalem pour rester près du front !

– C'est peut-être ce qu'il vous a dit. La vérité est différente. Dès qu'il a su que les Anglais le nommaient ici, il a cru que c'était pour l'éloigner de l'archevêque Testa, le nonce apostolique au Caire. Il a eu peur ; il est venu nous demander protection. Nous lui avons expliqué qu'on le déplaçait à la radio sur nos instances. Il s'est calmé mais il a réclamé qu'on lui assure wagon-lit et hôtel. Nous avons fait notre possible, vous savez le reste.

– Ce sont des contes pour enfants. Des services mobilisés, des gens dérangés, des télégrammes, du gaspillage pour qu'un capitaine de l'OWW satisfasse quoi ? un caprice ? Et Rommel presque aux portes de l'Égypte ! On n'agit pas ainsi en de pareils moments !

– Et pourquoi croyez-vous que se font les guerres ?

Emmy resta interdite. Cet homme avait l'air de croire à ce qu'il disait. Était-il fou ou l'avait-on envoyé exprès pour la mêler à qui sait quelle obscure affaire ? Mais peut-être se montrait-elle injuste ; elle avait le défaut de tirer des conclusions souvent hâtives. Les Américains ont une mentalité bizarre. En parlant avec Mike, elle s'était parfois demandé ce qu'ils espéraient de cette guerre. Entre les déclarations de Roosevelt et leur comportement en Égypte, il y avait un abîme.

– J'avais une amie d'enfance, Mizzi Pollak…

– Juive, bien sûr !

– Mais vous aussi vous êtes Juif, je crois.

– Oh, moi, je suis Américain. Il y a une différence.

Emmy le regarda de nouveau, interdite. Par habitude peut-être, il avait mis la main entre ses cuisses qu'il serrait distraitement. Elle eut un vertige. Elle se leva, sortit dans le couloir. Le canapé, la petite table. Dans les tasses, le thé refroidissait.

La chaleur devenait insupportable. Emmy vit avec soulagement qu'elle approchait d'un endroit planté de peupliers et de cyprès devant le nouveau monastère grec. Mais elle ne s'arrêta pas. Un Européen d'un certain âge, bien habillé, lui tournait le dos, les cuisses écartées, presque collé contre un arbre. Quand elle arriva à sa hauteur, il fit précisément ce que n'aurait jamais fait un gentleman. Derrière ses lunettes noires, Emmy eut le temps de voir des attributs extraordinaires. Tout en regardant, dans le lointain, les pierres brunes des collines brûlées, elle se demanda de quelle manière Mizzi aurait commenté l'incident. Elle se retint pour ne pas rire.

– Que vouliez-vous dire de votre amie ? fit Benny dans la chambre à l'accordéon, sans changer de place.

– Elle répétait souvent que vivre sous Dollfuss était préférable à la dictature d'Hitler. Et pourtant, c'est une balle de Dollfuss qui l'a tuée devant l'immeuble de mes parents. Elle venait demander de mes nouvelles, j'étais en voyage de noces à ce moment-là.

– Votre mari a été secrétaire du Chancelier, n'est-ce pas ?

– Aucun rapport ! cria Emmy. Je vous l'ai dit : nous nous sommes mariés avant que je sache qui était réellement Dollfuss. Pendant les événements de mars, nous nous trouvions à Budapest.

– Naturellement, dit Benny d'un air bizarre. Et que pense-t-il maintenant de ce petit dictateur de poche ?

– C'est son affaire ! Ce que je peux vous dire, c'est ce que je pense de vous. La même chose que de Dollfuss.

– *You little radical pest !* grommela Benny entre ses dents. Si je ne me trompe, votre père était membre du Schutzbund ?

Ils savaient même cela ! « Non, non, pas les vieux », supplia une voix en elle. Ils vivaient maintenant tout seuls dans une loge de concierge à Florinsdorf. « Seul l'espoir de te revoir nous tient en vie », écrivaient-ils sur la dernière carte de la Croix-Rouge parvenue il y a des mois au Caire. Espoir ? Un sur un million : que Hitler l'emporte tout de suite. Et encore, c'était douteux ; la laisserait-on rentrer dans son pays ?

Benny se leva et se mit à arpenter la chambre. Ils s'arrêta devant la gravure de Dürer « Mort, Famine, Guerre, Peste », les quatre cavaliers de l'Apocalypse.

– Pourquoi n'emménagez-vous pas à l'*Astoria* ? Ici, ce ne sera pas pratique pour nous rencontrer.

– Mais qui vous dit que je vais accepter ? répliqua ironiquement Emmy.

Benny s'approcha, se pencha à son oreille :

– Que diriez-vous si les Anglais lisaient les messages que votre mari envoie au pape ?

– Hans ?

Benny désigna la fenêtre. Dehors se découpait la cathédrale allemande, massive comme une citadelle médiévale, teintée d'orange par le soleil déclinant. Frau Anna avait fait décapiter l'eucalyptus. « Maintenant la vue ressemble de nouveau à une carte postale », avait-elle dit à Emmy qui regardait, consternée.

– Ne criez pas : ce sont les Templiers qui s'en chargent, dit-il en se penchant encore davantage. (Ses lèvres effleuraient le duvet de sa nuque, derrière l'oreille.) Via la Turquie, mais à Ankara, c'est Von Papen qui les reçoit.

– Hans ? répéta Emmy en rejetant la tête en arrière pour mieux le voir. Son haleine la brûlait, ses yeux étaient devenus rouges.

– Oui, Hans. Pour le moment, les Anglais n'ont que des soupçons. Ils veulent l'envoyer sous un prétexte quelconque à Ankara et puis le filer pour voir s'il prendra contact.

– C'est vous qui avez provoqué cela, répondit Emmy à voix basse, comme lui.

A travers la chemise entrouverte, elle voyait sa poitrine ; la veine, au creux du cou, battait et son cœur devait cogner à un rythme fou.

– Non, je vous le jure, dit Benny en se rasseyant et en reprenant sa première position. Pourtant, je vous avoue que ça m'arrange beaucoup.

S'agenouiller, écarter doucement sa main prisonnière. Emmy, Emmy ! Elle se précipita de nouveau dans le couloir. Le Grec restait enfermé dans son grenier. La nuit tardait à tomber. Elle rentra, pâle, indécise :

– Il faut que vous partiez. Si vous avez un endroit où nous retrouver, mais pas un hôtel, nous continuerons cette conversation.

– *That's a good girl !* conclut Benny satisfait et il se leva.

Il prit le calot sur le guéridon et parla d'une villa à la porte de Damas. Elle ne comprenait pas, elle s'égarerait, et puis elle avait peur. Ils convinrent qu'il l'attendrait avec la voiture devant l'immeuble de l'YMCA. Il ne lui demanda pas de l'embrasser. Il ne lui toucha même pas la main. Il partit. Petit, suffisant, dynamique, méchant. Poilu. Juif allemand. OWW. Quelque chose qui tient de l'Intelligence Service et… Emmy, Emmy…

Sous la porte de Jaffa, la bousculade était indescriptible. Un fleuve hétéroclite de véhicules, de bêtes, d'hommes en costumes variés, coulait indécis dans un nuage de poussière dorée. Emmy avait le vertige ; elle s'arrêta et s'appuya de la main sur un mur décrépi. D'un coup, des mendiants l'entourèrent. Une fillette au regard effronté lui tira la robe et se sauva. Emmy sentit de nouveau son haleine devenir âcre, une odeur fauve. Elle se pencha un peu et cracha. Les mendiants reculèrent. Elle vit, sur un petit âne, un vieillard en turban vert qui partait en se retournant sur elle. Il cherchait ses yeux à travers les lunettes noires et quand il les eut trouvés, il cracha avec violence et détourna le visage, furieux. « Il se passe quelque chose, ce n'est pas une coïncidence », pensa Emmy. Elle s'examina minutieusement ; non, rien de provocant sur elle. Un fait qui ne la concernait pas excitait sournoisement l'humeur de la foule. « Dimanche, 14 juin, je dois m'en souvenir. On saura peut-être plus tard. A moins que les hommes de la ville sainte ne devinent les femmes adultères. Ce qui m'attend alors, c'est la mort par lapidation. » Elle trouva cela amusant. Mais tout de suite, Hans envahit sa pensée et elle s'assombrit. Elle avait de nouveau des vertiges. On l'attrapa par le bras.

– Avez-vous besoin de quelque chose, Frau Bobretzberg ?

Une grosse juive, d'âge moyen, lui souriait. Emmy reconnut la blanchisseuse polonaise qu'elle avait vue la veille penchée sur le bassin quand elle avait ouvert, par erreur, la porte à côté de la salle de bains, chez Benny.

– Je vous remercie, ce n'est rien, j'ai seulement chaud. Mais comment connaissez-vous mon nom ? demanda-t-elle, troublée.

– Nous sommes voisines à la maison Köhler. Nous habitons au rez-de-chaussée, avec les enfants. Vous nous saluez, mais vous n'avez pas dû faire attention.

Elle se trouvait sous la Porte. « Endroit fatidique, je ne l'oublierai jamais », pensa Emmy. Elle prit le bras de la femme de ménage.

– Je crois que j'ai besoin de m'appuyer un peu sur vous, Frau…

– Chliaska, Rosa Chliaska.

Elles marchèrent en silence. Peu après, Emmy s'écarta. Elle regarda l'heure.

– Connaissez-vous un coin retiré où prendre un rafraîchissement ?

– Pour un rafraîchissement, il faut aller dans un café arabe. J'en connais un sur notre chemin. Il y a aussi un jardin avec un petit jet d'eau.

Dès que l'Arabe qui servit les limonades dans de grands verres fut parti, Emmy sortit de son sac une livre et tenta de la mettre dans la main de Rosa. Elle était toute rouge et ses doigts tremblaient.

L'autre déplia le billet, le repassa lentement de la paume, prit le sac d'Emmy et l'y replaça. Elle avait un sourire amer.

– Impossible d'imaginer combien j'en ai besoin. Mais je ne le prendrai pas. C'est moi qui vous demande de ne pas en parler. Votre ami me chassera s'il apprend que je vous ai reconnue. Je perdrai les conserves et le sucre pour les enfants et le porridge pour ma belle-mère. Vous comprenez ? J'ai seulement voulu vous aider. Il y avait des mendiants, il y avait des lépreux qui cherchaient à vous toucher. Je vous parlais et vous ne m'entendiez pas. Jusqu'au moment où je vous ai attrapée et secouée. Si vous aviez l'amabilité de me donner du linge, je vous prendrais autant que le blanchisseur mais je le laverais avec soin et je serais très contente.

Emmy déposa ses lunettes sur le marbre, déplia un petit mouchoir.

– Ce n'est pas la peine, lui dit Rosa gaiement. Ça ne mérite pas que vous vous abîmiez les yeux.

Elle vida son verre, s'essuya du dos de la main et repoussa la chaise. Elle tapotait doucement l'épaule d'Emmy qui s'arrêta de pleurer et sortit son miroir.

– Mon Dieu, quels cils ! Je pensais qu'avec les larmes ils déteindraient et voilà qu'ils reprennent comme des capillaires arrosés. Frau Anna doit vous envier… Vous ne pourriez pas lui en prêter quelques-uns, des fois qu'elle arriverait à embobiner le Grec ?

Emmy tendit l'oreille mais l'autre avait terminé.

– Quel Grec ?

– Celui qu'elle loge au grenier.

– Et elle est amoureuse de lui ?

– Comme une folle. Depuis qu'il est arrivé, elle nous casse les pieds avec ses réflexions. Vous ne l'avez pas vue avec son balai, raide comme un uhlan du Kaiser ?

– Ça ne veut rien dire, répondit naïvement Emmy, et elle ne put se retenir : elle éclata de rire à cette comparaison. Peut-être que c'est une coïncidence ?

– Voilà ! Bravo ! Je disais des bêtises pour vous faire rire. Quant à l'idylle, croyez-moi. Pour Frau Anna, j'en suis sûre. Et je vais vous dire pourquoi. Tous les mercredis, une missionnaire anglaise nous réunit dans une maison derrière la voie ferrée, près de la glacière. Quand je n'ai pas de travail, j'y vais : thé, petits fours et bavardages. Chacune parle de sa vie. Alors, le uhlan…

– Je vous en prie, ne le répétez pas, la pauvre ! Au fond, elle a un cœur d'or.

– Pas tellement, vous ne la connaissez pas encore. Mais vous avez le temps. Vous savez, Frau Anna passe tous ses clients au crible ; sur le Grec, pas un mot. Ne dites pas encore que c'est une coïncidence parce que quand je lui en ai fait la remarque, elle est devenue jaune comme un citron et, le soir, elle a amené ma petite fille au cinéma.

6

Je dois quitter les lieux. Le refuge que je construisais depuis trois mois s'est écroulé comme un château de cartes. Les « têtes-coupées » m'ont découvert. C'est-à-dire la « Tête-Coupée », Le Minus, car je suis injuste envers les autres en les mettant dans le même sac. Comme si cela ne suffisait pas, j'ai eu une visite de la Rapesco et le lendemain, une crise de la Bique qui a avoué : Richards lui avait révélé depuis mars que je ne travaillais pas à la Radio. Et pourtant, elle me cache. Elle jure qu'elle ne l'a dit à personne. Mais alors, qu'est-ce qui pousse Emmy à m'éviter ? Je soupçonne l'Américain. Il a dû lui dire quelque chose pour l'effrayer de la sorte. Depuis avant-hier, son comportement a changé. Elle ne reste pas à la maison ; elle traîne toute la journée dehors. A l'heure du thé, j'entrouvre la porte et je regarde : tout est désert ; vides, le canapé et la petite table. J'ai réussi à la rencontrer dans l'escalier : « Que devenez-vous, c'est comme ça qu'on abandonne les vieux amis ? » « Je vous en prie, ne m'approchez pas. Il ne sortira que du mal de nos relations. » Elle parlait vite et avec froideur, en jetant des regards furtifs en bas. Je me suis écarté sans un mot et elle est passée.

Comme disent les communiqués de la Wehrmacht, l'étau se resserre. Mais qui peut savoir où je me cache ? Un : les « têtes-coupées » ; suite probable : la police militaire grecque. Le Minus prétend que, dans l'immédiat, un tel danger est exclu puisque les amis, au Commandement de la Place à Jérusalem, ont réussi à me faire passer sur les registres de la Place au Caire et là, c'est la pagaille. Peut-être. Mais ils me tiennent. Dès qu'ils le décideront, un mot au Commandement de la Place à Jérusalem et... fini. Deux : Richards ; suite probable : Intelligence Service, Commandement de la Place anglaise ou la Police. Improbable. Je connais l'homme : c'est un réactionnaire mais pas un indicateur. Nous avons passé des heures à discuter de sujets qui nous passionnent. Il m'a dit une fois : « Dans un moment grave, un humaniste préférera mourir aux côtés de ses amis plutôt que pour tel ou tel dogme. » Si je disais à la « Tête-Coupée » ce qui me donne confiance en lui, il me traiterait de fou. Hadjivassilis comprendrait. Mais je n'ai pas eu le temps d'en parler avec lui : ce n'est qu'aujourd'hui que la Bique a avoué. Trois : la Bique ; suite probable : la Police. Impossible. Ou seulement si on la menace ou si elle bavarde par étourderie. Mais je lui ai bien fait la leçon. Ce dont elle a peur, c'est que je parte. Ça alors ! Quatre : Michèle, c'est-à-dire la Rapesco ; suite probable : inconnue. La grande inconnue. Cinq : Emmy ; suite probable : les Américains. Improbable. Ou le contraire : les Américains, qui l'ont dit à Emmy... L'ont-ils réellement dit ? Et comment l'ont-ils appris ? S'ils le savent, pourquoi ne m'arrête-t-on pas ? Problème.

Pourtant, reprenons. Peut-être un détail nous éclairera-t-il. J'étais sous la lucarne et je lisais le passage sur les petits renards. « J'en suis sûr, pensais-je, il veut parler des chacals. » Là, j'ai entendu des voix dans le jardin. Je suis monté sur la chaise et j'ai observé en cachette.

La Bique bavardait avec l'Américain qui tenait la porte, il partait. « Pourquoi le retient-elle, me suis-je demandé, agacé. Le thé va refroidir. » Alors, j'ai vu passer lentement, avec ses godillots et son calot, Le Minus ! Il faisait semblant de regarder ailleurs, mais je le connais bien, il venait pour moi. Ç'aurait été une drôle de coïncidence que, du camp de Kfariona, il débarquât tout à coup à Jérusalem, et dans ma rue encore ! Plus loin, à l'endroit où l'amant de Mme Andréanou attend le matin, il s'est arrêté pour allumer une cigarette. Puis, à pas lents, il est passé de nouveau devant la maison et il est parti. Il ne faisait pas encore nuit. Cela m'avait mis de mauvaise humeur et je n'avais envie de parler à personne. J'ai entrouvert la porte. La Bique ramassait les couverts, seule. Plus tard elle a crié devant la porte d'Emmy : voulait-elle l'accompagner au cinéma où l'on donnait un film très sentimental ? Je n'ai pas entendu la réponse et la vieille a dit : « Comme vous voudrez. Bonne nuit et soignez-vous… » J'ai laissé s'écouler quelques instants encore. Hans Bobretzberg devait être rentré. Je suis descendu rapidement, j'ai regardé si personne ne me guettait, j'ai traversé le jardin, sauté la clôture, derrière, et me suis trouvé à la villa aux marronniers. Plus loin, j'ai sauté une autre clôture croulant sous le chèvrefeuille qui embaumait et par là, en rasant les murs, j'ai pris le chemin de chez Hadjivassilis. Heureusement, la veilleuse brillait derrière les persiennes entrebâillées.

– Enfin ! a fait la vieille. Nous croyions que tu nous avais oubliés. Viens, il y a des gombos. Nous avons acheté aussi de la bière.

Je pignochais sans appétit :

– Adam est revenu, n'est-ce pas ? Il m'a semblé entendre sa voix il y a quelques jours.

– Il est venu, le salaud, mais il a fichu le camp, a répondu le vieux. Quel culot, cet homme ! Il voulait amener ici, dans la maison de la disparue, une femme mariée, une Arménienne, de Haïfa, à qui il a tourné la tête. Je lui ai dit que je les égorgerais.

Les vieux avaient donné leur petite maison en dot à Amalitsa mais « les papiers n'avaient pas été bien rédigés » et maintenant le veuf prétendait qu'elle lui appartenait. Il cherchait à jeter les vieux à la rue. Nous avons examiné l'affaire au point de vue juridique et je leur ai dit ce que l'on pouvait faire. Puis j'ai évoqué la rencontre de la journée. Il était impossible que Garélas m'eût suivi sans que je m'en fusse aperçu. Comment m'avaient-ils trouvé ?

– Qu'est-ce qu'ils sont, eux, des « soucialistes » ?, a demandé le vieux.

– Plus que ça.

– Il fallait le dire tout de suite. Ils l'ont appris par les Juifs. Quelqu'un t'a flairé et le leur a soufflé !

Et le vieux m'a expliqué que mille pouvoirs secrets commandaient cette ville à la dérive. « Écartons les Autorités, les Alliés, les Arabes et les Bédouins qui, eux aussi, ont leurs organisations, écartons les Templiers, les Protestants, les Catholiques, les Arméniens, les nôtres, les Russes, les missions de tout genre qui s'entr'égorgent pour gagner des âmes, des recrues pour l'autre monde. Les mieux organisés sont les Juifs : ils se sont sérieusement mis à reconquérir la Palestine. Ce sont les Nili, fils d'Aaron, eux, ils tuent ; la Hagana, l'Irgoun, les orthodoxes de Zabotinski ; la Hadassa qui ramasse les dollars américains par bateaux entiers ; les His-tadrut qui contrôlent toute la classe ouvrière ; les Sionistes enfin et les partis, les boys-scouts et les communistes qui font maintenant la tournée des cafés en engageant les hommes à endosser l'uniforme et à lutter contre Hitler. Pourtant, ne crains pas des Juifs qu'ils te dénoncent aux autorités. L'étranger est sacré. Tu n'as pas lu dans le Deutéronome : "Tu ne pervertiras point le droit d'un étranger… Tu te souviendras que tu as été esclave sur la terre d'Egypte." »

– Tout ça, c'est très bien. Mais je dois changer de domicile en attendant de trouver une solution. Et je n'ai plus d'argent.

Ils hochaient la tête au-dessus de leurs assiettes, les vieux. De la petite poche de mon pantalon, j'ai sorti le talisman ; j'ai pris un couteau et je l'ai décousu.

– La bague d'Amalitsa ! s'est écriée Mariétoula. Vassilis, c'est péché de la donner. C'est une relique !

Elle était allée à la noce de ma mère à Alexandrie et avait admiré le cadeau du nouveau marié qui cherchait à éblouir la grand-mère pour qu'elle le laissât emmener sa fille en Grèce. Aux noces, il y avait aussi l'autre Amalitsa, la fille de Mariétoula, jeune fille encore ; on l'avait confiée pendant presque quatre ans à la grand-mère pour lui faire oublier ce démon d'Adam. Mais en vain. Durant l'autre guerre, il avait trouvé le moyen de s'évader de chez les Turcs à Homs et de passer en barque de Beyrouth à Chypre, et de là à Port-Saïd, et un jour, l'œil de Lilika l'avait surpris à tourner comme un voleur derrière les figuiers de Barbarie. « Eh toi, dit-elle à la petite, cet homme avec la chaîne en or, ce n'est pas Adam ? – Je ne sais pas, moi, grand-mère. Mais fasse le ciel que ce soit lui. » Eh, mon enfant, ce qui est écrit…

Tout en l'écoutant, j'évoquais cette histoire dans la brume de mon enfance ; c'était à Kifissia, en automne, il pleuvotait toute la journée sur les tas de feuilles mortes et quelqu'un la racontait (la grand-mère, la mère ?) et tout luisait d'un éclat doux et mélancolique. Ce grand amour qui n'avait pas craint la mort, les dangers, les tempêtes, durait ; et la chaîne d'or avec sa montre durait aussi et Adam qui parcourait le monde... Il devenait une figure mythique, incarnait l'héroïsme, le dévouement et la fidélité. Et voici que maintenant, j'entendais ici l'autre version : Amalitsa était morte à demi paralysée, abrutie, bavant comme un bébé, seuls ses yeux brûlaient de désirs inassouvis. « Adam lui donnait des aphrodisiaques, il en prenait lui aussi, et il avait fini par la détruire. Ne te fais pas d'illusions, lui ai-je dit, je sais comment tu as séduit ton Arménienne au gros pétard. Je vais aller le raconter au Patriarche, tu seras la risée de tout Jérusalem. » Le vieux bouillonnait de colère en parlant.

– Tu as compris, maintenant, pourquoi les Arabes ont un proverbe qui dit : « Ne crois pas un mot de ce que raconte le pèleriné ? Les gens entendent monts et merveilles sur les Lieux Saints, comme toi sur Adam, et quand ils viennent, cette terre leur révèle la vérité nue. »

Ainsi, à travers des récits sur la dictature de Métaxas et sur la guerre d'Espagne, j'avais imaginé Le Minus paré d'une auréole. Et voilà ce qu'il était, un Adam. La terre de Chanaan le démasquait.

Hadjivassilis avait pris le diamant dans sa main et l'admirait.

– Cette bagatelle doit valoir gros, aujourd'hui. Cinq cents, sept cents... Laisse-moi faire, j'ai un homme sûr.

Nous nous sommes mis d'accord pour demander le paiement en livres-or qu'on empaquetterait par rouleaux de vingt. Nous nous sommes levés pour voir à quel endroit du jardin il les enterrerait ; je devais pouvoir les trouver si un jour j'étais poursuivi et que j'aie besoin d'entrer à l'insu d'Adam. Les vieux m'ont montré mon uniforme emballé dans du papier goudronné et enfoui au milieu des bûches et de la ferraille, dans la buanderie.

– Nous ne fermerons pas à clé. Peut-être que tu en auras besoin subitement. Tu pourras même te cacher quelques heures, si tu n'as pas où aller.

Peu après, je suis parti. La vieille, comme toujours, m'a béni et embrassé.

Hier, je suis resté toute la journée penché à la lucarne. Je n'ai presque pas dormi. A dix heures, j'ai vu Emmy partir. Elle est rentrée à trois heures, accompagnée d'Andréanou. Ils avaient dû revenir par le même autobus. Elle parlait avec animation et quand ils sont arrivés à la porte, elle a furtivement levé les yeux vers le grenier. A la fin de l'après-midi, je l'ai arrêtée sur le palier. L'heure du thé était passée sans que personne ne m'eût appelé. Quand elle m'a dit de ne pas l'approcher, je l'ai laissée. Le Minus n'est pas apparu de toute la journée. Et la Bique était fourrée Dieu sait où, on ne l'entendait pas. L'énervement m'a repris. Le changement d'Emmy me bouleversait. J'étais impatient aussi d'apprendre ce que Hadjivassilis avait pu faire pour la pierre et pour la nouvelle chambre. Mais j'ai attendu qu'il fasse bien nuit pour descendre. Personne. Au bout de la ruelle, j'ai entendu une voix :

– Manos.

Je me suis arrêté.

– Qu'est-ce que tu veux, encore ?

Il a ri :

– Hé hé ! Pour moi, rien ; c'est dans ton intérêt que je te cherche !

Il a dit que j'exagérais, qu'il ne s'agissait plus d'un caprice. Pour le moment, les gars avaient réglé la situation, mais si je tardais, je risquais d'être porté déserteur.

Je lui ai répondu que j'y avais pensé dès le début et que cela ne m'effrayait pas.

– L'expérience m'a enseigné qu'un des nôtres, officier et de surcroît décoré en Albanie, a le devoir révolutionnaire…

Je l'ai interrompu :

– Laisse tomber. J'en ai marre de tous ces trucs. Tu as autre chose à me dire ?

Nous ne devions pas rester là. Nous sommes allés vers des coins déserts. Nous avons traversé la voie ferrée et continué. Une chouette a hululé et il a sursauté : « Boucle-la », a-t-il sifflé entre ses dents. Dans le lointain, une masse écrasait notre âme : le Mont du Mauvais Congrès. Le Minus a pris sa voix de basse et m'a offert un magnifique solo :

– Je suis venu te trouver de ma propre initiative et avec la ferme résolution que soit créée une atmosphère d'entente, de dignité et d'élévation telle que notre lutte resplendira, honneur de la Grèce et de ses enfants expatriés.

Je l'ai laissé terminer :

– Si je comprends bien, tu as cessé de me considérer comme un caillou merdeux ?

– Hé hé, cela dépend de ta volonté et de ton ardeur combative. En fin de compte, toi-même et tes camarades vous jugerez si tu as recouvré le droit de rentrer dans nos rangs. Pourquoi ramènes-tu tout au plan personnel ?

J'ai compris. On avait besoin de moi. J'ai eu envie d'accepter tout de suite, de courir de nouveau où m'attendait le travail et… au diable les subtilités ! Mais je me suis retenu. Un an durant, j'avais serré les dents et tout supporté en espérant l'influencer par mon exemple, l'améliorer en quelque sorte. J'avais fini par comprendre que je devenais ainsi son complice, qu'en me taisant je le soutenais. Je l'avais donc pris à part pour lui parler à cœur ouvert. De tous ses défauts, de toutes ses qualités. « Si je parle comme ça devant les autres, mal formés qu'ils sont par toi, ils vont croire que je veux créer une fraction (peut-être, d'ailleurs, se créera-t-elle d'elle-même). Ce n'est pas ce que je cherche. J'en connais les dangers. Je m'adresse à toi seul, réponds-moi avec la même franchise : sur quels points ai-je raison, en quoi suis-je injuste à ton égard ? » Il voulait me répondre sur-le-champ. « Laisse passer vingt-quatre heures, accorde-moi la satisfaction de bien y réfléchir. » Une semaine s'écoula, rien. « Et alors ? » lui avais-je demandé. « Tu verras. » Un soir, il convoqua une réunion. Rapporteur, lui-même ; il parla quatre heures d'horloge. Il dénonça des « manœuvres antidémocratiques », arrangea mes propos dans le sens qui lui convenait et, pour terminer, conclut sur une proposition : « Je vous ai présenté les choses fidèlement et en détail. Nous n'avons pas de temps à consacrer aux bavardages, chacun aura la parole dix minutes. » Mise au vote : approuvé. Je renonçai à mes dix minutes. En faire quoi ? Il reprit la parole trois heures durant pour que la nuit s'écoulât sans que j'eusse eu le temps de me justifier. Il donna même dans son discours un aperçu de la situation internationale. Tous les autres restaient passifs. Pas un n'eut l'idée de dire : « Un instant, le camarade n'a pas encore parlé, comment le condamner ainsi, à la sauvette ? » Et puisque personne ne se crut obligé d'intervenir, qu'aurais-je pu faire, moi, sinon leur faire perdre leur temps ? J'étais parti. Voilà, ce que je considérais comme une atteinte personnelle. Comment aurais-je dû le considérer, alors ?

Au bout d'un moment, voyant que je me taisais, il a changé de sujet. Il avait dû tout préparer, dans l'ordre.

Il m'a informé qu'une de mes anciennes « positions », concernant les officiers, avait été finalement adoptée et qu'on l'appliquait déjà. J'avais dit, à l'époque, qu'il ne fallait pas que les soldats soient encouragés à l'insolence et à la désobéissance, parce qu'au lieu d'une armée de Libération on risquait d'avoir une bande indisciplinée. Ma proposition avait été rejetée car je « sous-estimais le facteur conscience de classe et envisageais le problème sous un angle personnel ».

– Avez-vous déclaré publiquement que c'était une erreur, avez-vous fait votre autocritique, est-ce que les officiers sont au courant de ce changement ?

– Eh, non, quand même. Il faut sauvegarder le prestige de la direction.

Des demi-mesures. Enfin, c'était déjà quelque chose. Mieux que rien. On tarde à tirer les conséquences mais l'expérience peut toujours servir à corriger une erreur. Sauf si un autre, plus habile et plus calme que moi, était parvenu à les convaincre.

– Alors, qu'est-ce que tu en penses ? Tu viendras ?

– Laisse-moi quelques jours, je veux réfléchir.

– Ah, j'oubliais, a-t-il dit en faisant semblant de changer de sujet : qu'est-ce que te racontait Makridis quand il venait te voir ?

Incroyable ! Si Makridis, un lieutenant fasciste de la Garde de la Place, était en rapport avec moi, quel besoin aurais-je eu de me cacher ? J'ai entrevu la menace indirecte : c'était là l'accusation honteuse qu'il me réservait si j'étais récalcitrant. J'ai pu déduire, par ailleurs, que son informateur était plutôt un des types d'en bas car les locataires de la Bique savaient tous que Makridis venait pour une petite répétitrice d'anglais. Il l'avait assaillie, et très maladroitement, mais la maison était vide cet après-midi-là.

– Laisse tomber ces procédés de flic. Makridis venait pour une petite Juive.

– Hé hé ! Et toi tu ne t'en fais pas, tu te la coules douce. Petites Juives et compagnie ! J'ai compté quatre poules, de vraies beautés. Tu dois te les envoyer, bien entendu. Qu'est-ce que tu as d'autre à faire ?

Je n'avais pas touché une femme depuis l'invasion allemande en avril 41 à Serrés. Là, les prostituées avaient enterré nos morts, comme des mères, elles les pleuraient, mieux que des sœurs. Ensuite, elles nous tiraient par le bras : « Viens, ne sois pas timide, je le fais pour mon salut… » Nous avions décousu nos galons, jeté les mitrailleuses dans des puits et nous attendions que les Allemands viennent nous faire prisonniers. Et maintenant celui-là, bien connu comme coureur de jupons…

– Tu es un homme pourri, lui ai-je dit, et quand un mouvement a des hommes pourris à sa tête, il pourrit tout entier ou il les vomit. Je connais notre peuple : il te vomira.

– Viens travailler de l'intérieur, pour que le nettoyage se fasse plus vite.

Je connaissais le refrain. Quatre heures lui, dix minutes moi. Vote. Rejeté. Point à la ligne.

– Ce serait du temps perdu, lui ai-je répondu. Il faut trouver un autre moyen.

– Mais est-ce que tu te rends compte des responsabilités que tu prends ? Des types comme toi, tu sais comment on les traite ?

Il était capable de tout. Mais jamais seul. Il utiliserait les autres comme toujours. Je n'ai rien dit.

Aucune entente n'était possible. On s'était réellement disputés. Il a esquissé un pas pour me quitter mais il risquait de s'égarer dans ces endroits déserts, je l'ai donc reconduit jusqu'à la gare. J'avais faim mais nulle envie d'aller chez les vieux ou au restaurant. Je ne voulais voir personne. J'ai dû marcher une heure ; dans une carriole on vendait des pommes jaunes du Liban. J'en ai acheté une demi-ocque et je les ai grignotées en chemin.

Je suis rentré à mon heure habituelle mais la Bique ne m'a pas parlé. Je me suis penché. Le lit de camp n'était pas là. Elle dormait sans doute en haut. Une chambre avait dû se libérer, celle d'Emmy ou celle du Major. Je suis monté sur la pointe des pieds. Ma porte était entrebâillée. Je me suis arrêté. Une forte odeur d'arak m'a pris aux narines. La voix de la Rapesco me disait doucement :

– Entre, c'est moi ; je ne te mangerai pas !

Je suis entré, j'ai allumé. Elle était pieds nus, en combinaison. Assise sagement sur la chaise ; il y avait sur la petite table un litre d'arak à moitié vide et, sur la Bible, une coupe à champagne en cristal. Aucun désordre. Si elle avait fouillé, elle devait être déçue.

J'ai dit qu'il n'y avait pas de mal, elle n'allait pas me manger, en effet ! Mais que cherchait donc dans ma chambre, à cette heure-ci, une si grande princesse ? Elle m'a regardé, a fait un geste de lassitude, comme si elle voulait écarter tout motif de discussion.

– Tu m'as fichu un affreux cafard avec ton truc à soupirs. Voilà !

Les chansons de Paris qui laissaient Emmy indifférente lui avaient donné, à elle, du vague à l'âme. Elle est allée fermer la porte, s'est assise sur le divan, l'a éprouvé de la main.

– J'espère que ton plumard ne fait pas de boucan. Eteins, veux-tu ?

Je l'ai laissée se déshabiller avant d'éteindre. La lucarne était rose et verte, les couleurs de l'aurore. Dès que je l'ai touchée, elle a commencé à pousser des petits cris. De la main, je lui ai fermé la bouche, et je me suis jeté, sans me signer, dans la mer sauvage qui m'invitait. Cependant, mon cerveau continuait toujours à fonctionner. La discussion avec Le Minus m'avait beaucoup énervé. Qu'espérait-elle tirer de moi, le piège était grossier. Ensuite, j'ai senti tout son corps vibrer, elle criait sourdement sous ma paume qu'elle mordait, non, me disais-je, cette femme-là fait l'amour pour l'amour. La délivrance arriva comme une tempête, avec des appels de mouettes et des éclairs ; des vents puissants apportaient l'odeur des sapins accrochés aux cimes et des parfums de rosiers, de platanes et d'orangers amers. De nouveaux éclairs. Et la vague a tout noyé : peurs, angoisses, solitudes. Nous nous sommes allongés côte à côte sur le divan étroit, haletant comme des naufragés.

– Tu es vraiment bien, tu sais !

– Et toi tu ne te défends pas mal, lui ai-je dit.

– Merci, c'est gentil, ça.

– Tu as un accent… quelque chose entre Montrouge et Montparnasse.

– Ça, c'est formidable ! En plein dans le mille !

– Mais tu n'es donc pas née à Sinaïa ?

– Oh, tu es naïf au point de croire les bêtises que je raconte à cette mégère. Elle t'a sûrement confié aussi que j'étais une espionne. Je suis cent pour cent parisienne. A seize ans, j'ai pêché mon premier client rue Vavin. Il pleuvait, je n'avais pas de bas mais on m'avait prêté un imperméable qui m'allait drôlement bien. Ensuite, j'ai été modèle à la Grande Chaumière. Et là, Rapesco a perdu la tête. M'épouser !… Il était peintre et garde du corps de Titulesco. On verra, ai-je dit. Je ne le croyais pas. A Bucarest, au bout de dix mois, la Garde de Fer l'a liquidé. Restée veuve, je me suis embarquée dans les grandes affaires.

– C'est-à-dire ?

– Laisse. Est-ce que je te demande, moi, quel est ton boulot ?

Elle avait raison. Elle ne m'avait pas demandé qui j'étais, ce que je faisais. C'eût été le moment. Mais elles ont tant de moyens pour apprendre sans questionner. Puis, elle a posé sa bouche sur la mienne.

– Viens, recommençons vite. Ils vont se réveiller bientôt.

Quelle heure était-il ? Bientôt commencerait la bagarre pour la salle de bains. Dehors, les oiseaux gazouillaient, il faisait frais. Quand la jeune femme déchaînée cessait de délirer, l'appel du renard reprenait, en écho à ses soupirs. Soudain, tout s'est éclairé dans mon esprit. J'étais libre. Au moins, pour quelques jours, je n'avais plus besoin de me cacher. Comment n'y avais-je pas pensé plus tôt ? Le Minus m'avait découvert : un souci de moins. La Police de la Place ne me recherchait pas : très bien. Aux autres, s'ils m'arrêtaient je montrerais la carte de la Brigade et je dirais que j'étais en permission spéciale. Au pire, ils m'enverraient sous escorte à la Place pour vérification. On se débrouillerait. J'ai respiré plus profondément, je commençais à émerger. Je pourrais flâner dans la ville à la lumière du jour. Je conduirais Emmy à Bethléem et à la mer Morte. Emmy ? « N'approchez pas, il n'en sortira que du mal... » Un cercle d'angoisse la cernait. On était en train de me l'arracher. Je m'effondrais. Quelques images. La chute de Satan, des ailes noires comme celles de la chauve-souris, la tête en bas, les ongles crochus, les cornes, et Jésus, divin, intact, au bord du précipice avec l'auréole...

Autre image, Icare, en chair et en os, corps dénudé, des ailes blanches angéliques, et l'air plein de duvet et le soleil, là-haut, or en fusion. La foudre m'a frappé avant que l'enfer ne me happe, noir et béant comme la gueule du Dragon. La foudre m'a frappé avant que je ne me noie dans la mer Egée qui palpitait au-dessous de moi, toute vague et écume. Je me suis détaché de sa bouche et j'ai enfoncé mon visage dans ses cheveux noirs parfumés. Emmy, criais-je à son oreille, Emmy, comme si on me déchirait, pourquoi ?

– Il est cinglé, ma parole. Tais-toi ! Tais-toi, mon chéri !

Elle m'a serré encore plus fort contre elle :

– Là, là… Appelle-moi Michelle.

– Je te remercie, Michelle, je te remercie.

Après avoir mis sa combinaison, elle s'est approchée de la porte :

– Ni vu ni connu, n'est-ce pas ?

– D'accord.

Elle allait emporter la bouteille d'arak mais se ravisa :

– Je te la laisse en souvenir. Si jamais une douleur te prenait, tu n'as rien sous la main dans cette piaule. Même pas de cigarettes. Comment peux-tu vivre ainsi, privé de tout, avec la Bible pour seule compagnie ?

Elle reprit la coupe, m'embrassa comme si elle savourait sur mes lèvres quelque chose que j'ignorais.

– Bonne chance.

Je ne pouvais lui faire le même souhait. Elle ne m'avait pas révélé pour qui elle travaillait. Je n'ai rien dit.

7

Il faisait étrangement sombre dans la grande salle à manger de l'*Astoria*. Au plafond, les ventilateurs tournaient avec la lenteur des faucons au-dessus d'une proie, et planaient dans la fumée au milieu des murmures. Il flottait une odeur de friture, de bière, de cigarettes anglaises. Emmy décida soudain de ne rien dire aujourd'hui non plus à Hans. Sur son passage, les clients, civils et militaires, cessaient de manger pour la regarder ; elle vit Andréanou lui faire signe. Elle avança alors avec une aisance nouvelle. Il s'inclina et, de la main, écarta une foule invisible.

– Dans la petite salle, dit-il. Herr Bobretzberg vous attend.

– Quelles nouvelles, aujourd'hui, Herr Andréanou ?

– Si vous entendez par là les nouvelles militaires, très mauvaises. D'ailleurs, regardez comme ils mangent ! Quand on m'a parlé des communiqués de Berlin, j'ai fait dire au chef : « Doublez les quantités. » Je ne me suis jamais trompé.

– Un autre convoi naval ? demanda Emmy en pénétrant dans la petite salle.

Aux fenêtres, des rideaux de voile jaune tamisaient la lumière de la rue. Des lataniers, dans des cache-pot de cuivre brillant, se dressaient entre les tables et dans les angles. Ici il n'y avait pas de ventilateurs, pourtant l'atmosphère était plus pure. Avec un peu plus de silence, on se serait cru dans une serre. Emmy distingua un groupe de commerçants syriens énormes avec leurs femmes, aux joues de rose. Ils bavardaient d'une voix chantante et dévisageaient les arrivants sans s'arrêter de manger, doigts et lèvres luisants de graisse. A une autre table, trois militaires grecs discutaient, ils se querellaient presque. Ils en étaient au café.

– Non, dans le désert, répondit le maître d'hôtel d'un ton neutre et il tira la chaise pour qu'elle s'assît.

Hans s'était levé, silencieux, fermé. Devant lui, à moitié vide, une bouteille de vin blanc de Palestine, tout embuée. Il était pâle dans son costume foncé. Un éclair traversa ses yeux derrière ses bonnes vieilles lunettes.

– Excuse-moi, Hans, de t'avoir fait attendre. Il paraît que les nouvelles ne sont pas excellentes.

Le maître d'hôtel posa la carte devant elle et s'effaça discrètement.

– Je sais où tu étais, dit Hans lentement.

– Où j'étais… depuis le matin ?

– De dix heures à une heure.

Il avait les yeux fixés sur le rideau. Emmy regarda derrière elle puis essaya de lui prendre la main mais il la retira. Alors, elle but une gorgée dans son verre : le vin était un peu sucré. A la table des militaires, un lieutenant sec et noir comme un Bédouin cognait du poing : « Tobrouk, Tobrouk », criait-il. Un autre lui répondait calmement : « Doudah ». Un commandant, moustache poivre et sel, qui était assis en face d'Emmy, s'amusait en écoutant distraitement. Soudain, il lui fit de l'œil.

– Comment l'as-tu appris, Hans ?

Elle se pencha sur son verre.

– Nos amis les Anglais, bien sûr.

Sa voix était atone. Il devait lutter pour étouffer sa colère.

– Oh, comme je regrette, mon pauvre Hans.

Le commandant lui fit de nouveau de l'œil. Ostensiblement. Maintenant, il caressait aussi sa moustache. Elle détourna le visage, gênée. Elle rencontra alors le regard d'Andréanou qui arrivait, lent, solennel. Il s'approcha, prit la commande, conseilla plutôt le rôti et comme dessert de la pastèque de Jaffa. En partant, il s'arrêta devant le latanier, regarda Emmy et déplaça un peu la plante. Le commandant poivre et sel disparut derrière les éventails verts.

– Tant que les débordements de ta chair ne nuisaient pas à ma carrière politique, je pouvais faire semblant de les ignorer, dit Hans.

Elle l'interrompit en souriant, conciliante :

– Autrefois mes débordements te comblaient.

– Oui, Emmy. Jusqu'au jour où j'ai saisi dans tes yeux un éclat de triomphe et que j'y ai reconnu…

– Quoi, Hans ?

– Le Malin, puisque tu me forces à le dire !

– Mon pauvre ami, dit Emmy après un silence. Qui sait ce que t'a mis en tête ce cardinal à moitié fou qui t'a confessé à Rome ? Si tu n'avais pas été en pleine dépression nerveuse, tu n'aurais pas tenu compte de ses sottises. Et puis, il y a toujours une solution : un enfant, deux, trois.

– Tu vois ? Excuse-moi, mais je ne trouve pas d'autres mots, tu vois avec quelle légèreté tu résous les problèmes ? Accepterais-je de jeter un être innocent dans cette fosse aux lions ? Tu es charmante, tu l'as toujours été. Mais irresponsable, aussi, telle que je t'ai rencontrée. Heureusement, tu es née catholique. Le baptême t'a sauvée une fois. Nous avons le temps.

Le repentir peut te sauver du feu éternel. Sinon… sinon je serais devenu fou.

Comme une femme du monde dans une cérémonie dont le symbolisme ne l'émeut pas, Emmy baissa la tête et se tut. Ce Hans l'aimait. Il l'aimait dans une conception insensée de la vie : il niait presque sa précaire existence charnelle.

– Tu ne veux pas me dire comment on t'a mis au courant ? demanda-t-elle doucement, sûre que cela le soulagerait.

Mais le garçon apparut et, derrière lui, le maître d'hôtel. Celui-ci devina qu'ils devaient se presser. A cet instant, un groom arriva et lui dit en anglais qu'on le demandait au téléphone.

– Le même ? interrogea Andréanou.

– Le même. C'est son heure.

– Je viens… Non, dis-lui que tu ne me trouves pas.

Il déboucha une bouteille de vin rouge et servit.

– Il m'arrive quelque chose de curieux. Presque tous les jours, à deux heures et demie-trois heures, quelqu'un me demande d'urgence au téléphone. Dès qu'il entend ma voix, il raccroche. La standardiste n'a pas pu comprendre de qui il s'agit.

– Quelque déséquilibré, certainement, dit Hans, les yeux sur Emmy. Ne dit-on pas que Jérusalem rend fou ou tue ?

Dans la grande salle, le bourdonnement et les bruits étaient montés d'un ton.

– Il se passe quelque chose ? demanda Emmy rapidement en détachant son regard de celui de Hans.

– La BBC a reconnu ce que Berlin annonçait ce matin. Son Excellence vous expliquera : c'est un grand désastre.

Le garçon partit. Le maître d'hôtel fit un pas en arrière et s'arrêta. Il sacrifiait quelques minutes pour donner au couple l'impression qu'il était exclusivement à leur service. Au groupe des officiers vint alors se joindre un civil d'âge mûr. Emmy reconnut immédiatement l'homme impudique qu'elle avait croisé devant le Nouveau Monastère grec. A travers ses grosses paupières gonflées, il lui jeta un regard de vautour assoupi.

– Herr Andréanou, dit Emmy. Sans en avoir l'air, dites-moi qui est l'individu en gris.

– Emmy !

– Incroyable mais vrai, répondit le maître d'hôtel. C'est le seul du groupe qui ne soit pas étranger. C'est un Grec de Palestine, depuis trois, peut-être quatre générations. Personnage peu recommandable. Je ne vous dis pas son nom parce qu'il nous observe. Notre ancêtre à tous avait le même.

Quand Andréanou s'éloigna, Adam vint remettre le latanier à sa place. « Merci », fit avec grâce le commandant. Emmy décida de les ignorer complètement.

– Avant que tu ne m'apprennes les mauvaises nouvelles du front, je veux savoir ce que les Anglais t'ont dit. Je t'en prie, Hans, c'est ce qui importe en premier.

Son mari soupira. De la fourchette il transperça le rôti dans son assiette comme s'il torturait un ennemi.

– Dès que je suis arrivé au bureau, ce matin, le général m'a convoqué. Il m'a appris que ma mission à Ankara avait été acceptée et devait être immédiatement exécutée. « Je suis prêt, lui ai-je dit, mais l'officier chargé des transports n'a pas encore reçu d'ordres pour ma femme. » Alors il m'a répondu d'un ton cassant qu'il s'agissait d'une mission confidentielle et qu'elle devait rester secrète. J'ai protesté, non seulement parce qu'ils sous-entendaient ainsi que tu n'as pas leur confiance, mais aussi parce que je redoutais qu'on ne te retienne comme otage, enfin, d'une certaine manière. C'est-à-dire que l'on remettait en question ma propre fidélité. Le général a levé les yeux au-dessus de ses papiers. « Rien de tout cela. Nous avons seulement voulu vous épargner une scène désagréable parce qu'il est fort possible que votre femme refuse de vous suivre. Selon nos informations, elle trouve le séjour à Jérusalem très agréable. » « Qu'entendez-vous par là ? » « J'entends qu'elle fréquente à votre insu des officiers de l'OWW. Pour plus de détails, interrogez de ma part le sergent Winter. Mais dépêchez-vous car il va sortir. »

Hans s'arrêta quelques instants, soupira encore.

– Winter, selon sa propre expression, suit Kurtmeyer comme son ombre. Vendredi il a eu l'impression qu'il était allé chez Feldmann pour Mme Rapesco. Celle-ci l'a formellement nié. Hier, il vous a vus entrer dans la vieille villa de Békir-Aga. Et aujourd'hui, un peu avant mon départ, il m'a téléphoné qu'il venait de te voir en sortir.

Les narines d'Emmy palpitaient. Les yeux pleins de haine, elle regardait au fond, vers la grande salle.

– J'avais décidé de ne rien te dire pour le moment. Mais maintenant c'est différent. Je crains, mon pauvre Hans, que nous ne soyons tous deux des marionnettes entre les mains de gens impitoyables. Ils exploitent nos passions.

– Nos passions, Emmy ?

– Passions, ambitions, appelle ça comme tu voudras. Quel besoin d'entretenir une correspondance avec Von Papen ? N'est-ce pas toi qui me disais qu'il avait préparé l'Anschluss ?

Elle vit son visage pâlir, ses lèvres trembler.

– Calme-toi, lui dit-elle effrayée. Les Anglais n'ont que des soupçons, c'est pourquoi ils t'envoient à Ankara. Ils vont te filer. Alors, tiens-toi loin des Allemands !

– Et si je n'avais pas parlé, tu m'aurais laissé me jeter dans la gueule du loup ?

– Non, Hans. Je cherchais seulement le moyen de te prévenir sans te révéler comment j'étais au courant. Au besoin, je te l'aurais murmuré à l'oreille à l'instant du départ.

– Je l'ai bien compris, moi, que le général avait mal pris l'intervention des Américains concernant ma mutation à Jérusalem.

– Pourtant, tu me racontais des histoires sur ton déplacement et je te croyais ! Ils sont très forts, Hans, qui sait si leur rivalité même n'est pas simulée pour te faire tomber plus facilement dans le piège ?

– C'est désespérant, dit Hans en pâlissant de nouveau. J'ai eu tort de ne pas parler dès le début. Nous devons unir nos forces pour sortir vivants de ce labyrinthe.

Emmy lui saisit la main :

– Non, Hans. Je ne peux pas aller plus loin. Cela non plus, je ne savais pas comment te le dire : je ne veux pas devenir un agent de Hitler, moi.

– De Hitler ? Tu es folle ? C'est avec des mensonges pareils que l'Américain t'a possédée.

Emmy devint toute rouge. Elle lui lâcha la main.

– Je t'en prie, Hans, là n'est pas la question.

– Mais tu as pu imaginer que j'aurais travaillé pour que s'installe dans notre Vienne, fût-ce un jour, ce braillard, ce bandit ?

– Je n'ai rien imaginé. Tu as admis toi-même que tu es en rapport avec Von Papen.

– Cesse de hurler ce nom, Emmy. Qui est cet homme et pour qui il travaille, ce n'est qu'à la fin qu'on l'apprendra. Pour le moment, la parole du Pape me suffit. T'est-il si difficile de comprendre qu'avec l'effondrement des Allemands en Russie, des perspectives s'ouvrent pour une paix blanche ? Une occasion unique pour la restauration des Habsbourg ! Je ne suis pas un espion, Emmy. Je suis légitimiste, j'ai la conscience parfaitement tranquille.

– Et les Russes ?

– Les Alliés les obligeront à accepter. En réalité, cela équivaudrait à une défaite des bolcheviks. Tant mieux. Autant je hais la swastika qui flotte sur la Schwarzenberg Platz, autant je ne supporterais pas de voir un jour sur les plates-bandes de la Ringstrasse paître les petites juments de Mongolie. J'y ai pensé sérieusement : Otto empereur et derrière lui sa mère, Zita, cette femme terriblement intelligente. C'est notre seul espoir d'échapper aussi à la troisième éventualité, la victoire américaine.

– Tu en as contre les Américains, maintenant ? dit Emmy en plaisantant.

– Tu vois que c'est toi qui mêles les affaires personnelles à la politique ! Je n'ai pas du tout en tête ce que tu crois. Oh, Emmy, tu ne dois pas t'en souvenir, toi. Tu n'as connu que la Vienne de la faim, de l'anarchie, de l'inflation, de la bureaucratie. Moi j'ai grandi dans l'éclat de la Vienne impériale. Aujourd'hui encore, je ne comprends pas ce qui a poussé François-Joseph à ouvrir les portes de Schoenbrunn au public. Voir les visiteurs piétiner de leurs chaussures boueuses… J'étais encore chef de service quand le ministre m'a envoyé faire l'inventaire. J'ai trouvé un troupeau d'Américains dans la chambre de Marie-Thérèse et comme si cela ne suffisait pas, une grosse femme en souliers plats a enjambé le cordon, a sauté sur le lit et s'est balancée sur ses grosses fesses pour voir si le matelas était souple. Je ne l'oublierai jamais : elle portait des jarretières violettes et sa bouche était pleine de fausses dents en platine. J'ai fait un scandale, on a alerté le conservateur ; il est arrivé aussi un Juif de l'agence de tourisme qui avait organisé la visite. Et que m'a-t-on dit ? Le mari de cette femme avait donné mille cinq cents dollars lors de la collecte qui nous avait sauvés de la famine. Le roi de l'aluminium de Pittsburgh ; il fabriquait des casseroles, tu comprends !

L'indignation l'avait envahi et il mangeait avec appétit, maintenant. Emmy lui caressa de nouveau la main. Elle riait.

– Quand la colère te prend, tu es formidable. Tu m'as presque fait oublier que je suis une pécheresse qui doit t'écouter tête baissée. Et qu'as-tu répondu au général ?

– « Je ne mets pas en doute les qualités de détective du sergent Winter, lui ai-je dit. Mais je crois que pour vous et le Foreign Office, la parole d'un ministre d'un État allié ou – pour ne pas nous perdre dans des problèmes de droit international – victime du même ennemi, après tout, doit avoir un autre poids. Je vous informe donc que la conduite de Frau Bobretzberg, aussi bien en ce qui concerne les Alliés que sa vie privée, est au-dessus de tout soupçon. » En conclusion, ou bien ils te laissent venir avec moi ou bien ils cherchent quelqu'un d'autre, je ne pars pas. C'est exprès que j'ai fait allusion au Foreign Office, pour lui rappeler que je suis un homme politique et non un employé ou un soldat attaché à son service.

– Autrement dit, tu ne pars pas ! Ce que je suis contente, Hans !

Sa joie n'était pas feinte. Mais sa décision de ne pas le suivre à Ankara était prise, aussi Hans comprit-il et baissa-t-il la tête :

– Il m'a dit qu'il me répondrait demain. Pourtant, maintenant que j'y réfléchis de nouveau, je ne sais si j'ai bien fait. Les nouvelles du front renversent la situation ; il serait peut-être plus prudent de ne pas se trouver ici dans les semaines à venir. D'autre part, en lui parlant de toi, je lui ai donné l'idée, s'il n'y avait pas pensé de lui-même, de te garder comme otage pour m'obliger à revenir.

– Mais je ne te comprends pas, Hans ! Tu as l'air de vouloir encore aller à Ankara, je t'ai pourtant dit pourquoi ils t'y envoyaient. Ou bien tu as peur parce que tu prévois l'écroulement du front, ou bien tu veux à tout prix rencontrer ce maudit médiateur de Hitler !

Le regard que lui jeta Hans était plein de détresse.

– Les deux, Emmy. Mais je n'en ferai rien. Parce que, plus que tout, je veux être à côté de toi. Ne pas te laisser sans protection.

Andréanou apparut de nouveau et, derrière lui, le même groom qui transportait un paravent décoré de paons brodés. Le maître d'hôtel l'installa de manière à isoler leur table. Emmy s'amusa du dépit manifesté par le commandant. Le Roumain renvoya l'enfant et se pencha sur l'épaule de Hans :

– Le capitaine Kurtmeyer demande la permission de vous rencontrer tout de suite.

Emmy ouvrit la bouche, elle avait perdu ses couleurs.

– Mais non, Hans, cela…

– Vous pouvez débarrasser, nous avons fini, répondit Hans avec son flegme diplomatique. Dites au capitaine que nous l'attendons pour prendre le café.

Le maître d'hôtel claqua les doigts au-dessus du paravent et appela le garçon qui rendait la monnaie aux Syriens. Ils débarrassèrent la table ensemble et posèrent une nappe propre. Andréanou observait attentivement Emmy, son exclamation l'avait inquiété.

– Tu as remarqué la mise en scène, lui dit Hans après leur départ. Le paravent, les mystères… Et Winter qui voit tout, qui note tout. Comme tu le dis, une véritable conspiration pour me compromettre.

– Tu te trompes, Hans… Le paravent, Andréanou l'a apporté parce qu'un officier grec, derrière toi, me fait de l'œil et m'importune.

– Oh, Emmy ! Toi et tes obsessions…

– Et toi, la tienne… Crois-tu donc que la guerre empêche les hommes d'avoir de l'ardeur ? Au contraire, certains sont persuadés que les guerres existent pour satisfaire leurs désirs refoulés.

– C'est-à-dire une kermesse, comme au Moyen Age…

Benny s'approchait, son calot à la main.

– Capitaine Kurtmeyer, de l'OWW, se présenta-t-il comme s'il s'agissait d'un titre important.

Hans se leva :

– Enchanté. Asseyez-vous entre nous s'il vous plaît. Vous connaissez Madame, les présentations sont donc superflues.

Benny ne put retenir un sursaut d'étonnement. Il regarda Emmy, puis Hans et de nouveau Emmy. Son visage s'assombrit.

– Asseyez-vous, Benny, dit Emmy avec un sourire fatigué. Vos amis les Anglais se sont empressés de le mettre au courant.

Alors il apparut combien, malgré toute son assurance et son audace, cet Américain était en réalité jeune et inexpérimenté.

– Vraiment, murmura-t-il. Je suis stupéfait… Je ne m'attendais jamais… Oh vraiment, je suis désolé… Je vais partir si vous me le demandez.

Il était en sueur. Ce goût de fauve, âcre et suffocant, envahit de nouveau la bouche d'Emmy. La tête lui tourna.

– Aidez-nous, Benny, à résoudre une petite énigme : est-ce vous qui avez dit au maître d'hôtel d'apporter le paravent ?

– Moi ? Mais je comptais précisément vous faire remarquer que de la sorte, on attire l'attention sur une rencontre que j'aurais voulue inaperçue.

– Tu vois ? dit Emmy à Hans, les yeux brillants.

– Mais pourquoi à l'*Astoria* ? Pourquoi tant de hâte ? demanda Hans.

Benny jouait avec son calot. Il regarda Emmy à la dérobée. A dire vrai, il n'avait pu résister à la tentation de la revoir et de l'éblouir par son aplomb.

– Parce que nous n'avons pas de temps à perdre, dit-il. Ritchie, l'incapable, a perdu hier entre Knightsbridge et Akroma, trente tanks, toute la force blindée de la 8e armée. La route de l'Egypte est ouverte. Simple question de ravitaillement. Si l'amiral Harwood se révèle l'égal de Ritchie et laisse les convois navals italiens toucher Bengazi, Tobrouk tombera, Soloum, Marsah-Matrouh tomberont. Dans deux semaines au plus, ils se trouveront à Alexandrie. Que peut faire l'aviation seule ?

– Et l'aide en blindés que Roosevelt a promise ? demanda Hans.

– En blindés et en forteresses volantes, compléta Benny. Ils sont en route. Le problème, c'est de ne pas les livrer encore tout emballés à Rommel.

Le garçon servit le café, personne n'y toucha. Quand il fut parti, Hans demanda :

– Alors ?

– Voilà. Les Anglais vous envoient à Ankara pour vous filer.

– Cela, je le lui ai déjà dit.

– Emmy, n'interromps pas, s'il te plaît, dit Hans.

– Il faut que vous rencontriez à tout prix Von Papen sans que les Anglais s'en aperçoivent. Vous lui direz que vous agissez de votre propre chef. Essayez de deviner leurs intentions : armistice, paix blanche ou renversement de Hitler par les maréchaux. Et quelles sont leurs conditions. Ceci sous votre responsabilité. Nous ne vous reconnaîtrons aucune qualité officielle.

Derrière le paravent, seuls, les deux militaires continuaient à discuter. Dans leur conversation, noms de lieux ou de personnalités revenaient sans cesse : Kharkov, Métaxas, Tobrouk, Churchill. « Des compatriotes de Caloyannis », pensa mélancoliquement Emmy.

Hans se mit à parler lentement, posément.

– Je vais vous dire. Je ne pars pas. Sauf si vous m'avouez maintenant que votre démarche a l'accord des Anglais. Que leurs soi-disant soupçons et ma filature et vos rivalités ne sont que manœuvres destinées à masquer leurs faiblesses, la nécessité de demander des négociations. Vous n'êtes pas assez naïf pour croire que je peux approcher Von Papen sans que les Anglais l'apprennent ? Si je n'ai que l'accord des Américains, je risque gros. Et s'ils ne peuvent plus m'atteindre, ils se vengeront sur ma femme.

– Vous êtes très fort ! répliqua Benny avec une nuance d'admiration. C'est exactement comme vous le dites !

– Quel âge avez-vous ? demanda Hans.

Il arborait un sourire discret, comme un joueur qui voit réussir son bluff au poker.

– Vingt-huit ans, pourquoi ?

Hans regarda sa femme qui suivait avec attention.

– Emmy a trente ans. Me promettez-vous, si un imprévu m'empêchait de revenir, de la protéger comme si elle était… votre sœur ?

– Oh oui, ça oui… Je la garderai à mes côtés. Je peux l'engager tout de suite comme secrétaire. L'OWW couvre un domaine très vaste, vous le savez.

Sa sueur avait une odeur insupportable. « En deux jours et deux nuits, il s'est adouci. Je n'ai plus peur de lui. J'éprouve seulement de la tendresse, comme si c'était Hans. » Elle se leva :

– Je vous en prie, laissez-moi partir seule. Vous, continuez. Tous vos discours relèvent de la pure fantaisie. Et vous ne m'avez même pas demandé, notez-le bien, ce que je veux ou ce que je préfère. Parce que vous êtes sûrs, au fond, que Hans reviendra, que Rommel ne passera jamais la frontière de l'Egypte et que vous ne conclurez ni armistice ni paix blanche. Voilà ce que me dit mon instinct.

– Ton instinct, Emmy ? demanda Hans qui se leva pour la saluer.

En partant, Emmy se retourna, se pencha derrière le paravent. Pour avoir l'illusion de la distance, elle ferma les yeux à demi. Son mari et son amant. Ils se rasseyaient pour continuer la conversation comme deux bons vieux amis. Comme dans les comédies de Schnitzler. Décor : le paravent chinois, les rideaux jaunes, les lataniers exotiques. Sur la toile de fond des camps de concentration et des villes bombardées. Mais il semblait qu'on l'eût oubliée, cette toile, qu'elle eût appartenu à une autre pièce, un drame de guerre. C'était donc cela, la vie ? Ni farce ni tragédie. Compliquée, contradictoire, fluide. Le bien et le mal. Selon les critères de qui ? Si Mizzi n'était pas morte… Elles en parleraient ensemble… Caloyannis, peut-être ?

A l'arrêt de l'autobus, Andréanou l'attendait, comme la veille. Aujourd'hui, il avait enveloppé sa gamelle dans un journal.

8

Une flamme blanche qui tremble dans le verre d'arak. Et ça brûle. Comme l'avale-t-elle la chipie l'excitée. Cheveux serpents et cernes d'amour violets. Salope princesse c'est pareil.

Seule Anna. Toute seule depuis ton enfance. Oh s'il y avait un peu de vent. Il soufflait sur la colline on était en mai et dans les vignes fleuries les vrilles délicates remuaient comme de minuscules serpents vert clair. Et le vieux Rhin plongeait en abandonnant dehors sa queue fourchue et il se tournait ensuite sur le dos dans l'écume et te montrait ses seins couverts de poils gris et les bourrelets de son ventre l'eau coulait à flots de sa barbe et de ses sourcils épais et il ricanait. Lia Betty où allez-vous les filles. Elles n'ont pas entendu. Les remorqueurs mugissaient et derrière eux les chalands pansus comme des vaches pleines. Et les nuages basculaient dorés et duveteux sur le fleuve brillant aux reflets d'acier. Leur petite barque était rouge. Le vin nouveau et à la vôtre. Et les cheveux blonds d'Eric. Le batelier louchait oh sa jambe de bois. Un gant de fer te pétrissait le cœur. Tu vois il ne t'a pas. Tu vois on ne t'a pas appelée. Oh tu n'as qu'à te noyer à quoi bon. Et Salomon le comptable de papa apparut. Gilet de piqué blanc et chapeau de feutre vert. Il fumait un cigare. Et tu pleurais c'est pourquoi tu t'es cachée. Et comme il passait près de toi il a pété. Il ne t'avait pas vue soi-disant.

Remplis-le encore tu ne vas te gêner pour elle. Grâce à ça elle l'. Et elle te l'. Truie. Voleuse. Ce soleil cette lumière sur les draps brûle les paupières. Allonge-toi tu ne vas pas te gêner pour elle. Ça t'appartient. Partez tout de suite. Pour la grande dame que j'étais cela n'a pas d'importance que je vous rende tous ces services mais pas celui-là. Et vous que faites-vous donc quand vous les priez de s'asseoir sur le canapé et que vous apportez l'accordéon. C'est mon droit je suis chez moi. Et moi aussi je suis chez moi. Oh non. Oh oui. Je ne veux pas de vous partez. Tant que la guerre dure vous ne pouvez pas me chasser c'est la loi. Que lui dire puisqu'elle n'a pas honte. Et ensuite quelle horreur. Pourquoi vous plaignez-vous il ne vous appartenait pas. Et comment le savez-vous s'il vous plaît. Mais je l'ai examiné avec sa lampe de poche avant de nous coucher et il n'avait pas. Oh Anna oh innocente créature qu'est-ce qu'il n'avait pas as-tu demandé. Des bleus laissés par vos os a-t-elle dit.

Tant d'espoirs et de craintes tant de veillées pour rien. Les entendre gémir te ravir le monde. Et un peu avant ils ne se saluaient même pas. Oh pourquoi ne pas pouvoir mourir tout de suite quand on le demande. Tu as enlevé sans bruit les affaires du Major de la chaise et tu l'as apportée sous l'imposte et tu as grimpé comme un voleur et tu l'as vue partir pieds nus rassasiée levant dans la lumière de l'aube la coupe de ton service en cristal de Baccarat. Dix marks la pièce. Mais elle a oublié la bouteille. Et toi vers dix heures tu as mis sur le plateau du porridge deux œufs du lait du café beurre confiture et des toasts tu es entrée sans frapper et tu l'as déposé sur la table. Et il ne s'est pas réveillé. Il dormait en caleçon seulement. Poitrine de marbre comme les statues. Sans bleus sans bleus oh misère. Et tu as pris la bouteille oubliée et tu as claqué la porte en partant. Tu l'as apportée chez elle et il y a eu de la bagarre. Et la Viennoise t'a demandé ensuite ce qui s'était passé et toi tu as répondu des bulles. J'en ai contre toi aussi tu voulais lui dire.

Tu es revenue plus tard et il avait nettoyé tout le plateau et il te regardait et il ne disait rien. J'avais bien pensé que vous auriez besoin de manger copieusement après une telle dépense. Et il a dit en effet vous avez bien pensé. Et toi tu as dit vous ne me demandez pas où est passée la bouteille d'arak. Et il a répondu je suppose que vous l'avez remise à sa place. Et toi tu as dit qu'est-ce que vous imaginez que c'est ma maison monsieur. Et lui excusez-moi madame c'était tout à fait imprévu. Et toi tu as dit je vous ai déjà averti c'est une espionne je l'ai appris chez Spiney. Et il a dit quant à ça pas de danger. Et toi tu as dit je vous félicite de lui montrer plus de confiance qu'à moi qui me suis donné tant de mal pendant des mois pour vous cacher. Et il a répondu me cacher de quoi. Et toi tu lui as raconté. Et il a dit que ce n'était pas exactement comme ça et que dans deux ou trois jours il partirait définitivement. Et alors tu t'es effondrée. Et tu as tout avoué. Seulement quand il t'a demandé qui d'autre était au courant et t'a fait jurer sur la tête de Sam toi tu lui as caché que tu en avais parlé dès le premier jour à la Viennoise. Il n'aurait pas compris. Il ne sait pas combien le cœur devient tendre parfois ni quelles inventions naissent dans la tête d'une femme quand elle veut écarter une rivale et lui faire comprendre qu'elle marche sur une chasse gardée. Tu l'aurais seulement mis en colère.

Et maintenant des chansons. La Viennoise. Elle aussi elle a des lubies. Pendant deux jours elle a boudé. Et aujourd'hui comme ça à la volée que diriez-vous d'un bon thé. Tu as refusé pour lui apprendre. Ses yeux guettaient tout le temps sa porte. Mais elle n'a pas osé. Elle s'est mise en robe de chambre et elle est redescendue prendre une douche. Pour qu'Andréanou l'entende et qu'ils se mettent à bavarder. Tu te disais femme de ministre elle devrait savoir garder son rang. Et elle n'a pas trouvé meilleur compagnon que ce cocu. Ils s'arrangent pour revenir ensemble. Dans l'autobus il doit lui payer son billet. Elle n'a pas honte ! Fais gaffe Anna que rien ne t'échappe sur l'irruption de la truie. Tu lui donnerais l'idée. Ce serait bien si elles se crêpaient le chignon. Elles sont capables d'en arriver là elles n'ont aucune dignité. Imagine-toi. Encore un coup. Imagine-toi. Et toi de regarder et en mourir. Encore encore.

Il a mal pris la lame c'est pourquoi il tangue. Voiles gonflées comme des outres pleines. Qu'est-ce qui t'arrive Anna c'est ton store de lin. Cela veut dire qu'il y a un peu de vent. Bon voyage. S'il s'en va vraiment comme il l'a dit il te restera Sam. Misère. Terne et indifférent comme son père. Quelle solitude le monde. En d'autres lieux en d'autres temps il y avait des salons avec des lustres et des parquets cirés et les murs couverts de soie et les violons et les toilettes et les diadèmes et maintenant ils s'en sont allés.

Anna oh comme tu es bonne. Tu as eu pitié d'elle très vite et tu as attendu qu'elle revienne de la douche pour servir le thé. Et elle s'éternisait. Et tu es descendue pour voir ce qu'il lui était arrivé et tu l'as trouvée sur le lit de Rosa et la vieille carcasse accroupie avec elles. La vieille soulevait brusquement le bas de la robe et la cuisse nue d'Emmy apparaissait et elles riaient. Et Rosa faisait un discours. Vulgaire et coléreuse comme une harengère. Oh cet allemand du ghetto. Emmy l'écoutait bouche bée. Des bulles. Puisqu'elle ne sait pas garder son rang. Non disait Rosa vous ne les connaissez pas les Grecs. Ce sont eux aussi des hommes. C'est-à-dire des bêtes féroces. Allemands Russes Polonais Juifs Chrétiens tous des bêtes. Pendant des années on vous trompe et arrive le moment où ils se démasquent. Ce monde n'est que mensonge et bestialité. Les prophètes nous ont trompés. Les rabbins nous ont trompés. Les hommes politiques nous ont trompés. Les généraux aussi. Ecritures livres journaux tout n'est que mensonges. Quand je l'ai compris je me suis dit Rosa qu'est-ce qu'on fait maintenant. Comment vivre sans loi. Oh madame quelle terreur. Il ne restait rien. Moi seulement. Et ces orphelins et la vieille. Et je me suis dit désormais la loi c'est toi Rosa. Et Dieu ta mère. Pour chaque chose je me demande ce que ferait ce que jugerait la disparue bien ou mal. Et j'agis. Si je ne m'accrochais pas à cette amarre je coulerais. Je ne sais pas ce qu'on a pu vous raconter sur les Grecs. Je vais vous dire moi ce que je sais.

Et elle commença les bulles que tu avais déjà entendues chez miss Pamela. Tu t'ennuyais tu avais envie de partir. Mais tu es restée pour qu'elle te voie et qu'elle ait honte. Qu'elle soit moins prodigue des grosses tartines qu'elle servait. Elle racontait. Nous nous sommes arrêtés sur la place du village pour nous séparer. Le camion bourré de femmes et d'enfants et le chauffeur était pressé et il appuyait sur le klaxon à le démolir. Zislaw lui ai-je dit nous nous séparons ici. Nous ne nous rencontrerons plus ni sur terre ni dans le ciel pas d'illusions. En tant qu'épouse j'ai à me plaindre tu as été brutal. Tu t'es montré un père dur. Comme fils que le feu tombe sur celui qui sera la moindre chose. Tu m'as chargée de ta vieille qui me lie les mains et tu restes en arrière alors que j'ai besoin de toi pour porter les bébés. Les larmes coulaient de ses yeux grosses comme des pois chiches. Rosa me dit-il excuse-moi du poids dont je t'ai chargée. Moi je ne le supporterais pas. Suis ton chemin. De ces quatre âmes celles que tu sauveras seront ta récompense. Il m'a soulevée par les fesses et m'a jetée dans le camion comme si j'étais un sac de patates.

Et là tu es intervenue et tu as parlé du thé. Emmy t'a répondu un instant maintenant elle en arrive aux Grecs. Et Rosa a parlé du cargo un rafiot comme un cercueil qui les a embarqués à Galatzi. Quand ils sont arrivés en haute mer on les a fait descendre dans les cales soi-disant jusqu'à ce qu'ils passent le Bosphore et les Dardanelles. A partir de là on les faisait descendre à la pointe du jour et remonter seulement la nuit. Huit cents êtres Madame debout sans quoi il n'y aurait pas eu de place. Serrés comme des sardines comme on dit et encore pire. Infection et puanteur. Et nous en train de psalmodier Adonaï je t'ai imploré de jour mais tu ne réponds point et de nuit mais je n'ai pas de repos. Plusieurs taureaux m'ont encerclé de puissants taureaux de Bassan. Quiconque mourait restait là comme une momie embaumée. Comment bouger. Nous avions deux florins d'or et nous les avons donnés pour une chaise-longue déchirée. C'est là que j'ai mis la vieille la petite fille dans ses bras et elles ont été sauvées. Quand nous sommes entrés dans les mers grecques le bateau a commencé à jouer à cache-cache avec les navires de guerre anglais. D'îlot en îlot. Et la chaleur et la puanteur et la soif l'enfer on appelle ça. Nous avons donné les boucles d'oreilles de la petite pour un verre d'eau et on nous l'a passé par le hublot. Et moi j'avais pris ce gosse à califourchon sur mes épaules et comme ça il respirait un peu.

Alors Rosa souleva sa jupe et montra ses grosses jambes elles étaient pleines de varices et de cicatrices noires et brunes. Elles avaient éclaté à force de rester debout a-t-elle dit et le sang coulait et je ne m'en apercevais pas. Puis elle dénuda sa nuque et son décolleté. Brûlés. Elle attira le petit garçon et lui descendit la culotte. Lui aussi les cuisses brûlées. A cause de la pisse et du reste sa peau avait été entamée. Et là-dessus elle remarqua que le kiki du gosse était raide car les cuisses d'Emmy restaient découvertes. Elles se sont mises à rire la vieille riait aussi comme si elle comprenait. Et le petit garçon a eu tellement honte que sa sœur l'a emmené. Toi tu es restée car tu aurais blessé Emmy si tu lui avais montré combien ces familiarités te dégoûtent.

Et Rosa a dit mon bébé Mosek je le tenais dans mes bras. C'était déjà le deuxième jour que nous faisions des tours au large de Haïfa cachés dans les cales sans mettre le nez dehors. C'est curieux me suis-je dit il ne crie plus. Je m'étais endormie debout. Je regarde il s'était étouffé. C'était le préféré de Zislaw. Je n'oublierais jamais il rentrait le soir fatigué à en mourir et hargneux car il travaillait toute la journée dans une tannerie. Et il puait la charogne et le gland pourri. Et il se penchait sur le berceau qu'il lui avait fabriqué en sciant tout du long un tonneau rouillé. Il restait un moment et il écoutait respirer le bébé. Hem faisait-il seulement ça hem et il partait. Et des quatre âmes dont il m'avait chargée j'en ai sauvé trois à part la mienne. Ceci est ma récompense.

Et elles se sont mises à pleurer et tu les as quittées. Depuis le matin tu pensais au. Et maintenant il est presque vide et il ne t'a donné aucun courage. Seulement soif et des vertiges. Et sommeil.

9

La Bique a pris le pli, maintenant, et m'apporte le plateau chaque matin. Elle perd pas mal de temps à papoter avec moi. Quand je lui ai annoncé que je n'avais pas de quoi la payer d'avance cette semaine, mais que j'attendais de l'argent d'une minute à l'autre, les billes de ses yeux ont louché, inquiètes. Tout de suite, elle s'est mise à dire que cela n'avait aucune importance mais avec une ardeur telle que j'ai compris que ça en avait. Elle s'obstine cependant à ne pas accepter plus de cinquante mils pour le petit déjeuner. Au début, j'ai cru qu'elle se trompait. A présent je suis sûr qu'elle le fait pour m'obliger, pour que je me sente véritablement son invité et afin de jouer à la grande dame. L'avance, cependant, c'est l'avance.

– Vous comprenez, monsieur Caloyannosh, j'ai été élevée selon des principes. Les gens comme il faut désirent être toujours en règle. Vous me direz, maintenant c'est la guerre. Je le vois. Parfois, toute seule, je me mets à réfléchir : Anna, me dis-je, combien de choses parmi celles qui se passent autour de toi et celles que tu fais toi-même sont légales ? Du café et du sucre, tu t'en procures au marché noir. Le registre qu'exige la police, tu ne le tiens pas d'une façon régulière. Des gens viennent, dorment, partent et tu ne sais même pas d'où ils tiennent leur bonnet. Savez-vous ce que me disait la Rapesco ? Que j'avais transformé ma pension en maison borgne. Naturellement, elle juge d'après elle. Ah ! excusez-moi, je ne voulais pas vous vexer. Au fond, elle a raison, oui. Hi, hi, hi ! Regardez le couple qui a pris la chambre du major. Ça crève les yeux qu'ils ne sont pas mari et femme. Ne parlons pas de psychologie. Sur la valise du monsieur, j'ai lu : Ronald Philpot, Dr ès Ph. « D'où venez-vous ? » « Aïsmalaïa », me répond-il et il voulait dire « Ismaïlia », c'est-à-dire l'Égypte. Sur celle de la dame il y a « Lady Nancy Campbell, Bagdad, Irak ». Vous l'avez déjà vue ? Il faut, il faut. Elle est extraordinaire. Il suffit de regarder ses yeux violets pour entendre des grillons chanter.

– Des grillons ?

– Comme si vous vous trouviez, la nuit, dans une barque qui glisse toute seule et que vous passiez sous le petit pont de la tour où une tresse de lierre vous effleure et vous fait frissonner : vous levez les yeux, le ciel est un filet de féerie, chaque nœud un brillant. Alors, dans le calme, vous entendez la voix des grillons vibrante et lointaine, c'est peut-être les étoiles qui se parlent !

Neuf heures du matin et elle était de nouveau grise !

– Mais qu'en pensez-vous, monsieur Caloyannosh, est-il correct que je frappe à leur porte ? Depuis hier après-midi, ils sont enfermés. Savez-vous quelle impression ils me donnent ? De s'aimer depuis leur enfance mais que la femme, mariée selon son rang, soit mal tombée. Maintenant que la guerre a tout bouleversé, ils se sont peut-être enfuis pour vivre une semaine de bonheur. Et ensuite Hitler peut bien arriver et tout peut glisser, basculer, faire eau et couler à pic ! Ou bien pensez-vous qu'ils ont choisi ma maison pour se suicider ? Ce serait mal si j'allais regarder par le trou de la serrure, non ? On lit tant de drames dans les journaux, aujourd'hui !

Le démon qui rongeait sa chair lymphatique, elle le noyait dans l'arak et l'éperonnait de nouveau en espionnant les joies secrètes des autres.

Elle est revenue assez vite et elle semblait déçue.

– Rien. Il écrit des lettres et elle, elle se peigne.

J'attendais qu'elle dise quelque chose d'Emmy. Je ne lui donnerais pas le plaisir d'en parler le premier.

– Si vous observez bien, dit-je en renouant avec la conversation précédente, de nos jours il n'existe pas d'homme sans deux ou trois vautours à lui dévorer le foie. L'un fait du marché noir, l'autre vole l'État, un troisième cocufie sa femme, un autre ne croit pas en son dieu, le dernier est en désaccord avec son parti. Et le monde, par moments, ressemble à un panier grouillant de crabes. Nous mordons notre voisin qui nous mord aussi et, dans ce méli-mélo, nous nous mordons nous-mêmes. Plus nous avons mal et plus nous serrons. Il me fait mal, disons-nous, mais moi aussi je vais lui trancher la patte ! Et nous nous mutilons nous-mêmes. Prenons par exemple la Rapesco…

– Non, prenons la petite Schramek.

– Je n'ai pas d'objection, mais pourquoi elle spécialement ? Savez-vous qu'Emmy a refusé de la recommander pour qu'on l'embauche à son bureau ? Pas de veine, cette fille. En amour, je ne dis pas, mais ça c'est une autre histoire.

J'ai appris ainsi qu'Emmy travaillait chez les Américains dans de brillantes conditions. On la prend en voiture, on la ramène en voiture. A midi, repos. Les après-midi, tantôt oui, tantôt non.

– C'est la Schramek elle-même qui le lui a demandé ?

– Non, c’est moi. Hier, je suis allée chez miss Pamela avant l’heure du thé pour être seule avec elle et comme elle s’intéresse à la Tchèque, elle a tout de suite pensé à Emmy. Je lui ai dit pourquoi pas, dès ce soir je vais le lui proposer. Et voilà.

– C’est peut-être un service secret.

– Sans doute, mais je me renseignerai mieux. Mardi on a ramené Rosa dans la même voiture. Je vais la questionner en douce.

Elle a détourné la conversation et ne m’a pas laissé finir. Mais ça m’était égal. Ce que je cherchais à savoir, elle l’avait déjà dit.

Vers midi, la voilà de nouveau. Cette fois son visage rayonnait.

– Vous vous appelez donc vraiment Caloyannosh ?

– Mais bien sûr. Pourquoi ?

– Caloyannosh ? Vous avez une visite.

Le seul qui savait sous quel nom j’habitais chez la Bique était Hadjivassilis. « Ça sent le roussi », ai-je pensé. C’était lui.

– Prépare tes affaires, m’a-t-il dit en montant lentement l’escalier. Nous t’emmenons avec nous. Nous partons.

– Pour où ? Le front s’est écroulé ?

– Quel front ? Le monde s’est écroulé. Il l’a amenée, sa poule, le salaud. Pendant deux jours il nous a traînés chez les flics. Mariétoula ne veut pas rester une minute avec eux. Depuis lundi nous couchons au couvent.

– Je me doutais de quelque chose. La maison me semblait bien déserte.

– Nous nous faisions aussi beaucoup de souci pour toi. Mais à Jaffa, chez mon beau-frère, nous serons comme des coqs en pâte. Il est célibataire, il a une épicerie-taverne avec l'appartement au-dessus. Autant de chambres que tu veux. Et pour l'autre question, ce sera plus commode : c'est un port, tu comprends.

Le port de Jaffa… J'essayais de me rappeler si je l'avais vu dans mon sommeil ou éveillé. Un petit port fermé, en fer à cheval, et tout autour des maisons turques jaunes et roses, et sur une hauteur la mosquée carrée et basse, avec son minaret trapu, à gauche en arrivant. Dans le fond, des orangers, quelques palmiers et des collines brunes et grises ; sur la droite, des murs en ruine, le carénage, les filets étendus, les huttes de pêcheurs en bois vermoulu. Une tartane à l'ancre, quille verte, et des barques.

Je ne pouvais pas prendre de décision, comme ça, à la hâte. J'ai fait traîner la conversation.

– Mais pourquoi vous a-t-il conduits à la police ?

– Il a porté plainte parce que je les avais menacés de les égorger. Prends garde, m'a-t-on dit, si quelque chose leur arrive, c'est toi que nous arrêterons. Je leur ai répondu : il n'y a pas que moi, il y en a un autre, le mari de la dame. C'est plutôt lui qui leur fera leur affaire, je les connais les Arméniens. On m'a dit alors : peut-être, seulement lui n'a pas encore porté plainte comme quoi on lui a volé sa femme. Qu'est-ce qu'ils vont chercher !

– Amène-moi dire au revoir à la tante Mariétoula, petit père. Je ne viendrai pas avec vous. C'est décidé. Plus tard peut-être. Donne-moi le nom de ton beau-frère.

Je mentais. Je savais que je ne mettrais jamais les pieds à Jaffa. Et le nom du frère de Mariétoula, je me le rappelais. Ma mère parlait souvent de lui et racontait comment il était resté célibataire parce qu'il aimait la grand-mère. Au point qu'à son veuvage il lui avait redemandé de l'épouser, mais il n'avait pas eu de chance.

Qu'est-ce qui m'a fait prendre brusquement la décision ? Ma destinée ? Je l'avais écoutée une autre fois – elle s'adressait à moi par la bouche d'un garde sur la côte turque – et, depuis, je l'avais amèrement regretté. Maintenant, elle portait le beau masque d'Emmy.

– Je n'ai pu te trouver pour t'avertir, ai-je continué. Samedi soir, j'ai rencontré un gars de la Brigade. Finalement, nous nous sommes entendus. Je ne change rien à mon projet mais ça ne presse plus tellement. D'ailleurs, il m'a dit qu'on s'était arrangé avec le Commandement de la Place, je ne suis pas recherché. Seulement, l'argent m'a manqué.

– J'y ai pensé aussi.

Il a sorti une liasse, cinquante livres environ. Puis il a déboutonné sa veste : dans sa ceinture de cuir, les rouleaux étaient enfilés comme des cartouches. J'ai pris les billets.

– Peux-tu me garder les pièces, là où tu vas ? Ici, on risque de me les voler.

– Fais comme tu veux, c'est toi le patron. Mariétoula te les gardera au cas où tu en aurais besoin.

– Et mon uniforme ?

– Je ne savais pas s'il fallait te l'apporter. Nous l'avons laissé là où tu sais. Tiens, voilà une clé.

Nous avons décidé de ne pas sortir de jour en même temps, pour ne pas être vus ensemble, on ne sait jamais. Nous devions nous retrouver à deux heures, à la station des taxis pour Jaffa.

– De toute façon, cette vache m'a reconnu. Pendant des années, nous avons été voisins, tu comprends. C'est une femme très indiscrète. Pour m'en débarrasser, j'ai fait semblant de ne pas comprendre son arabe.

– L'ennui, c'est qu'elle verra que j'ai de l'argent pour le loyer et elle devinera qui me l'a apporté.

– Tu n’as pas de compte à lui rendre !

Le vieux s’est tu un moment puis il a repris :

– C’est pour ça que je te dis : viens avec nous. Mon beau-frère est un homme arrangeant. Et, après tout, c’est ton argent qui va te faire vivre, tu en as, grâce à Dieu !

– Non, petit père. Laisse-moi encore un mois et on verra.

– Comme tu voudras, c’est toi le patron.

Je l’ai regardé descendre, de dos. Je ne m’apercevais que maintenant combien il était vieux. Je me disais : « Il me faut vivre deux ou trois ans encore pour savoir : regretterai-je cette fois aussi d’avoir écouté ma destinée ? »

L’embarquement des vieux a traîné ; le soleil au zénith flamboyait, l’ombre était pauvre. A la station des taxis arabes, la foule se bousculait, marchandait le prix de la course avec les chauffeurs ; les voyageurs les tiraient par la veste pour forcer leur attention, prenaient affectueusement leur nuque à pleine main pour qu’ils acceptent, parlaient fort en phrases rudes et brèves qui s’achevaient en chantant, ou gesticulaient en désignant le ciel, en embrassant l’horizon. Ça sentait le poulailler et le poil de chameau. A l’aide de cordes, les chauffeurs attachaient valises et baluchons sur les ailes des voitures ; avec un roseau, ils mesuraient le niveau de l’essence dans le réservoir ; ils feignaient de s’intéresser à l’état des pneus avec l’air indifférent de ceux qui font les sourds. Mariétoula promenait lentement ses yeux embués des passants aux magasins, des terrasses aux pigeons qui picoraient sans crainte à nos pieds. Ses lèvres desséchées tremblaient comme si elle disait adieu pour toujours à Jérusalem. Quand je suis resté seul, j'ai regardé moi aussi. Tout m'a semblé inconnu et hostile. Une lumière dure écorchait les murs blancs. J'ai pris l'autobus et je suis rentré à la maison pour dormir. J'avais perdu l'habitude de vivre et de marcher à la lumière du jour.

J'ai dû dormir assez longtemps ; quand je me suis réveillé, il faisait encore clair et j'ai entendu dans le couloir les bruits de la cérémonie du thé. J'ai passé la main sur mes joues : rasé. Je me suis apprêté du mieux que j'ai pu et j'ai ouvert la porte. Mon cœur battait comme si j'allais à un rendez-vous d'amour. Immédiatement, le regard de la Bique m'a accroché.

– Oh, monsieur Caloyannosh, je me disposais justement à vous appeler. Apportez une chaise, si vous voulez.

Emmy n'était pas là, je m'en suis tout de suite aperçu. Et la Bique m'a paru différente. J'ai pris l'unique chaise de mon grenier et je suis descendu. La Bique avait mis la table en grand : le beau service à thé, l'argenterie, le linge fin. Elle avait une raie dans les cheveux. On a fait les présentations : le couple Philpot était assis sur le canapé, Bobretzberg sur une chaise, tournant le dos à l'escalier. Les yeux de l'Anglaise étaient bien deux lacs d'émail violet. Sa tête brune s'appuyait à l'épaule de Philpot qui tenait sa main entre les siennes et la caressait malgré notre présence. Ils semblaient jeunes. Mais la femme avait deux rides profondes autour de la bouche. Ses cheveux séparés au milieu lui donnaient un air d'intellectuelle ou de gouvernante, elle ne ressemblait nullement à une lady.

C'était la première fois que je voyais la Bique servir calmement, avec des gestes mesurés.

– Mme Philpot nous disait qu'elle a fait un rêve : elle touchait une de ses dents et celle-ci lui est restée entre les doigts. Moi, j'ai dit qu'elle allait apprendre une mauvaise nouvelle, une mort plutôt.

J'ai répliqué très vite :

– Un instant, madame. Je crains que votre clé des songes ne soit pas seulement macabre mais anachronique. Elle ignore Freud.

Bobretzberg a arrangé machinalement ses lunettes et regardé l'heure. Puis, s'adressant à moi avec une certaine dureté presque imperceptible dans la voix :

– Il est évident que le sujet vous gêne. Ça m'étonne car on dit que les Grecs sont plus familiarisés avec la mort.

– Peut-être, est intervenu M. Philpot, peut-être l'interprétation freudienne que vous avez suggérée est-elle plus révélatrice que vous ne le croyez. Dans votre subconscient (et dans le mien d'ailleurs), l'amour et la mort s'identifient.

Sa femme restait immobile. Elle a seulement fermé les yeux pour refuser à la Bique une petite assiette avec du gâteau.

– Peut-être, ai-je dit, que c'est une question d'âge. Pour un jeune il est normal de tout ramener au sujet qui le préoccupe en premier lieu : l'amour. Mais une personne âgée…

Ici, j'ai compris que j'avais fait une gaffe : pour rassurer l'Anglaise, je blessais une femme qui depuis des mois me soignait comme son fils. Mais c'était trop tard…

– Une personne âgée pense plus souvent à la mort. Ce que je dis, ai-je ajouté pour réparer un peu ma maladresse, n'a aucun rapport avec moi. Parce que si je vous racontais le rêve que j'ai fait cette nuit, vous verriez qu'il faut plutôt me classer parmi les gens âgés.

Bobretzberg a dit, doucement cette fois :

– C'est vrai. Sans doute n'avez-vous pas tort. Je le constate en moi. Depuis que j'ai dépassé quarante-cinq ans, l'idée de la mort surgit là où je ne l'attends pas. Au Caire, il m'est arrivé de voir quelqu'un, au cinéma ou dans un concert, et, à cause de la coupe de ses cheveux ou de la forme de son dos, de penser : mais c'est Fritz ! Et tout de suite je me rappelais que Fritz était déjà mort, de même que Waldemar et Kurt et d'autres, presque tous mes camarades de classe à Vienne. Je veux dire que dans la vie de l'homme, il existe une borne ; quand il l'atteint, il commence à se demander quand viendra son tour. Pour ceux qui ne se sentent pas prêts, l'angoisse doit être terrible.

– Ce n'est pas nécessaire, ai-je répondu sans grande conviction. Peut-être quand on atteint soixante-dix ans ou plus. Mais au front, par exemple, où tout le monde est…

Alors j'ai entendu la voix de Nancy. Profonde et poignante comme un accord de violoncelle. Elle a dressé la tête :

– Revenez plutôt au rêve que vous avez fait, monsieur Manos.

L'émail de ses yeux s'était terni comme un lac qu'assombrit un nuage passager.

– Oui, oui, dites. Vous racontez si bien, a fait également la Bique.

Celle-là, je la haïssais à cet instant. Pour satisfaire sa curiosité romanesque, elle avait introduit, comme un contrebandier, le thème de la mort dans notre conversation. On comprenait facilement que la petite Anglaise était angoissée car Philpot (son mari, son amant, peu importe) devait sans doute retourner bientôt au front. Et moi qui ne pouvais pas improviser un autre rêve…

On a entendu la cloche. Les vêpres. Bobretzberg a sorti de nouveau sa montre. A l'étage au-dessous, une porte s'est ouverte et refermée. Il m'a semblé que la planche de l'escalier avait craqué. J'ai attendu un peu. Rien.

– Nous sommes dans une banlieue d'Athènes, plusieurs années après cette guerre, ai-je commencé. Minuit passé, bientôt une heure. Un homme arrive, pressé, sur la place ; il ne voit personne ; les rideaux de fer des magasins sont tirés, les cafés fermés, on a déjà rentré les tables et les chaises. Il ne fait pas très sombre : le conseil municipal a fait accrocher une ampoule à un poteau, au milieu du parterre de plantes vertes et de bégonias. Cet homme, on dirait que c'est moi mais, chose étrange, c'est un inconnu et il a les cheveux blancs. Il porte un imperméable, col relevé. Un instant avant, il jouait aux cartes dans une maison amie, une de ces maisons toutes blanches qui sont éparpillées dans les pins et les mûriers ; l'heure du dernier autobus est arrivée et il ne veut pas le manquer.

C'est l'automne. Il n'y a pas de lune. Du Mont Parnès qu'on devine dans le lointain, descend un vent sec et piquant. De temps à autre, on entend les feuilles mortes qu'il chasse dans les rues autour de la place. Elles raclent le sol comme une pelle le ciment d'une prison.

L'étranger s'assied sur le banc du kiosque mais le vent, de tous les côtés, s'engouffre par les vitres brisées. L'homme se lève et sort. Il cherche à distinguer, sur la route nue bordée d'oliviers, les phares de l'autobus qu'il attend. Rien. Pourtant, on perçoit, de plus en plus net, un halètement de moteur et des pignons grincent comme si on changeait de vitesse pour amorcer une côte. Puis l'autobus apparaît, venant on ne sait d'où, phares éteints. Il freine devant le kiosque et le moteur s'arrête. Le chauffeur tire la manette qui ouvre les portes et descend. Il est seul. Il s'approche de l'inconnu.

– Tu m'attendais, hein ? lui dit-il comme s'il avait été sûr de le trouver là. Nous avons le temps de griller une cigarette, ça ne presse pas.

– Et le receveur ?

– Je l'ai fait descendre plus haut, à Maroussi, il habite là. Au lieu de le traîner avec nous et de l'obliger ensuite à chercher le moyen de rentrer… D'ailleurs, on n'a pas besoin de lui. Tu verras, nous irons directement.

– Sans phares ? lui répond l'inconnu en lui donnant du feu avec un briquet qu'il portait sur lui depuis les années de la guerre, quoiqu'il ne fumât pas.

– Il est pratique, ce machin. Merci. Nous regrettons notre petite vie, n'est-ce pas ?

Alors, dans la lumière assourdie de la lampe, l'inconnu peut distinguer les traits du chauffeur. Il lui rappele Francis, un garçon du *Cadran Bleu*, au carrefour des Gobelins, au temps de ses études à Paris. Chaque fois qu'il commandait un cognac pour changer de l'éternel café noir, Francis faisait la même plaisanterie : « Encore des excentricités, Monsieur Emmanuel ! » (C'est mon prénom, voyez-vous, en grec moderne nous disons Manolis et, comme diminutif, Manos, mais Francis préférait le nom biblique, Emmanuel.)

– Ma petite vie ? Pas tant que ça, réplique l'inconnu. Parce qu'elle est devenue amère et vide « comme une étrangère importune », ainsi que l'a dit quelqu'un…

Le chauffeur l'interrompt :

– C'est pour cela que je suis venu.

– Tu es venu faire quoi ?

– Tu es bien Manos… Caloyannis, de la classe 32 ?

– C'est exact. Mais comment se fait-il que je ne te connaisse pas ?

– Nous sommes nés la même année. Nous avons été ensemble à l'école, ensemble à Paris, ensemble à la guerre. Tu ne m'as pas encore reconnu ?

L'étranger se dit : « Il se moque de moi. S'il avait fait les mêmes études que moi, comment ne serait-il que chauffeur ? » La plaisanterie s'éternise. Et puis cette familiarité commence à lui paraître déplacée.

– C'est la première fois que je te vois. Tu ne crois pas que c'est l'heure de partir ?

Le chauffeur lève son poignet dans la lumière de la lampe.

– Il est une heure. Ça fait un peu tôt. Mais tu demandes toi-même à partir. Ne viens pas me raconter ensuite que je me suis pressé.

Ils montent ; le chauffeur désigne une place à sa droite, sous l'écriteau : « Ne parlez pas au conducteur. » Il met en marche, les phares s'allument, il emballe le moteur et démarre dans un terrible fracas de tôle et de vitres secouées. Derrière, la lampe s'enveloppe d'un nuage de poussière.

– C'est combien le ticket, après minuit ? dit l'étranger. Je vais au terminus.

– Laisse tomber. Donne-moi un sou. En cuivre, de préférence.

L'étranger met la main à sa poche. Comment trouver ce sou de cuivre alors qu'on les a retirés de la circulation il y a trente ans ? Soudain, il lève la tête. Il sent son visage se vider de son sang.

– Dis donc, est-ce que tu ne serais pas… il ne termine pas.

– Hem ! fait le chauffeur. A la bonne heure !

L'autre devient pâle et continue à se taire.

– A quoi penses-tu ? lui dit le chauffeur.

– Dommage de ne pas l'avoir su depuis longtemps. Que ce soit si simple alors que je me tourmentais…

J'ai entendu encore un craquement et je me suis interrompu. La Bique l'a entendu aussi et elle a tordu le cou. Rien. Bobretzberg en a profité pour regarder l'heure. Les deux autres attendaient la suite.

Le chauffeur, d'un coup de volant habile, évite un lièvre qui, aveuglé par les phares, reste pétrifié au milieu de la route.

– A quoi penses-tu maintenant ? dit-il à l'étranger.

– Tu es sûr qu'il s'agit bien de moi ? On ne fait pas d'erreur dans cette histoire ?

L'autre rit avec compréhension, puis :

– Tout le monde pose la même question. Mais réfléchis bien. Erreur ne signifie rien.

– Est-ce que je sais moi ? Une homonymie quelconque, une confusion dans les horaires… Si, à minuit dix, je n'étais pas tombé sur la reine de cœur, je serais parti. J'aurais pris un autre autobus.

– Oh toi, qu'est-ce que tu vas chercher ? dit le chauffeur en lui lançant un regard lourd d'expérience. Regarde, regarde devant toi ce noctambule, on va rigoler.

Un petit homme avec un gros pardessus qui lui bat les talons, sautille, bras étendus. Le chauffeur appuie sur le klaxon mais l'homme s'entête à ne pas s'écarter. L'autobus passe à le frôler, freine sur quelques mètres et s'arrête. Peu après, on entend le passant cogner la portière de ses poings et lancer des injures. Le chauffeur abaisse la manette. Le petit homme monte par la portière arrière et s'engouffre dans le couloir.

– Alors, tu es saoul ? Il y a longtemps que je te fais signe d'arrêter. Ou bien tu es pressé d'aller coucher avec ta pépée ?

Le chauffeur pousse un bouton et toutes les lampes du bus s'allument. Il se retourne lentement et regarde le passager qui ouvre la bouche, lève les bras, fait « oh ! » ; pirouette et court vers la porte qui, heureusement, est restée ouverte.

– Va-t'en, va-t'en ! crie-t-il sans regarder derrière lui. Ça alors, en pleine nuit…

Les deux hommes de l'autobus se tiennent les côtes.

– Erreur ne veut rien dire, tu piges ? dit le chauffeur en démarrant.

– Pourtant, ne serait-il pas possible… un petit délai… Je ne voudrais pas laisser derrière moi des choses en suspens.

Le chauffeur se met encore à rire.

– Ça aussi, c'est une ruse classique. Ne te fais pas de mauvais sang. Les affaires s'arrangeront très bien sans toi. Peut-être même mieux.

Tout en parlant, je regardais la cage d'escalier entre les barreaux. C'est ainsi que j'ai vu apparaître peu à peu, au ras du plancher, la tête d'Emmy : les cheveux cuivrés, les sourcils, les yeux couleur de miel, la bouche. Emmy s'est arrêtée. Du menton, elle m'a fait signe de continuer et elle a souri. Le sang battait dans mes oreilles comme un tambour de fête.

– Si, au moins, tu allais plus lentement, dit l'étranger… que je puisse revivre en pensée quelques moments heureux.

– Cela, oui. Parle à haute voix pour que le temps passe. Sinon, je mettrai la radio. Dis-moi, qu'est-ce que tu as le plus haï ?

– Les « têtes-coupées », répond l'étranger.

– Quoi ?… ont crié ceux qui m'écoutaient.

– Les phraseurs, les tartuffes. Ils rendent la méchanceté attirante et la vertu insupportable.

– Oubliez-les, à présent, a demandé Nancy. Dites-nous ce que l'étranger a raconté.

J'ai vu Emmy froncer les sourcils d'un air soupçonneux. Elle a tourné la tête comme si elle parlait à quelqu'un qui se cachait derrière elle. Puis elle m'a souri avec malice, l'air de dire : « Bravo, monsieur. Alors, une nouvelle conquête ? » J'avais perdu le fil de mon rêve. Je cherchais dans ma vie passée un moment heureux pour le raconter. Je n'en trouvais aucun sauf celui que j'étais en train de vivre.

A cet instant, on a entendu devant la maison le hurlement d'un klaxon. Ce devait être au moins la voiture d'un général car à Jérusalem les avertisseurs étaient interdits. Bobretzberg a sursauté. Emmy est apparue en entier, elle montait rapidement et répétait, agacée : « Ja, ja ». Rosa, la Polonaise, la suivait. Nous, les hommes, nous nous sommes levés. Le visage de la Bique a pris une expression glaciale. Je ne comprenais pas si elle était en colère parce qu'on lui avait gâché la cérémonie du thé ou à cause de Rosa qui violait le sanctuaire du premier étage. Et soudain, nous nous sommes retrouvés en train de parler tous ensemble, dans toutes les langues. Je ne démêlais que ceci : Bobretzberg partait immédiatement pour Le Caire. La voiture le conduirait à l'aérodrome de Lydda. Emmy l'accompagnait mais revenait le soir même. Le klaxon a de nouveau appelé impérieusement. Emmy a couru dans sa chambre, de la fenêtre elle a crié quelque chose. Son mari a sorti une valise et l'a déposée dans le couloir. Emmy est revenue avec un baluchon, sans doute du linge à laver. Rosa le lui a enlevé des mains, a tenté de prendre la valise aussi ; Bobretzberg voulait l'en empêcher mais Emmy a fait un signe et il l'a laissée. Un sourire de mépris a descellé les lèvres de la Bique. Rosa, qui descendait la première avec les affaires, s'est effacée sur le palier devant quelqu'un. C'était le capitaine américain.

– Hello ! a-t-il fait en mettant les mains dans ses poches

Philpot s'est assis mais s'est relevé au moment où Bobretzberg lui disait adieu. Personne ne présentait l'Américain. Emmy a posé une main sur son épaule et l'autre sur celle de son mari :

– Descendez, leur a-t-elle dit en allemand. J'arrive tout de suite. Ne faites pas cette tête, Benny, nous avons le temps.

Ils sont partis. Alors, elle est rentrée dans sa chambre. Elle s'y attardait. Dans le couloir où nous étions restés, personne ne parlait. Elle est enfin revenue, a dit très vite au revoir, et :

– Excusez-nous, monsieur Caloyannis, de vous avoir interrompu. Voudriez-vous continuer ce soir pour que j'écoute la fin ?

La Bique a ouvert sa bouche venimeuse :

– Ce soir, moi en tout cas, j'irai au cinéma. Le mercredi, le film change.

Emmy, indifférente, a fait « Ah », puis :

– Alors, monsieur Caloyannis, disons ce soir à dix heures, sur le banc du jardin.

Je me suis incliné profondément. Après son départ, la Bique s'est levée et s'est dirigée avec solennité vers la porte des Bobretzberg. Elle a ouvert, a pris l'accordéon puis elle est rentrée dans la chambre des Philpot et elle a déposé l'instrument sur la table. Elle a refermé la porte. Je regardais, stupéfait. Nancy et Ronald ne nous voyaient pas, ne nous écoutaient pas. Ils se berçaient dans une nacelle de tendresse désespérée.

10

Le soleil de midi embrasait les murs. Sournoisement, sans que rien ne l'eût annoncé le matin, la torpeur s'installa. Tout se figea dans une paix de cauchemar : les arbres, la fumée de la buanderie, la girouette au-dessus du grenier de Manos. Les locataires tirèrent leurs volets, se déshabillèrent et se couchèrent.

Un fantôme se promenait tantôt sur les poutres du toit, tantôt sur les planches de l'escalier. La vieille charpente de la maison craquait. Et le khamsin se faufilait par la moindre fente dans les armoires, sous les draps qui s'enflammaient, dans les narines desséchées ; il collait aux corps qui souhaitaient s'enfoncer dans le sommeil.

Cachées dans les pins immobiles, les cigales s'affolaient. Dès que l'une s'arrêtait, l'autre reprenait. Une odeur de résine et d'eucalyptus évoquait les forêts et les fraîcheurs d'autres continents. Avec deux pincettes, les enfants de Rosa torturaient un caméléon qu'ils avaient trouvé sur le banc du figuier. Lèvres serrées, ils se penchaient sur la malheureuse bête, nus comme deux petits amours que la lumière aurait engendrés pour s'admirer elle-même sur leur chair tendre. Quelques minutes avant, ils jouaient sous le robinet de la buanderie, Emmy avait vu les gouttes d'eau étinceler sur leur peau, mais à peine arrivés au banc, ils étaient secs. Les seins naissants de la fillette – deux petites oranges vertes – frôlaient la tête de l'animal.

Emmy quitta la fenêtre : le gravier du jardin lançait des flèches aveuglantes à travers les persiennes. On entendit une voiture dans la ruelle ; le ronflement du moteur rendait la chaleur des draps insupportable. L'auto s'arrêta. Des gens descendirent, les portières claquèrent. Puis de nouveau les cigales et au loin, par-delà la voie ferrée, le *tsaf-tsaf* irritant de la fabrique de glace qui réglait la marche de cet interminable jour africain.

Méduse entre deux courants, une pensée hésitait dans son esprit embrumé. Oserait-elle ? Se lèverait-elle ? Non. Il fallait l'écarter. Pour y échapper, elle appela Hölderlin. Autrefois sa voix profonde comme une nuit d'Orient et ses accents tragiques faisaient jaillir des épées ou des éclairs dans des jardins sous la pluie. Rien. Seul un souffle ténu lui énumérait des titres de romans français : *Le Démon de midi, La Femme de trente ans, Les Ensorceleuses*. Était-ce encore Hans qui faisait le diagnostic ? « Jérusalem rend fou ou tue », avait-il dit un jour. Mais pourquoi ? L'eau ? La terre ? Les vapeurs de la mer Morte ?

D'un saut, elle se retrouva à la fenêtre. Elle entrebâilla les persiennes et appela le fils de Rosa. Ensuite, elle referma et attendit. Dans la pénombre, les battements de son cœur résonnaient à l'assourdir. Frau Anna arrêta l'enfant sur le palier. Emmy ferma tout de suite la porte à clé. Le loquet tourna. On frappa.

– Frau Emmy, que voulez-vous du petit ?

Avait-elle compris ? Emmy bégaya toute rouge :

– Je voulais qu'il m'apporte une limonade glacée. Mais…

– Tout de suite, je vais descendre moi-même.

– Non, non… Je n'en ai plus envie. Je vous en prie, Frau Anna.

Elle n'ouvrit pas. Elle se laissa tomber sur le lit, sable brûlant, à plat ventre. Un souffle frais, une liberté merveilleuse à portée de la main, s'éloignaient maintenant et disparaissaient comme la mer quand elle se retire vers le large.

Il devait être deux heures au plus lorsqu'un hurlement s'éleva, comme si une femme en travail se déchirait : il emplit la maison, s'acheva sur un « ekh » coléreux. A l'étage de Frau Feldmann, trois portes s'ouvrirent ensemble.

– Qu'est-ce qui se passe ? Qu'est-ce qui se passe ?

La première, Emmy courut à l'escalier. Derrière elle, on entendit la Rapesco murmurer d'une voix étouffée, les dents serrées comme si elle s'évanouissait de volupté : « Emmy, Emmy… », et Manos l'arrêter : « Un peu de pudeur, ce n'est pas le moment. »

Devant la porte des séphardims se tenait Frau Anna, une expression de dignité blessée sur le visage. Mme Andréanou, qui venait de rentrer, mordillait ses ongles peints. Les enfants de Rosa essayaient de regarder par le trou de la serrure. Leur mère surgit en pantalons bleus bouffants, pieds nus, échevelée, transpirant, du savon dégoulinant sur les bras :

– Pourquoi n'ouvrez-vous pas ?

Elle les écarta et poussa la porte. La petite Juive basanée était allongée par terre, sur le dos, les yeux grands ouverts, fixes. Son mari, agenouillé à côté d'elle, répétait :

– Rachel, Rachel !

– Pourquoi ne la mettez-vous pas sur le lit ? dit Rosa en yiddish.

Elle lui toucha l'épaule et répéta en allemand. L'autre lui répondit :

– C'est elle qui l'a voulu. Elle préfère quelque chose de dur pour que sa tête reste à plat.

Une grimace déformait le beau visage de la jeune femme. Elle se plaignait :

– Rassi… Puis elle hurla : Ya ommi… Ekh !

– C'est la tête et elle demande sa mère, expliqua Frau Feldmann.

Elle regarda autour d'elle, les yeux écarquillés, et dit avec emphase : « Méningite ».

– Non, cria l'homme comme pour empêcher quelqu'un de partir. Je vais vous expliquer. Dites-moi seulement où il y a un téléphone.

Mme Andréanou le prit par le bras et ils sortirent en courant. La Rapesco n'était pas là, elle était restée en haut.

Rosa fit le tour de la chambre. Rien que le lit, ni armoire, ni chaise. Les vêtements du couple étaient accrochés à des clous. Par terre une valise et sur l'appui de la fenêtre fermée, un réchaud à alcool, une cafetière, des tasses, des boîtes en fer-blanc, des livres et des journaux. On se serait cru dans une véritable fournaise. Rosa souleva le matelas : des planches.

– Faites-moi de la place, dit-elle.

Elle se pencha, empoigna matelas et literie qu'elle jeta dans le couloir. Elle tira un drap, l'étendit sur les planches, s'agenouilla. Elle passa les bras sous le corps de la malade qui poussa un cri. Rosa la souleva comme une plume et la posa sur le lit. Elle fit sortir tout le monde, sauf Emmy, et ferma.

– Il faut la changer. Si le docteur vient et qu'elle soit encore comme ça, elle sera très gênée.

– Mais est-ce qu'elle est consciente ? murmura Emmy.

– Je vais allumer, j'y vois rien, fit Rosa.

– Rassi, rassi, rassi ! criait la malade.

La porte s'ouvrit brusquement et Frau Anna apparut.

– Qu'est-ce que vous lui faites ? Je veux voir.

– Nous la changeons de linge, répondit Rosa. Tu ne crois pas ? Sens !

Et elle lui mit la culotte mouillée sous le nez.

– Truie du ghetto ! dit l'autre en reculant avec dégoût.

– Uhlan du Kaiser ! lui jeta Rosa et elle lui claqua la porte à la figure.

– Vous avez eu tort, Frau Rosa…, commença Emmy.

– Laissez-la, cette outre ! Elle prend tout pour de la comédie ! Alors que la pauvre fille… Regardez, regardez quelle beauté !

Sous l'ampoule poussiéreuse, Rachel immobile laissait les femmes admirer la vigoureuse harmonie de son corps cuivré. Emmy se rappelait la réflexion qu'elle s'était faite en voyant pour la première fois un cheval arabe. Combien d'années de sélection sévère avait-il fallu à la nature pour parvenir à un tel chef-d'œuvre ? De sa vie, elle n'avait jamais vu un pubis s'arrondir avec une telle grâce tendre et triste. Les cuisses coulées au moule, les genoux finement modelés, les chevilles… Emmy sentit un pincement au cœur. Elle passa lentement ses mains sur ses hanches. « Moi, on dirait que je suis sculptée dans du savon parfumé », pensa-t-elle.

– Rassi, dit la malade. Isaac ! et elle tendit la main.

Emmy avança la sienne et Rachel la serra. La jeune femme était fraîche. Elle ouvrit doucement les yeux, regarda Emmy et lui sourit.

– Habibi, Isaac.

Rosa lui tira la robe et partit chercher une serpillière pour laver le carrelage. Une fois seule, Emmy sentit la peur l'envahir. En face de cette Yéménite qui délirait, elle se souvint qu'elle se trouvait en pays étranger, sans mari, sans parents. Que faisait donc Manos, pourquoi n'entrait-il pas ? Ah, bien sûr…

Sans lâcher la malade, elle se pencha et ouvrit la porte en grand. Pas de Manos. Les enfants de Rosa restaient silencieux à côté d'un homme qui portait seulement un short kaki et des brodequins. Une serviette rose sur le bras, il la regardait avec des yeux gonflés, rouges. Il n'était pas rasé et sa bouche avait une expression d'amertume inexplicable. Emmy eut du mal à reconnaître le soldat de la petite Schramek.

– Si elle continue à hurler comme ça, on va passer une belle nuit !

Fâchée, Emmy lui tourna le dos sans répondre.

– Non, non, essayez de me comprendre, et il fit un pas dans la chambre. Demain ou après-demain, on lève le camp. Nous montons tout droit au front.

Il sentait l'homme et le parfum bon marché. Mais Rosa entra :

– Fous-le-camp ! Nous avons à faire, tu ne vois pas ?

Le Croate haussa les épaules, impuissant, et s'en alla en faisant résonner ses brodequins sur les dalles du couloir. Rachel cria de nouveau.

– Méfiez-vous de ce bouc ! Il vous disait quelque chose ? demanda Rosa quand la malade se tut.

– Rien, répondit Emmy pensive. Nous veillons sur le bien des Américains, n'est-ce pas ?

– Quoi ? fit Rosa. Pft ! Tant qu'à vous donner à quelqu'un, je préférerais, vous savez…

Et du menton elle désigna le couloir.

– Vraiment ? Il vous plaît tellement ?

Rosa la regarda. Ces coquetteries d'Emmy l'agaçaient. Mais Mme Andréanou arriva, tout en transpiration, avec Isaac, et la question demeura en suspens.

– Je vous le disais, ce n'est rien, expliqua le mari. Le docteur enverra tout à l'heure son assistant qui lui donnera quelque chose pour dormir.

– Habibi, se plaignit Rachel.

– Ya rohi…, murmura le Yéménite en prenant la main de la malade dans celle d'Emmy.

Que pouvaient-ils dire ? Les mots ne sont-ils pas toujours les mêmes quand les êtres souffrent et quand ils aiment ?

– C'est un four, là-dedans, dit Rosa. Laissez ouvert, nous resterons dans le couloir.

Dehors, elles trouvèrent Manos. Il avait plié le matelas et s'était assis dessus, le dos contre le mur. Il regardait dans le vague, sourcils froncés. Rosa et la Roumaine allèrent chercher des chaises. Emmy s'approcha de lui. Près d'eux, les enfants de Rosa, à demi nus, les observaient.

– Vous m'en voulez parce que je ne suis pas venue hier au rendez-vous ? lui demanda-t-elle en français.

– Quel rendez-vous ?

– Quel rendez-vous ? répéta le petit garçon à sa sœur.

– Je vous ai dit, à dix heures du soir, sur le banc du jardin.

La petite fille regardait les lèvres de Manos.

– Tiens ? Je n'ai pas entendu.

– Tiens, tiens ?… firent les enfants.

On ne trouva que trois chaises à l'étage. On en donna une à Isaac, une autre à Mme Andréanou. Emmy s'assit sur la troisième. Rosa se laissa tomber sur le matelas à côté de Manos en poussant un petit gémissement. Elle était pitoyable avec ses varices et ses bleus sur ses jambes nues. Mais elle s'en moquait. Elle repoussa du coude les enfants qui cherchaient à se serrer contre elle et leur dit quelque chose en yiddish. Ils partirent main dans la main. « Quel rendez-vous ? » répéta le petit garçon en français.

– C'est un grand professeur, on trouve même son nom dans les dictionnaires, leur confiait Mme Andréanou. C'est à lui qu'il l'a amenée pour une histoire gynécologique ou parce qu'ils veulent un enfant, je n'ai pas compris. Elle a parlé, en passant, de ses migraines et le professeur lui a expliqué qu'aujourd'hui une petite intervention guérissait ce genre de maux de tête. Était-elle compliquée, faudrait-il qu'elle reste à l'hôpital ? L'hôpital ? Pas question. Le professeur lui ferait une piqûre, elle s'allongerait dix minutes pour se reposer et puis elle pourrait rentrer à pied chez elle.

– Elle est perdue, la pauvre fille ! murmura Emmy, la main sur la bouche.

– Qu'est-ce que vous dites ? Ne parlez pas de malheur ! fit Rosa.

– Il lui a fait une piqûre de novocaïne à la nuque, n'est-ce pas ? demanda Emmy.

La Roumaine ouvrit grands ses yeux et baissa la tête. Elle pâlit. Et la malade, comme si elle répondait à Emmy, cria et cria encore. A ce moment, au fond du couloir, surgit Andréanou, sa gamelle à la main, il les regardait. Sa femme sursauta. Emmy arrangea un peu sa robe. On lui expliqua ce qui s'était passé. Il répondit que c'était très très triste, mais son visage huilé de sueur conservait une indifférence mondaine. Il demanda quelque chose en roumain et sa femme s'observa : la robe, les souliers…

De la main, elle montra la chambre de la malade, parla de téléphone. Il lui donna la gamelle et ils partirent en emportant leur chaise. Mme Andréanou revint presque tout de suite avec deux éventails de carton qu'elle tendit à Emmy et à Rosa. Elle semblait indécise. Finalement, elle s'en alla en faisant une grimace à Rosa comme pour dire : « Je ne sais pas ce qu'il a aujourd'hui. »

– Si l'eau n'était pas aussi chaude, je me mettrais sous la douche, dit Emmy et elle entrouvrit son peignoir.

Manos serrait ses genoux entre ses bras.

– Vous parliez sérieusement, pour la piqûre ? demanda Rosa.

Pour ne pas être entendue d'Isaac, Emmy se pencha. C'était aussi un prétexte pour toucher de ses cheveux dénoués l'homme assis à ses pieds.

– C'est en effet un grand savant, mais seulement en gynécologie. A Berlin il a fait des miracles. Quand la chasse aux Juifs a commencé, il s'est installé à Vienne. Honneurs, chaire à l'Université, etc. A ce moment, le bruit a couru qu'il faisait des expériences très dangereuses sur le traitement des migraines. Avec une piqûre de novocaïne, il nécrose une partie du cervelet, derrière la vertèbre Atlas. Mais presque toujours, neuf fois sur dix, l'aiguille rencontre un vaisseau sanguin et provoque une hémorragie méningée. En 1938, le scandale a éclaté ; une des victimes, en effet, était parente éloignée de Bauer. Jusqu'alors le professeur choisissait de pauvres femmes du peuple, des réfugiées, des tsiganes qui allaient le consulter pour des affections gynécologiques. Une fois par mois, il recevait gratuitement dans son cabinet. Il devait passer en justice quand Hitler est entré à Vienne ; il s'est enfui, il est venu ici.

– Tu te rends compte ! s'exclama Rosa en frappant du poing son genou nu. Et dire que les femmes arabes le considèrent comme un saint ! Grâce à lui, elles acceptent d'aller à l'hôpital israélite, ce qu'elles ne faisaient jamais.

Soudain, elle leur fit signe de se taire. Isaac arrivait.

– Où est Frau Andréanou ?

Il regardait la porte fermée.

– Le professeur a demandé si ma femme avait eu de la fièvre. Nous lui avons dit que non. Mais maintenant, il me semble… Venez voir.

Rosa se trouvait déjà auprès de la malade. De la joue, elle toucha son front.

– Elle est toute fraîche. C'est votre imagination !

– Nous ne risquons rien en lui mettant une poche de glace, dit Emmy sans s'approcher.

– Justement, fit Isaac avec reconnaissance. Justement, c'est ce que le professeur a dit aussi.

– Chez Miss Pamela ! cria Rosa. Elle en a une. Elle me l'avait prêtée quand la petite a eu la paratyphoïde.

– Isaac ! cria la malade. Rassi.

– J'y vais tout de suite, dit Manos qui les avait suivis.

Isaac le prit par la main.

– Pas vous, lui dit-il en anglais. Il fait encore jour. Pour nous rendre service, camarade, il ne faut pas risquer…

Ils se regardèrent. Tous comprenaient ce qu'il entendait par là. Les deux femmes baissèrent les yeux, perplexes.

– Je vous assure que vous vous trompez, répondit Manos. Laissez-moi y aller. D'ailleurs, je m'habillais pour descendre.

Rosa intervint :

– Et pourquoi ne pas envoyer la petite ? Courir par cette chaleur ? Elle, elle ira et reviendra comme un oiseau.

– Comme vous voudrez, répliqua Manos.

Il alla se rasseoir sur le matelas. Emmy s'approcha de lui.

– Depuis ce matin, je cherche à te trouver seul.

Manos détourna le visage.

– Laissez-moi à mon malheur, Frau Bobretzberg. Vous avez choisi le moment !

– Je veux t'expliquer pourquoi je ne suis pas venue au rendez-vous.

– Vous ne me devez aucune explication. D'ailleurs, je sais.

– Tu sais !

– La Rapesco.

– Un beau numéro, celle-là ! Elle se présente comme un agent de Pétain, cuisine les Français qui l'approchent et les livre à l'intelligence.

Manos regarda autour de lui avec une expression de dégoût désespéré.

– Quelle Tour de Babel, quelle confusion ! Tout le monde espionne, tout le monde trahit. Voilà ceux qui se battent pour échapper au cataclysme ! C'est à se taper la tête contre les murs !

– Qu'est-ce qui t'arrive ? Je ne te reconnais pas. Tu étais pourtant de ceux qui commandent à la destinée.

– Qu'il parle bien celui qui ne sait pas ! Du jour où je me suis raccroché à l'épave Köhler, je me suis coupé du monde. L'armée, voilà la vérité. L'armée, la guerre. Ensuite, nous verrons. Tu me l'as fait oublier, cette vérité ! Je n'ai plus pensé qu'à toi. Je suis comme hypnotisé, que dis-je ? comme les mystiques !

– Comme les mystiques dont l'objet d'extase n'est pas un esprit ou une âme mais un corps avec des cheveux, des seins, avec une voix ?

– Oui, oui.

– Mais cela, mon chéri, c'est le véritable amour !

– Tais-toi, Emmy, tu ne sais pas ce que tu dis !

Rosa, qui était restée dans la chambre de la malade pour les laisser seuls, réapparut.

– J'ai entendu une voiture. Ça doit être le docteur. Je vais me passer quelque chose.

– Moi aussi, je dois m'habiller, dit Emmy. Tu attendras ici, n'est-ce pas, pour que je te retrouve ?

– J'attendrai, dit Manos, résigné.

L'assistant du professeur était un homme sec, au visage maigre, souriant et courtois mais réservé. Il fit tout de suite une piqûre à la malade.

– Elle souffre, l'aiguille a dû irriter un nerf, c'est pour cela qu'elle a mal. D'ici demain, ça passera, expliquait-il à Isaac.

Emmy descendait. Elle avait mis en hâte un chemisier jaune à carreaux gris, avec un grand décolleté qui laissait son dos et ses bras nus. Un ruban noir négligemment noué retenait ses cheveux cuivrés. Elle était très attirante ainsi mais elle baissa les yeux et sourit comme une écolière en s'approchant. Elle toucha la main du médecin qui, dans un sourire, lui envoya à travers ses dents jaunes écartées une haleine où se mêlaient l'ail et la menthe.

Ils parlèrent du temps, de la grosse chaleur. « Bien sûr, dit le médecin, la malade dormirait plus calmement si elle avait une poche de glace. De toute façon, la fièvre est insignifiante. » Pendant ce temps, Rachel avait sombré dans le sommeil et délirait. Quelque chose comme « Bol… ses bas… bol ! » revenait souvent.

En partant, le médecin tomba sur une Anglaise. Bronzée, visage rond, yeux scrutateurs et nattes serrées en couronne. Sa manière de s'habiller et son comportement témoignaient d'une activité et d'un optimisme de commande.

– Ah, Miss Pamela, lui dit-il en se rembrunissant, on m'a dit que vous alliez apporter la poche. Je m'en vais, je suis très pressé. Je vous répète ce que j'ai recommandé au mari : de la glace, de l'obscurité et du calme. Elle a besoin de dormir jusqu'au matin, si possible.

Rosa l'accompagna sur le pas de la porte et quand elle revint, elle prit des mains de l'Anglaise le sac avec la poche et la glace. Pamela tenait un bouquet de marguerites des champs blanches et mauves. Elle avait aussi un fascicule : *Science et Santé*, en anglais.

– Vous jugerez peut-être cela comique, fit-elle avec un sourire mais ses yeux exprimaient bien qu'elle ne le permettrait pas. Entrer chez un malade et lui donner tout de suite une brochure de propagande. Cela fait très... missionnaire. Pourtant, qu'est-ce qu'un morceau de papier ? Il ne tient pas de place, il ne demande ni à boire ni à manger. Qu'il se trouve quelque part, quelqu'un l'ouvrira pour passer le temps et découvrira peut-être le Grand Médecin.

Personne ne tendait la main. Toujours souriante, elle déposa la brochure sur la chaise d'Isaac. La malade, profondément endormie, respirait avec un léger ronflement. Rosa cassait la glace dans la salle de bains.

– Allons, dit Pamela, nous ferions bien d'obéir au médecin, maintenant. Je ne veux pas vous déranger davantage. Puisque je suis ici, je vais faire un saut pour saluer mon amie Frau Anna. Au revoir.

Elle jeta un coup d'œil pour voir où elle pourrait mettre les fleurs ; pas même un verre. Finalement, elle les remporta. Manos et Isaac s'effacèrent sur son passage. Rosa revenait avec la poche. Emmy, pensive, s'assit sur la chaise.

– Sébastopol ! dit Rachel clairement, comme si elle était réveillée.

Ils accoururent. Heureusement, elle dormait profondément. Isaac regarda Manos.

– Ce matin, elle me disait qu'elle donnerait sa vie si cela permettait aux Russes de garder Sébastopol une heure de plus…

Emmy surprit un éclat étrange dans le regard de Manos qui se posait tantôt sur elle tantôt sur Rachel… Peinée, elle lui sourit.

– Vous comprenez, continua Isaac en joignant les mains, il faut qu'elle guérisse. Je me jetterai de la colline de Scopus si quelque chose lui arrive. Nous sommes des cousins éloignés, vous comprenez ? Son père était très pauvre. Mais notre tribu disparaît. Il ne reste que nous ; nous nous sommes retrouvés, l'un venant du nord et l'autre du sud. Si l'un s'en va, notre race s'éteint. Et elle remonte au temps de la Reine de Saba.

– Mais comment, camarade, vous…

– Je sais, interrompit Isaac. Nous avons les mêmes idées que vous. La preuve, vous l'avez entendue : Sébastopol. Mais que voulez-vous que je vous dise ? J'ai tellement peur de la perdre que je crois que tous les moyens sont permis. Peut-être ce que je disais de nos origines attendrira-t-il le terrible Dieu de nos ancêtres ?

Sans rien dire, Emmy sortit et commença à monter l'escalier.

11

Quand on demanda à Emmy de prendre sa chaise et de venir pour le thé, le soleil déclinait déjà. Pourtant l'air semblait toujours coagulé et les bruits extérieurs parvenaient étouffés comme s'ils traversaient un rideau de coton. Mme Philpot et Miss Butler, assises autour de la table, bavardaient avec une volubilité mondaine. Ron, penché au bout du canapé bleu, nettoyait sa pipe. Il paraissait mécontent ou somnolent. A côté de lui, Frau Anna se rengorgeait comme si elle se trouvait, elle aussi, en visite. Au regard d'Emmy, elle répondit en haussant fièrement les sourcils. Pas impossible du tout que la rencontre des deux Anglaises fût son œuvre.

Nancy, sans cesser de se montrer attentive à sa voisine, sourit à Emmy et promena les yeux sur le groupe. Peut-être était-ce leur lumière, peut-être était-ce seulement l'heure du crépuscule ? L'atmosphère du couloir se détendit quand elle prononça d'un ton neutre : « Il manque encore quelqu'un. » Miss Pamela se tut. Frau Anna bondit vers l'escalier et cria :

– Mister Caloyannosh ! Le thé-é-é !

– Doucement, fit Emmy. Vous allez réveiller la malade.

La visiteuse fit une grimace. Désapprouvait-elle l'interruption, les manières de la propriétaire qui évoquaient la caserne, ou Emmy qui s'inquiétait de Rachel ?

– C’est la première fois, chère Miss Butler, que je vois un tel khamsin, dit Nancy tout en versant l’eau bouillante dans la théière. Où est cette poussière jaune qui s’insinue partout ? Et puis, il n’y a aucun souffle. Le khamsin, je le sais, vient du sud-est et balaie les déserts et les régions torrides. J’en ai appris quelque chose à Bagdad !

Ron, de mauvaise humeur, souffla dans sa pipe.

– La guerre…, soupira hypocritement Frau Anna. Tant de changements… Cette année nous avons eu de la neige, ce que je n’avais jamais vu ici.

– En effet, reprit Pamela. Voilà quinze ans qu’il n’a pas neigé. Et du khamsin en juin, c’est rare. Souhaitons, pour nos pauvres gars, qu’il cesse vite.

Philpot allait dire quelque chose quand Manos apparut. Il salua gravement. Frau Anna se poussa au milieu du canapé et le pria de s’asseoir. Emmy se pencha en arrière, espérant frôler sa veste de ses cheveux lorsqu’il passerait. Ce qui arriva. Il sortit de sa poche le fascicule *Science et Santé* et le posa sur le verre de la table.

– Parfait, dit Miss Pamela. Je vois que ça vous intéresse.

– Pas du tout. Je l’ai ramassé pour qu’il ne tombe pas entre les mains du Yéménite. Dans l’état où il se trouve, il serait capable de découvrir encore une autre « vérité ».

– Vous êtes nouveau ici, n’est-ce pas ? lui demanda-t-elle avec un sourire.

Frau Anna et Emmy se regardèrent.

– Miss Butler ! dit sévèrement Nancy en lui donnant une tasse de thé.

– Oui, milady, je vous remercie, dit-elle, troublée.

Ron, qui avait entre-temps allumé sa pipe, toussa, puis :

– Jérusalem est vraiment la ville la plus étrange que je connaisse. Chaque clocher indique une secte. Chaque synagogue, chaque mosquée. Un écheveau d'inquiétudes spirituelles qu'Hitler s'apprête à démêler d'un coup de pied.

– Mon amour, ne sois pas brutal, supplia Nancy.

– Attends… attends…

– Je ne sais pas, dit Pamela, un sourire angélique aux lèvres. Notre mouvement, en tout cas, n'a pas de clocher.

Ron l'interrompit :

– Je sais. Vous vous êtes mis au goût du jour. Pourtant, vous avez un prophète, vous aussi.

– Mme Mary Baker Eddy ? Que vous a-t-elle fait ? Des milliers de personnes ont guéri grâce à son ouvrage inspiré par Dieu.

– C'est ainsi que vous appelez *Science et Santé*, ce monument de plagiat ?

– Mon amour, ne sois pas brutal.

– Mais tu te rends compte ?… Mme Eddy était une femme médiocrement instruite, dit-il à Pamela, le fourneau de sa pipe pointé d'un geste docte vers elle. Un certain « docteur » Phinéas Kibby lui a enseigné le « traitement par la foi ». En 1866, elle l'appelait « Maître » mais en 1833, elle l'a désavoué et traité d'hypnotiseur analphabète.

A ce moment, la porte de Manos s'ouvrit et la Rapesco apparut. Pieds nus, juste vêtue d'une combinaison noire très courte. Elle descendit l'escalier et lentement, les yeux mi-clos, elle passa derrière eux comme si elle se promenait seule, laissant son auriculaire glisser le long du mur. Frau Anna, toute rouge, allait parler quand Nancy la retint. Manos avait ouvert la bouche. Ron se pencha pour la regarder avec admiration pendant qu'elle feignait de rectifier sa frange devant la glace. Emmy sourit ; mais en elle une voix d'enfant ou d'animal se plaignait. Dès que l'autre se fut enfermée dans sa chambre,

Frau Anna se leva. De nouveau Nancy l'attrapa par son bras maigre et, la tête rejetée en arrière, éclata d'un large rire en cascade.

– Non, ne gâchez rien, Frau Feldmann. C'était tellement bien venu… Comment dire ? Je me suis crue en Italie. Vous me comprenez, n'est-ce pas ? Chaque Anglais rêve de faire ce voyage aux pays chauds une fois dans son existence. La spontanéité, la liberté. N'est-ce pas, miss Butler ?

– Autant que je sache, cela doit être ainsi, Milady. Mais depuis quand le grenier de Sam est-il transformé en salle de bains ? demanda Pamela sans regarder Frau Anna.

Alors Emmy eut un fou rire qui gagna Nancy, Ron, Frau Anna et même Manos.

– Monsieur Caloyannosh, articula enfin la propriétaire, je vous conseille de fermer votre chambre à clé. Entendu ?

Emmy avait les larmes aux yeux. N'importe qui pouvait supposer que c'était le rimmel. Seule Rosa savait qu'elle n'en utilisait pas.

Miss Butler remercia Lady Campbell pour « l'excellent thé que nous avons pris ». Elle considérerait comme un grand honneur de le rendre n'importe quel jour de la semaine, sauf le mercredi. Elle partit. Philpot alla chercher les marguerites sauvages dans sa chambre, il les effeuilla et les jeta sur le plateau du thé… Il renifla ses paumes verdies. « Elles empestent comme son âme, dit-il. Ah, la sale espionne ! Je ne m'attendais pas à ça ! »

– Et quelle indiscrétion ! s'empressa d'ajouter Frau Anna en enflant la voix. Comment imaginer qu'elle vous connaissait…

Lady Campbell l'ignora.

– Ne t'emporte pas, mon amour, fit-elle à Ron. Quelle importance tout cela peut-il avoir ?

Il se calma, s'assit, prit la main de Nancy par-dessus la table et la baisa.

– Je pense à l'avenir, dit-il d'une voix enrouée.

– Oh Ron !

Et comme Frau Anna se levait pour desservir, elle s'installa à sa place, sur le canapé, à côté de lui :

– L'avenir sera tout à fait semblable au présent. S'il ne l'est pas…

Manos s'écarta. Il allait aider Frau Anna mais elle le lui interdit d'un mouvement vif de la tête. Emmy, comme si elle émergeait d'un rêve, lui dit :

– Laissez. C'est notre affaire.

– Je ne veux personne dans ma cuisine, répondit Anna méchamment. Et tout de suite, avec une nuance de regret :

– Elle est tellement en désordre, aujourd'hui.

Manos, toujours silencieux, remonta dans son grenier. Alors Nancy prit le coude d'Emmy comme pour lui dire : « Allez, allez-y. » Elles se regardèrent. De petites étoiles scintillaient dans l'émail violet. Soudain les deux femmes se sentirent rougir. « Allez, allez-y tout de suite ! » fit encore comprendre Nancy.

Alors Emmy prit enfin le petit escalier qu'elle s'était vue tant de fois monter en imagination. Elle poussa la porte et entra. Manos, pensif, était assis sur le divan étroit. Elle se mit à côté de lui.

– Manos, dit-elle, suppliante. Aide-moi. Peux-tu m'écouter ?

– L'Américain te fait du chantage ? demanda-t-il en se cachant le visage dans les mains.

– Oui, aussi. Mais c'est un simple incident. Dis-moi combien tu es fort. Ah, si je pouvais parler sans crainte. Je te dégoûterais.

– S'il s'agit de m'apprendre que toi aussi tu mises sur deux tableaux, comme la Rapesco, cela ne m'étonnerait pas. Le monde est pourri.

Emmy se leva :

– Comme tu te trompes ! Et combien tu deviens injuste dans ton aveuglement !

Elle s'approcha de la petite table et ouvrit la Bible.

– Qu'est-ce que c'est ça ? Tu lis la Bible, maintenant ? Mais enfin, qu'est-ce que tu es ? De qui te caches-tu ? Mon secret à moi n'a rien à voir avec la politique.

– Qui t'a dit que je me cachais ?

– Mais… personne ! Nous l'avons tous compris. Même les Philpot le savaient. Pas par nous. Quelqu'un le leur avait dit : celui même qui les a envoyés à la pension. Seulement, il n'avait pas prévu Miss Butler ! Mais Ron prétend que ton ami t'a idéalisé. Lui, il te trouve différent, c'est-à-dire plus réel.

– L'illusion de cette clandestinité me servira de leçon. Je me cachais, c'est vrai ; je voulais trouver le moyen de rentrer en Grèce. Ici, tout est pourri. Hitler n'a qu'à tendre la main pour tout ramasser. Je me suis trompé, je croyais qu'on se battait, ici. Pourtant j'aurais dû m'en douter quand notre barque a accosté quelque part en Anatolie et que j'ai vu le garde au-dessus de nous. C'était un Turc originaire de Crète et il m'a semblé que, par sa bouche, c'était ma destinée qui parlait. « Eh, les gars, je vous donne cinq minutes : ou bien vous reprenez la barque et vous filez, ou bien je vous emmène enchaînés. » Les autres ont eu peur, ils ont reculé. On m'a enfermé dans un camp. Je croyais que tu te moquais de moi, à midi, lorsque tu as dit que j'étais de ceux qui commandent à la destinée. Parce que j'ai eu de nouveau à choisir. Et la deuxième fois, la destinée c'était toi.

– Moi ?

– On m'a proposé de partir d'ici, mais je suis resté pour toi.

– Commande, mon amour, et tu verras !

– Maintenant c'est fini. Trop tard.

– Ah, bien sûr… Je vais t'expliquer. Tout à l'heure aussi, j'ai voulu te le dire mais tu ne m'as pas laissée.

– J'ai vu, de mes propres yeux, la voiture devant la villa à quatre heures du matin. Et la Rapesco vous avait vus entrer à dix heures.

– Je ne le nie pas. Je veux seulement t'expliquer comment c'est arrivé.

– Quelle importance a le « comment », puisque c'est arrivé.

– Mais c'est là que j'ai besoin de ton aide. Peut-être que toi tu pourrais comprendre ce qui se passe en moi. Dis-moi, pourquoi est-ce que je ne résiste pas ? Pourquoi ? Et puis, voilà, je te l'avoue, je n'ai jamais de remords.

– Tais-toi, Emmy ! Imbécile que j'étais, je te prenais pour une Diotima. Je n'ai jamais entendu une femme avouer son désir avec autant d'impudeur.

– Attends, Manos. Tu te souviens de Suzette, la Diotima de Hölderlin ? Tu te rappelles ce qu'elle lui écrivait ? « Les relations amoureuses se trouvent seulement dans le monde réel, dans le monde qui nous unit, pas dans l'esprit. » Comme elle avait raison, la malheureuse. Écoute un instant. Quand nous sommes partis pour l'aéroport, pendant tout le trajet, Hans, assis à l'arrière, a parlé du rêve étrange que tu avais raconté. Benny s'est arrêté, il avait les yeux fatigués. J'ai pris le volant. Nous sommes arrivés de nuit à Lydda, l'avion attendait. Hans m’a attirée à part et m’a dit : « Je ne crains personne que le Grec. » Avant que j’aie eu le temps de répondre, il m’a mis quelque chose dans la main, il a couru et il est monté dans l’avion. Plus tard, j’ai regardé ce que c’était : un sou en cuivre, un François-Joseph. Il faut que tu saches qu’il n’est pas dans le caractère de Hans de faire de l’humour noir. En y repensant, je me suis souvenue de ses yeux, pleins d’une espèce d’horreur. J’ai éclaté en sanglots. A partir de ce moment, Benny a fait de moi tout ce qu’il a voulu.

– Peut-être, mais ce n’était pas la première fois. Il t’avait déjà…

– Grâce au chantage. Un autre lui avait révélé ma faiblesse.

C’est ainsi qu’elle lui avoua comment elle se trouvait à Jérusalem, comment Hans avait deviné le jeu des Anglais et de Benny et ce qu’il allait faire maintenant à Ankara. C’est en vain qu’elle parlait, cherchait à l’attendrir en lui effleurant le menton, il restait fermé.

Une plainte les interrompit. Emmy sursauta.

– Rachel.

C’était le renard du toit qui tournait de nouveau. L’accalmie prenait fin. On entendit les arbres bruire de toutes leurs feuilles et leurs branches. Un courant frais chassait la touffeur du grenier. Emmy respira la petite brise avec volupté.

– Viens voir, lui dit Manos qui se tenait sous la lucarne.

Sur un fond bleu-vert, la lune montait, semblable à une boucle d’oreille en porcelaine, aux pointes de bronze. Quand Manos proposa à Emmy de descendre au jardin, il ne l’avait pas encore embrassée une seule fois.

Ils trouvèrent le banc occupé. Un couple s'enlaçait avec une passion muette. La jupe de la femme, un peu relevée, découvrait une cuisse blanche dans la pénombre. On entendit au loin une sorte de ronflement musical et, tout de suite après, l'horloge de la cathédrale sonna la demie.

– Venez vous asseoir, charmants amoureux, nous pouvons partager, dit la voix de Nancy.

Emmy accepta avec empressement, tira Manos par la main.

– Quelle journée pénible, dit-elle en s'asseyant. Ce manque d'air l'a rendue interminable.

– Cela nous a énervés, admit Ron, moi du moins.

– Pourquoi y penser au lieu de jouir de ce miracle ?

Et, de la main, Nancy montrait les arbres, le ciel, les coins obscurs du jardin. Un oiseau ou une autre bête, caché là, à côté, fit entendre une note liquide et alanguie. Des grenouilles coassaient dans les bassins. Derrière les jardins et la voie ferrée, une flûte bédouine pleurait, nostalgique et monotone, avec de grands intervalles de silence. Les premières mesures de l'indicatif des actualités parvinrent du cinéma en plein air et couvrirent tout pendant un moment. On entendit Nancy remplir ses poumons de brise odorante puis murmurer :

– Quel calme !

– Lady Nancy, fit Emmy avec une tendresse soudaine, je vais vous faire un cadeau. Je n'en suis pas sûre, mais j'aimerais beaucoup que ça vous fasse plaisir. Changeons de chambre. Mon lit est vraiment fait pour l'amour.

Le couple se mit à rire et s'écria : « Oh non ! » Nancy continua :

– Que dois-je comprendre ? Oh non ! Vous ne serez pas toujours seule, on va vous l'amener par la main, votre sombre chevalier !

– Et Frau Anna ? demanda malicieusement Emmy. Vous n'avez pas vu qu'elle a dressé le lit de camp dans la cuisine pour nous espionner ?

– Nous l'enverrons chez son amie, Miss Butler.

De nouveau, ils rirent bruyamment. Ron se leva, noua ses mains en auréole au-dessus de sa tête et imita la missionnaire anglaise.

– Vous savez, bien sûr, que c'est la sœur du directeur civil de la Sécurité, dit gravement Manos, avec un peu d'hésitation.

– Vraiment ? répondit l'autre qui baissa les mains et se rassit.

– Écoutez, dit Nancy. Je l'ai bien sondée, elle ne parlera pas. Elle est imprégnée du préjugé de classes. Une authentique petite bourgeoise anglaise. Vous avez vu comme elle s'est effacée quand elle m'a reconnue ? Ah, vous n'étiez pas là. C'est pourquoi je me suis mise à servir le thé. Vous l'avez remarqué, Frau Emmy, je vous ai observée. Elle ne parlera pas, tout simplement parce que cela ne se fait pas chez nous. Elle attendra que je le dise moi-même. Et elle est certaine que je le ferai.

– Je ne te laisserai pas, dit Ron.

– Je t'en prie, mon amour, ne recommençons pas. De quelle région de Grèce êtes-vous, monsieur… Emmanuel ?

– Athénien. Je suis né dans une banlieue, à Kifissia.

– Et vous avez des sœurs ?

– Malheureusement non. Pourquoi, lady Campbell ?

– Je ne sais pas. Peut-être parce que Gilbert Murray nous disait que les Athéniens mettaient une cigale d'or dans leurs cheveux. N'est-ce pas, Ron ?

– Seulement les autochtones, pour se distinguer des autres. N'étaient-elles pas sorties de la même terre ?

– Même si j'avais des sœurs, la cigale d'or leur serait interdite, parce que ma mère est née à Alexandrie ; quant à ses parents, ils sont originaires d'ici, de Jérusalem.

– Que dites-vous ? s'exclama Emmy, étonnée. Je n'imaginais pas cela. Vous connaissez un certain Adam ?

Manos pencha la tête en arrière pour la regarder.

– J'en ai entendu parler. Vous le connaissez ?

– On me l'a montré à l'*Astoria*. Un type bizarre.

Agacé, Manos reprit sa position, bras croisés.

– Vous pouvez vous vanter de tenir votre origine des deux centres du monde, lui dit Ron. Vous vous souvenez de Xénophon ? Athènes était au milieu de l'Attique, l'Attique au milieu de la Grèce, la Grèce au milieu du monde. Pour leur part, les Croisés voulaient que le centre du monde fût à Jérusalem. Et les musulmans disent que c'est ici que le prophète a obtenu la grâce de jeter un regard sur le Paradis.

Jérusalem, Athènes, Alexandrie,
Vienne, Londres

récita Nancy.

– *Fantômes !* compléta Manos. Eliot, la passion de Richards.

– Exact, fit Ron. Ces vers ont été écrits pour nous.

– Athènes, Alexandrie, Jérusalem, énuméra Emmy en appuyant son doigt sur la poitrine de Manos. Et moi Vienne, Heiligenstadt.

– Londres, Bloomsbury, dit Nancy d'une voix tremblante.

– Londres, Whitechapel, prononça son ami comme s'il la provoquait.

– C'est une veillée funèbre, vous le sentez ? fit brutalement Manos d'un ton sarcastique. Des tours s'écroulent. Londres sous le blitz. Athènes et Vienne esclaves. Demain, Alexandrie. Après-demain Jérusalem !

– Mais vous croyez qu'ils arriveront jusqu'ici ? demanda Emmy, inquiète.

Dans la nuit transparente s'éleva la voix de Nancy :

Quel est ce bruit haut dans l'air
Ce gémissement maternel
Quelles sont ces hordes voilées et qui pullulent
Sur ces plaines sans borne et qui trébuchent
Sur la terre craquelée que cerne l'horizon
Quelle est cette cité par-delà les montagnes
Qui se démembre et se reforme dans l'air violet
Quelles sont ces tours croulantes[3]

– Oh, ajouta-t-elle, allons danser quelque part. Je veux des lumières, de la musique ! Je veux m'enivrer !

– Au *King David's Hôtel*, proposa ironiquement Manos.

– You, hypocrite lecteur ! dit Ron sur le même ton. Vraiment, voyez comme tout s'enchaîne. Je lisais, dans une brochure sur la basilique de la Résurrection, qu'en 1850 le général Aupick, ambassadeur de France à Istanbul, avait fait une démarche en faveur des catholiques. Aupick, ce nom ne vous dit rien ? Le parâtre de Baudelaire !

– Ron, rappelle-toi Flaubert à Jérusalem, répondit Nancy avec enthousiasme. Cela aussi, c'était en 1850. Le prêtre grec qui avait pris une rose et l'avait posée

3. T.S. Eliot, « La Terre vaine », in *Poèmes 1910-1930*, trad. française de Pierre Leyris, éd. du Seuil, Paris, 1947.

sur le marbre du Saint-Sépulcre : « … y a versé de l'eau de rose, l'a bénite et me l'a donnée ; ç'a été un des moments les plus amers de ma vie, c'eût été si doux pour un fidèle ! Combien de pauvres âmes auraient souhaité être à ma place ! Comme tout cela était perdu pour moi ! que j'en sentais donc bien l'inanité… » La rose, rose sur la dalle jaune fêlée, polie comme du vieil ambre. Et les taches d'huile dessus. Et l'odeur des cierges qui fondaient. Je crois sentir le même goût de solitude dans ma bouche.

« Le couvent, reprit Manos en français, comme s'il lisait à livre ouvert, nourrit deux renards ; chaque soir on leur jette deux pains, chaque soir ils viennent là attendre, le pain tombe, ils le saisissent et l'emportent. » Flaubert, du même voyage. Le couvent, grec, est celui de Saint-Saba – et il montra la direction de la mer Morte.

Ron émit un sifflement admiratif.

« Combinant les impressions, combinant les jours », dit encore Manos. Qu'est-ce que c'est ? Du grec, bien sûr. Il s'agit de la Poésie.

Il traduisit le vers, puis le poème entier.

– Cavafy, encore un qui a entrevu la fin. Sa poésie mériterait d'être connue, mais où trouver le temps, maintenant ? Frau Bobretzberg, avez-vous lu *Madame Bovary* ?

– Bien sûr, pourquoi ?

– Rien. Nous évoquions Flaubert.

– Allons, allons, fit Nancy, scandalisée. On ne demande pas sans raison à une femme si elle a lu cela…

Manos se leva :

– Croyez-moi, je l'ai dit sans arrière-pensée. Mais qui parlait de danse ? Je sais où aller : des arbres, de la musique, une piste et des éclairages discrets.

Ron approuva :

– Voilà qui est mieux !

– N'est-ce pas qu'il est admirable ? dit Emmy en embrassant Nancy.

– Nous verrons, répliqua l'autre, faussement sérieuse, comme elle lui rendait son baiser.

L'endroit où il comptait les amener était le Club de la communauté grecque à Catamon. Dix minutes à pied. Mais Ron voulait mettre un nœud papillon et une veste. Ils ne réussirent pas à l'en dissuader. Il partit s'habiller.

– Peut-être ne devrais-je pas venir avec vous, dit Emmy. A cause de Rachel. Dans une heure ou deux, la piqûre aura cessé son effet.

Nancy et elle se mirent à calculer : la jeune femme se réveillerait vers minuit si elle avait ce qu'Emmy redoutait.

– Mais Rosa est à côté d'elle. Que lui ferez-vous de plus ? Monsieur Emmanuel, dites quelque chose, ne restez pas comme si vous étiez en dehors de tout !

– Que voulez-vous que je vous dise ? De toute manière, le Club ferme à une heure.

La cloche de la cathédrale sonna neuf heures. Dérangé, un oiseau de nuit qui nichait dans un des grands arbres du jardin voisin, secoua ses ailes et poussa un cri aigu, en trille, dont l'écho s'éteignit sur l'horizon émeraude encore lumineux. Emmy s'accrocha au bras de Manos.

– Je te remercie, lui dit-elle.

– Pourquoi ?

– Parce que tu vas me faire danser.

Il libéra sa main, se tourna vers Nancy :

– Ron a oublié un autre centre du monde : Moscou.

– Ah, c'est donc cela, fit-elle songeuse.

– Ça vous gêne ?

– Pas du tout. Le premier homme que j'ai aimé a été tué en Espagne. Volontaire. Sur son initiative, Cambridge y avait envoyé sa première ambulance. Un homme… Un enfant, plutôt, un adolescent. Frêle, mais mon Dieu, quelle sensibilité ! Au début les hommes de Mosley ont fait courir le bruit que les Républicains l'avaient exécuté pour sa lâcheté au combat. Je ne voulais pas le croire. Puis, nous avons appris la vérité. Même comme ça, il me reste quelque chose là-dedans, comme si on m'avait fait une injustice personnelle, impardonnable. A peu près ce qu'on ressent quand on lit le récit de la Croisade des Enfants en 1212. Cinquante mille êtres innocents, qui ont fini dans les lupanards de Gênes, de Lyon, de Marseille, au fond de la mer ou dans les harems d'Alexandrie.

Ils demeurèrent silencieux puis elle reprit :

– Je sais ce que vous pensez. Ron est venu plus tard. Quand je l'ai connu, je me suis dit : celui-ci, c'est le vrai, l'autre n'était qu'un mirage. Peut-être me trompais-je, peut-être que non. Et puis, quand les années passent une femme ne veut plus chercher ni s'interroger. Elle désire que ce qu'elle étreint soit la seule réalité. L'essentiel, c'est de le garder.

Elle pirouetta sur ses talons :

– Pourvu qu'on ne lui prenne pas, celui-là aussi… Vous savez, ce sera la première promenade que je fais depuis le jour de notre arrivée.

Ron était revenu.

– Comment va la malade ? demanda Emmy.

– Je ne l'ai pas vue. Tout est fermé, c'est calme.

– Donnez le bras à Emmy, mon amour. Moi, je vais essayer d'apprivoiser ce sympathique porc-épic, et elle saisit le coude de Manos.

Ils quittèrent leur ruelle pour la route goudronnée, les femmes au milieu. Ils prirent la montée en respirant profondément la fraîcheur de la nuit apaisée. Leurs voix et leurs pas résonnaient amicalement sous le feuillage des hauts eucalyptus. Emmy avait la sensation de revivre ses vacances, au temps du lycée. En particulier, un samedi soir à la campagne, entre l'insouciance de l'enfance et les espoirs de la jeunesse. L'ivresse bleue et lisse de sa rencontre avec Hölderlin. La Grèce centre du monde…

Elle vit Manos lever la main de Nancy et baiser son poignet.

– Je pense à Richards, lui dit la jeune femme. Il répétait souvent : « Dans un moment difficile, je préférerais mourir pour mes amis que pour une idéologie quelconque. » S'il arrive quelque chose à Ron, ne me laissez pas seule.

Emmy n'entendit pas ce qu'il lui répondait, mais :

– Oh, cessez de vous montrer aussi formaliste ! Ce que ces Balkaniques sont snobs, mon Dieu ! Mon nom est Nancy et ceux qui m'aiment m'appellent Nan. Ron et Nan, comme dans une histoire de chats…

Manos s'aperçut alors qu'Emmy suivait leur conversation ; il se pencha et lui dit :

– Voilà, Frau Bobretzberg, c'est dans cette petite maison là-bas qu'habite Adam, celui dont vous avez parlé.

Heureusement, Emmy avait à sa droite Ron, préoccupé par sa pipe et son nœud papillon. Puis ils entendirent l'autobus derrière eux et s'écartèrent sur son passage. De l'intérieur venaient des chansons et des rires, un car d'excursion sans doute. Plus loin, Manos montra la villa du Patriarche, il ignorait s'il habitait toujours là, en tout cas c'est comme ça qu'on l'appelait. Ils arrivèrent enfin. Ils longèrent assez longtemps un mur qui clôturait un grand jardin, une orangeraie ainsi qu'ils purent le voir.

Au loin, on entendait le haut-parleur diffuser des tangos grecs. A l'entrée de la propriété, un portail de bois à barreaux était entrebâillé. Manos demanda qu'on l'attendît un instant. Il s'approcha du gardien et lui parla. Ils allumèrent une lampe de poche et examinèrent quelque chose comme un portefeuille ou une carte d'identité.

– Quoi que vous en disiez, déclara Nancy, cet homme ne se cache pas.

– Il ne se cache plus. Il me l'a appris aujourd'hui, répondit Emmy.

– Est-ce que cela a quelque rapport avec votre querelle d'amoureux ?

– Aucun. D'ailleurs, nous ne sommes pas amants. Nous ne l'avons jamais été.

– Oh, Emmy, ma chérie. Je regrette, j'ai tellement honte ! Que devez-vous penser de moi ? Comme je vous ai taquinée !

– Mais pas du tout ! Pour ma part, je voudrais terriblement que se soit vrai ! C'est la seule chose au monde que je désire, maintenant. Mais j'ai commis une faute et je l'ai fâché. Je ne sais plus comment me comporter.

Ron, tirant de courtes bouffées de sa pipe, abandonna les femmes et s'approcha du portail. Manos revenait, il avait déjà payé l'entrée ; ils se mirent à discuter amicalement comme le font en général les hommes quand il s'agit de régler les frais d'une sortie.

– Venez, leur dit Manos. Ce soir vous êtes mes hôtes. L'entrée n'est autorisée qu'aux gradés de l'armée grecque et à leurs invités. Je n'ai pas donné de noms, le mien suffit.

L'homme leur ouvrit, ils le saluèrent de la tête et prirent un large chemin de terre. Au fond, quelques lampions bleus, accrochés en guirlande. Sur les côtés, les orangers trapus filaient en oblique, à intervalles réguliers.

A un endroit, l'allée s'élargissait en un rond-point où étaient garées cinq ou six voitures civiles et militaires, celles-ci tigrées sous le camouflage du désert. Ils arrivèrent enfin devant une villa basse toute en longueur ; sur la façade, une colonnade ionique encadrait un escalier de marbre. Entre les fûts brillaient les fenêtres aux vitres peintes en violet à cause du couvre-feu. Ron consulta sa montre lumineuse :

– Nous avons mis exactement une demi-heure.

Puis il tendit le doigt :

– On croirait un palais de planteur en Caroline du Sud, il ne manque que les nègres.

Devant eux se trouvait la « piste » ; ils eurent du mal à la découvrir. C'était un bassin vide et seule émergeait la tête des danseurs, presque au ras de leurs pieds.

– Il doit faire chaud, là-dedans, dit Ron en forçant la voix pour qu'on l'entende.

– Tous ces gens sont des Grecs ? demanda Emmy.

– Naturellement, répondit Manos. Pour leurs partenaires, je n'en suis pas sûr. Il doit y avoir des étrangères résidant ici, des infirmières et des femmes-soldats.

– C'est curieux, dit Nancy. Je prenais les Grecs pour des gens bruyants.

En effet, à part la musique, on n'entendait que le crissement des souliers ferrés sur le ciment.

– Le tango exige de la concentration. Tout à l'heure, avec les danses grecques, on en reparlera ! leur cria quelqu'un, on ne savait qui.

Ils s'écartèrent. Comme Nancy en fit la remarque, l'endroit était éclairé de telle sorte qu'on reconnaissait seulement ceux qui le voulaient. Les petites tables, avec leurs chaises dépareillées étaient dispersées dans le jardin. Un lampion, semblable à une orange bleue, indiquait que sous tel arbre la table était occupée. Il n'y avait pas de serveurs. Chacun entrait dans la villa, prenait sa commande au buffet et payait. Derrière la colonnade ionique, on distinguait à peine ceux qui entraient et sortaient, pareils aux ombres des fidèles à l'entrée d'un temple antique pendant un mystère.

Quand ils eurent trouvé une table, Manos les laissa pour s'occuper de la boisson. Il s'attarda. Le tango fini, on en mit un autre puis un fox-trot oublié qui obtint un grand succès dans la fosse, à en juger par le brouhaha. Ron commençait à se demander si Manos les avait perdus quand il arriva, suivi d'un autre homme. Ils portaient des consommations.

– Il n'y pas de whisky.

– Tant mieux, fit Ron avec soulagement. Je serais allé démolir leur quartier général : heureusement que l'égalité règne !

– Mais j'ai trouvé du gin, des sodas et de la glace !

– Hurrah ! cria Nancy et Emmy après elle. Faites-nous vite boire le premier verre !

Manos s'éloigna avec l'inconnu et ils parlèrent longuement entre eux. Quand ils en eurent terminé avec leurs secrets, il le renvoya. On servit enfin ce premier verre. Manos pressa ses amis de manger quelque chose. Il avait apporté des cornichons, du fromage de brebis, des olives vertes, du pain blanc et des cacahuettes. Leur table disparaissait sous les papiers gras, les bouteilles de soda et les gros verres. Au milieu, comme la cathédrale allemande, le seau à glace. Et à côté, la bouteille carrée de gin.

Nancy leva son verre :

– A l'amour !

Ensuite Ron proposa de boire à la victoire.

– Les Allemands ont annoncé que le siège de Tobrouk avait commencé, fit Manos.

– Leurs mensonges habituels ! Qu'est-ce qu'on est aujourd'hui ? Jeudi ? Avant samedi, c'est impossible.

– Et ensuite ? demanda Nancy.

– Ensuite, nous verrons. Qui en veut ?

Mais Manos, debout, invitait Nancy pour la première danse.

– Avec plaisir, Emmy, ma chère, surveillez Ron. Nous voulons retrouver quelque chose à boire.

Dans l'obscurité, elle lui serra l'épaule comme pour lui dire : « Attends, tu verras. » Cependant, Emmy avait l'impression qu'ils ne reviendraient plus. A Ron qui lui parlait, elle répondait distraitement, par monosyllabes. Elle regardait tout le temps autour d'elle. Mais ils revinrent et – quel miracle ! – Manos s'inclina devant elle.

– On va mettre une valse, nous l'avons demandé exprès, dit-il.

En une seconde, elle se trouva au milieu des orangers. Elle avait dénoué, sans le vouloir, le ruban de ses cheveux qui flottaient sur ses épaules. Elle trébucha, perdit son soulier. Pour se retenir, elle prit en riant la main de Manos, heureuse. Ils retrouvèrent la chaussure, elle renoua ses cheveux et sagement à présent, ils descendirent l'escalier en bois de la piste. Ça sentait l'armée, là-dedans, c'est-à-dire le kaki imprégné de sueur et le tabac de Virginie. La lune, croissant d'or rouge frappé sur le ciel, déclinait. Ils attendirent un peu, le dos au mur. Dès les premières mesures de la valse, plusieurs couples s'écartèrent ou partirent sans protester.

– Maintenant, dit Manos.

Il posa la main sur sa taille. Tout de suite, Emmy frissonna. « *Oh, mein Gott !* », dit-elle, et elle s'abandonna dans ses bras en tremblant. Elle sentit son visage pâlir, elle ferma les yeux.

– Tes lèvres, soupira-t-elle. Donne-moi tes lèvres, je t'en supplie.

– Emmy, de la tenue ! Les gens te voient !

Quels gens ? Que lui importaient les gens ? Il ne voulait pas d'elle, c'était cela. Il lui préférait… Ah ! que « lui » trouvait-il donc qu'elle ne possédait pas, elle ? « Je ne te demande pas de m'aimer, aurait-elle voulu dire. Je te demande… » Il était tellement enfant. Elle avait pitié de lui. Étaient-ils simplement debout ou dansaient-ils ? Elle ne savait pas. Le plaisir s'attardait dans ses seins, au bout des doigts et parcourait encore, irréel et voluptueux, son dos. Et la tristesse, brève mais combien amère, martelait déjà ses tempes et son cœur. Elle sentit ses cuisses et ses jambes enfler démesurément. De la taille aux chevilles, elle était éléphant.

– Je suis très fatiguée, maintenant. Allons nous asseoir.

Ils s'assirent au bord du bassin. La musique changea de rythme, devint plus rapide. En bas, dans leur dos, les couples sautaient comme s'ils foulaient du raisin.

– Ne me regarde pas comme ça, je t'en prie. C'est la première fois que ça m'arrive, je ne le voulais pas.

– Veux-tu que je t'apporte à boire ? Un verre d'eau ?

– Non. Ne me quitte pas un instant ce soir. Si je reste seule, il va m'arriver quelque chose. Du mal. Je le sens rôder ici, près de nous.

« Adam ! avait-elle envie de lui crier. Je l'ai vu ! Où m'as-tu amenée, mon amour ? »

12

Shabat Shalom. Quel bon vent vous amène aujourd'hui a-t-il demandé. Bonjour Votre Excellence Herr Butler as-tu répondu en allemand. Et tu ne savais pas par où commencer. La maison s'est vidée brusquement. Ta vie Anna. Ramenez Sam je suis seule. Mais ça ne te sortait pas de la gorge et tu as parlé de la pluie et du beau temps. Comment se fait-il que vous laissiez circuler une espionne. Et ça l'a intéressé. Mais quand tu lui as expliqué il s'est mis à rire. Soyez tranquille cette personne fait son devoir. En tournant la tête à mes invités et en couchant avec eux. Hé ça entre dans le chapitre distractions privées nous n'en savons rien. Mais il savait. Et tu as compris par qui. Vous voulez parler du Grec aux idées de gauche a-t-il demandé. Tu as dit je ne sais pas c'est un grand humaniste. Et il a répondu c'est curieux vous ne l'avez pas encore déclaré. Et tu as gardé ton sang-froid. Je n'ai pas eu le temps de l'inscrire à peine installé il était parti. Et où est-il allé Frau Feldmann est-ce que vous le savez.

Comment lui raconter. Le petit escalier a craqué le temps de passer ta robe de chambre et de sortir il était arrivé au rez-de-chaussée. Il tenait ses affaires en baluchon. Où allez-vous monsieur Caloyannosh. Je pars. Pour toujours as-tu demandé. Sans doute a-t-il dit. Mais c'est jeudi et vous avez payé jusqu'à dimanche. Je vous fais cadeau de la différence. Comme ça sans te donner la main sans te remercier. Il devait être trois heures du matin. Dans le couloir du rez-de-chaussée l'agitation s'était calmée. Tu es descendue derrière lui. Il a vite ouvert la porte du jardin et la nuit de Jérusalem l'a avalé. Et tu t'es assise sur la marche de pierre et l'obscurité coulait à tes pieds comme les rivières de Babylone. Jamais jamais tu n'aurais imaginé qu'il te traiterait ainsi. Si durement. Même avec une bonne. Et cette Andréanou qui gémissait à cause de la raclée qu'elle avait reçue. S'il m'avait aimée il aurait bien pu me battre. Pas beaucoup. Une fois seulement. Je le lui aurais pardonné. Et tu as entendu ensuite le sommier de la Tchèque. Une Singer rouillée. Une charge à toute allure. Tu allais rire et c'est un sanglot qui est monté. Comme une femme arabe devant la mort. Et Rosa est sortie en titubant à moitié endormie et s'est penchée sur toi. Qu'est-ce que vous avez grommela-t-elle. Des bulles lui as-tu dit. Tu ne voulais pas te relever et elle t'a quittée. Après la Schramek est sortie avec la serviette rose. Elle courait. Nue et bien nourrie comme une jument. Pour noyer le petit Croate dans l'eau de la chasse. Et le rire que tu avais retenu s'est échappé et s'est épanoui comme une rose. Ses épines te griffaient jusqu'au fond de l'âme. Puis elle s'est fanée. Et tu es partie pour qu'on ne te prenne pas pour une folle.

Je n'ai pas eu le temps de lui poser la question mais Excellence il n'est pas difficile de l'apprendre. Comment Frau Feldmann dites-le moi. Et tu lui as parlé du vieux Grec l'ancien interprète. Mais il est parti celui-là t'a-t-il dit ils se trouve à Jaffa. Ils savent tout. Qu'on le demande alors à Frau Bobretzberg elle le sait sans doute. Ah voilà encore une conquête de notre Casanova. Il savait tout.

Mais toi tu as pris son parti. Je n'ai rien remarqué de semblable elle est très comme il faut. Bien t'a-t-il dit nous plaisantons. Demandez-lui et téléphonez-moi. Et toi tu as dit je ne peux pas vous satisfaire car elle est partie. Et où est-elle allée. Je ne sais pas mais nous pourrons l'apprendre par l'Américain. L'Américain a-t-il fait comme s'il disait nous voilà bien avancés maintenant. Un certain capitaine Benny elle travaille avec lui. Va chercher a-t-il dit. Ce n'est pas difficile Rosa doit savoir.

Heureusement il n'a pas demandé quel jour elle était partie. Il aurait fallu que tu lui dises qu'elle n'était pas revenue depuis jeudi et il aurait répondu alors dans ce cas. Mais ce n'est pas ça. Tu avais cru toi aussi quand tu as entendu rentrer les Philpot enfin M. Philpot avec sa maîtresse et qu'Emmy n'était pas avec eux. Ils étaient ronds comme des billes. Ils sont rentrés dans sa chambre à elle et ils s'apprêtaient à se coucher. Ça t'a tout de suite semblé louche. Tu as remis ta robe de chambre et tu es sortie de la cuisine. Le jour pointait. Ils ne voulaient pas t'ouvrir. De l'intérieur te disaient seulement qu'avec ta permission ils couchaient dans le beau lit fait pour l'amour. Pourquoi n'appelez-vous pas plutôt la pension Capri Amalfi ou Taormina. Doucement Ron nous allons réveiller la malade. Ils n'ont même pas demandé comment elle aimait. Et Frau Bobretzberg où est-elle as-tu questionné. Nous lui avons donné une autorisation de sortie t'ont-ils répondu. C'est-à-dire as-tu de nouveau questionné. Oh ne nous casse pas les couilles vieille espionne a-t-il crié et l'autre lui a fermé la bouche. Des cochons. Tu étais donc sûre que les autres avaient filé ensemble. Toute la matinée tu allais et venais comme un tigre en cage. Tu attendais qu'ils se réveillent pour les interroger de nouveau. Mais ils ne sortaient pas. Ils cuvaient leur pinard. Et à midi voilà Rosa avec l'Américain ils venaient chercher les affaires d'Emmy. Et les cochons ont été obligés d'ouvrir et tu as trouvé une horreur de chambre. Ils étaient allés jusqu'à décrocher le Durer et tu l'as découvert ensuite sur les draps tachés. Si elle reçoit des lettres vous les donnerez à Rosa. Je veux bien les donner lui as-tu dit mais moi j'ai payé l'agence en croyant qu'ils resteraient plus d'un mois et voilà qu'au bout de même pas deux semaines elle nous quitte. L'Américain s'est mis à faire le calcul tout tranquillement et il a démontré par-dessus le marché que c'était toi qui leur devais de l'argent. L'après-midi pourtant l'autre a envoyé Rosa t'apporter une livre et tu l'as gardée c'était ton dû. Tu as voulu lui donner dix pour cent et elle a refusé. Tu t'en fiches. Le soir les lords sont partis à leur tour. Tu es restée seule avec la Rapesco. Et tu aurais voulu la chasser elle aussi.

Il ne t'a pas interrogée au sujet de la lady. Mais il savait. Parce que quand tu as commencé à dire quel chaud milieu familial c'était jusqu'à avant-hier et à nommer les locataires il t'a interrompue. Ça suffit Frau Feldmann dites-moi plutôt pourquoi on a fait venir le professeur au rez-de-chaussée. Cela aussi il le savait. Et il t'a demandé si tu croyais aux rumeurs qu'on répandait sur ses expériences. Tu lui as répondu que ces choses-là Frau Bobretzberg les disait également. Mais ce sont des calomnies de goyim parce qu'ils sont jaloux de nous voir posséder une telle sommité. Et il écrivait. Soudain tu as pensé que c'était un goy lui aussi. Et il a compris. C'est un point de vue Frau Feldmann encore qu'une de vos coreligionnaires ne semble pas le partager. Rosa. Oh as-tu dit celle-là n'a pas de Dieu. Et ç'a été la deuxième gaffe que tu faisais car il a appuyé le crayon sur la table et *crac* la pointe s'est cassée. Tu as compris qui lui avait parlé d'elle et que ce n'était pas le moment de la chasser de la maison. Comment elle n'a pas de Dieu a-t-il demandé. Tu lui as dit. Ah bien. Mais je vous le dis sérieusement Excellence je la trouve capable de commettre un crime. Pour l'instant c'est elle qui dénonce un crime. A-t-elle porté plainte as-tu demandé. Diable non Frau Feldmann vous comprenez parfaitement ce que je veux dire.

Et il a ri. On m'a parlé d'une personne avec un œil au beurre noir. Tu as dit j'ai compris vous pensez à Mme Andréanou. Peut-être mais croyez-vous qu'il faut l'inscrire aussi sur la liste des conquêtes. Tu as fait semblant de ne pas comprendre. Alors il s'est fâché et t'a parlé carrément. Oh non as-tu dit M. Caloyannosh était très correct et il ne lui serait jamais venu à l'idée de séparer un couple. Comment l'avez-vous appelé a-t-il demandé et tu le lui as répété. Vous a-t-il montré un passeport ou une carte d'identité. Tu as réfléchi. Passeport grec. Avez-vous relevé le numéro et le lieu de délivrance ? Je n'ai pas fais attention ? Alors il s'est mis à râler et tu l'as laissé parler. Tu savais que c'était de la frime.

Une fois soulagé il a voulu apprendre pourquoi Andréanou avait battu sa femme. Tu as répondu il nous a fait honte devant le professeur il l'a traînée par les cheveux. Et il a dit mais pourquoi je veux avoir des détails. Tu as répondu je ne sais pas je dormais en haut dans la cuisine. J'ai entendu la Yéménite hurler à faire crouler les murs de Jéricho comme on dit. A quelle heure. Il devait être minuit passé. Je suis descendue et je les ai tous trouvés sur pied. Et le Yéménite avait l'air d'un ivrogne. Il avait téléphoné au professeur et on lui avait répondu patientez jusqu'à demain il dort. Et la Chliaska était hors d'elle et elle lançait des injures. Mais plus encore cette mauviette d'Andréanou. Lorsque le Yéménite est tombé à genoux en nous suppliant elle ne l'a pas supporté. Pourvu que mon mari n'arrive pas pendant ce temps. Elle a dit ça elle a jeté un châle sur elle et en route. Elle a dû téléphoner quelque part pour qu'on intervienne. A une haute personnalité. Il a dit cela ne m'intéresse pas Frau Feldmann continuez. Tu as répondu comme vous voudrez Excellence mais ce sont des choses indispensables pour que vous compreniez. Et la Chliaska m'a demandé le bassin pour le mettre sous la malade. Excusez-moi de vous le dire mais on n'en fait plus de pareils aujourd'hui. C'est de la faïence de Bohême avec des petites fleurs bleues et très confortable. Je n'ai rien dit je suis seulement allée le chercher tout de suite. Je l'avais enveloppé dans une vieille combinaison de soie. Et la Chliaska a tiré l'étoffe et l'a reniflée *Pff Pff* et l'a jetée. J'ai voulu lui reprendre le bassin elle a fait exprès de le lâcher et il est tombé. Mais heureusement il ne s'est pas cassé. Après cela j'ai dit que je ne laisserais pas le bassin de ma grand-mère entre des mains étrangères et je suis allée le mettre moi-même sous la malade. Elle délirait je ne dis pas le contraire et criait quarante de fièvre. C'est la méningite vous verrez. Pourtant elle comprenait puisqu'elle a fait glisser le bassin toute seule. Il y avait des planches sous le matelas et je me suis dit il va se casser sous son poids mais heureusement. Et je suis sortie et je n'ai pas laissé la Chliaska laver le bassin ce qui était son affaire. Elle me l'aurait cassé je la connais. Et lorsque je suis revenue la malade parlait clairement mais elle gémissait à chaque instant elle gémissait. Je comprends l'arabe. Elle disait à son mari que trois boules de billard s'entrechoquaient dans sa tête une rouge une blanche et une noire. Tu as bien regardé lui disait-elle sous l'autel de l'église russe d'Aïn Karem c'est là qu'on attend le moustachu c'est lui qui enlèvera les boules et alors je reprendrai le dessus. Des bulles. Et Mme Andréanou est revenue contente. Il viendra dans un quart heure nous a-t-elle dit. Et son amant a commis l'erreur de ramener le professeur dans sa jeep. Moi je lui ai fait les honneurs de la maison parce que c'était la première fois qu'une sommité pareille venait. Dès qu'il a posé sa main miraculeuse sur le front de la malade elle a cessé de crier et elle a souri. Il a fait sortir tout le monde. Vous aussi Frau Feldmann s'il vous plaît pour les empêcher d'entrer. Voyez-vous il connaissait ma mère et mon mari. Mais il n'a pas fermé la porte. Et là ils se sont mis à bavarder en allemand et elle de lui faire des grâces de lui sourire et de lui raconter l'histoire de sa vie tout entière. En allemand. Le Yéménite se griffait les joues et nous disait ce n'est pas elle elle n'a jamais appris l'allemand. Je vais devenir fou. Là-dessus est arrivé M. Andréanou la jeep l'avait renseigné. Il soupçonnait quelque chose depuis des jours et quand il a vu l'autre dans le couloir je veux dire le gardien du séquestre il a attrapé sa femme par les cheveux. Et elle pas un soupir comme une brebis à l'abattoir. Alors son amant. Et là il t'a interrompue de nouveau continuez Frau Feldmann. C'est tout Herr Butler. Ils sont partis en jeep et ensuite ils ont envoyé l'ambulance qui a amené la Yéménite. Son mari avec. A l'hôpital de Hadassa ont-ils dit.

Quand tu as eu fini il s'est levé il voulait te chasser parce que tu t'étais attardée. Tu t'es souvenue qu'il fallait lui parler de Sam. Intervenez à l'école as-tu demandé pour qu'on me le renvoie de Haïfa. Je suis seule. Il a répondu ne vous précipitez pas très vite vous aurez tant de monde que vous ne saurez pas où le caser. Quel monde as-tu dit. Des gens bien des réfugiés d'Égypte. Pourquoi des réfugiés. Il a répondu rien de grave juste par mesure de précaution. Les Allemands voyez-vous ont percé aujourd'hui les premières lignes extérieures de défense de Tobrouk. Et tout en parlant il arrangeait une botte de marguerites sauvages sur son bureau. Sa sœur était passée le matin.

Anna qui sait. Hitler à Jérusalem. Pourquoi pas. Et les goyim s'en sortiront sans compter que même les Musulmans le réclament. Et toi toute seule. Dans le même ghetto que la Chliaska. Et Sam « à la pointe de l'épée ». La fin. Et la honte. Tu as raté Anna. Ta vie comme le potage à la tomate. Tu lis les indications tu les suis à la lettre et quand tu mets la farine au lieu d'épaissir ça devient une pâte immangeable et tu jettes tout. Éric ô mes jolis cheveux blonds que la brise du fleuve faisait flotter. Ô Feldmann amant aux deux visages époux infidèle. Ô Caloyannosh étranger ingrat sans cœur. Les trains sifflent ce soir. Tous des gens bien c'est-à-dire des réfugiés. Tu disais puisqu'il est parti qu'il en sorte au moins quelque chose de bien. Rassasie-toi de sommeil Anna. Mais voilà même pas cela. Les oiseaux de nuit ululent en voletant dans l'argent du clair de lune. Et toi tu couches de nouveau dans le lit de l'amour. Seule.

13

Obstinément, nous nous taisions. Il restait pas mal de chemin jusqu'au Monastère et de la chaleur sèche mettait nos nerfs à l'épreuve. Ni l'un ni l'autre nous ne désirions pousser de nouveau la discussion jusqu'à la rupture. Nous en étions au point où celui qui ouvrirait la bouche pour dire quoi que ce fût admettrait implicitement avoir cédé.

– Hé, hé ! a-t-il fait le premier. Si un PM nous voyait, il nous arrêterait.

Un nid de poule que notre chauffeur avait méprisé l'avait jeté contre moi. J'ai reconnu l'odeur étrange de son corps, quelque chose comme celle des joncs pourris.

– Pourquoi ?

– Un soldat avec un officier et dans les bras l'un de l'autre, par-dessus le marché, tu imagines ?

Je ne trouvais rien à dire pour renouer, pour faire effort de mon côté. J'étais las de regarder les collines chauves le long de la route et de guetter le moment où un rocher se détacherait pour nous écraser. Le taxi dévalait sans précaution. Autour de nous, un monde désolé. Aucune végétation. Seuls quelques ronciers roux aux grosses épines faisaient penser à d'énormes hérissons. Plus nous descendions, plus la chaleur nous desséchait les narines. Le chauffeur restait silencieux, il s'émerveillait lui-même de son adresse douteuse. Quand le serre-tête de son kéfieh glissait sur ses sourcils, il l'arrangeait et nous jetait, dans la vieille Ford comme un cheval arabe dans une fantasia. Il freinait durement, emballait le moteur sans raison, prenait les tournants à la corde et le précipice béait au-dessous de nous : gypse, gravier, sel. Des pigeons volaient dans le ravin, de notre bord à celui d'en face et de nouveau vers leurs nids, au milieu des rochers.

Soudain, entre deux blocs jaunâtres de calcaire, apparut à l'est, très bas, la mer Morte. Elle était incroyablement bleue, une citerne sarrasine dallée de porcelaine. Sur la rive, posée comme une boîte d'allumettes, une bâtisse rectangulaire avec une cheminée surmontée d'une fumée orange sale ; autour, des monticules de minerai gris, rose, teintés de grenat, ou avec des reflets de neige, fumaient sous le soleil blanc.

J'ai regardé mon uniforme froissé. Je ne trouvais rien à dire à mon compagnon. « Ne le rejette pas, pensais-je. L'homme n'est pas uniquement ceci ou cela. Dans tout ce qu'il raconte comme une “tête-coupée”, il y a aussi des choses justes. »

– Tu sais pourquoi tu t'énerves quand je te parle ? Tu ne me trouves pas digne. Du poste que j'occupe, je veux dire.

– Je m'en fiche, lui ai-je répondu.

– Le fait même que tu t'en fiches est mauvais. Morgue intellectuelle, petite-bourgeoise. Je reconnais que pendant la session d'hiver, j'ai fait une manœuvre et je t'ai coincé. Mais pourquoi n'as-tu pas pris la parole quand c'était ton tour ? Tu as de l'éloquence, tu sais mettre les choses au point et suggérer les idées importantes de telle sorte que l'autre pense qu'il les a trouvées tout seul. Tu es parti. Tu avais la prétention qu'on te crût sans t'avoir entendu.

– Même si j'avais parlé, rien n'aurait été résolu.

– Comment le sais-tu ? Cela veut dire que tu as rejeté les camarades, qu'ils ne comprendront jamais.

– Il ne restait plus assez de temps. Il faisait presque jour. On aurait dû t'interrompre lorsque tu t'es étendu trois heures durant sur la situation internationale.

– Tu aurais pu le faire toi-même. Tu penses que, dans leur esprit, ton affaire est plus importante que l'analyse des opérations ? Ce sont des combattants.

– Tu es originaire de Mégare, il me semble ?

– Tu veux dire que je me sers de sophismes ? Tu te trompes lourdement. Dans la situation où nous sommes, les finesses de salon ne peuvent que nuire, affaiblir. Au lieu de jouer les Achille en colère…

Je l'ai arrêté :

– Maintenant, c'est toi qui t'exprimes comme un intellectuel.

– Quelle manie de toujours éplucher ma façon de parler ! C'est le chocolat qu'il faut manger, pas le papier d'argent, nous disait-on à Acronauplie[4]. Tu n'as pas cédé à la colère, admettons. Tu as pourtant retiré tes billes et vécu en simple particulier.

– Tu interprètes mon départ à ta guise. Je voulais retourner en Grèce, tu piges ?

– C'est-à-dire que tu chassais des nuages. Heureusement que tu as vu ce que les fascistes nous font dans l'armée. Dis donc, c'est les Turcs ou les Anglais qui t'auraient aidé ? Comment leur aurais-tu payé les frais de voyage ?

– Laisse tomber les sous-entendus. Quand j'ai compris que ce n'était pas possible, je suis revenu.

4. Acronauplie : ancienne citadelle du port de Nauplie en Péloponnèse, transformée par Métaxas en geôle pour prisonniers politiques.

– Première nouvelle ! Moi, je croyais que tu étais venu nous parler de la mission de l'Autrichien à Ankara ; tu es tombé sur la trahison de Tobrouk, tu as fait le rapprochement et tu as eu la trouille. Tu t'es dit : mieux vaut être avec les autres que seul.

Il faisait exprès de tout embrouiller. Il savait parfaitement que j'avais pris contact avec la cellule du Club dès le jeudi soir, sitôt que j'avais appris la mission de Hans. La chute de Tobrouk, nous ne l'avons sue que le dimanche. Dès l'aube, le vendredi, quand je l'avais rencontré, je portais de nouveau mon uniforme. Mais, au fond, moi non plus je ne disais pas la vérité.

– Écoute, m'a-t-il dit après un silence. Nous avons tous commis la faute de venir ici. Toi moins que moi, car je connaissais déjà la décision : personne ne devait quitter la Grèce, c'est là qu'il fallait résister. Nous aurons à répondre devant le peuple et nous serons châtiés – si nous survivons. Mais d'ici là, nous nous croiserons les bras ou nous combattrons !

C'était curieux ce qui se passait avec cet homme. Quand il ne lançait pas des phrases toutes faites, ses mots prenaient vie. Je n'oublierais jamais la réunion improvisée que nous avions tenue le dimanche soir dans cette petite chambre de la doctoresse, tous debout pour gagner de la place. Il avait apporté un atlas d'écolier. Il l'ouvrit sur le lit. En deux mots tout fut réglé. Nous ne nous livrerions pas aux Allemands. Nous allions réquisitionner tous les moyens de transport possibles, de l'essence, des vivres, des armes et des munitions et *via* Damas, Homs, Dar el Zorr, nous atteindrions l'Euphrate. Nous le franchirions ; puis Bagdad et de là, tout droit, nous entrerions en Perse. Hamadan, Rest, Pahlevi, destination Bakou, URSS. Personne ne dit : « Quoi ? Nous n'arriverons même pas au désert de Palmyre ! Si les avions de chasse ne nous écrasent pas, nous mourrons de soif ! » Ni : « Entrons dans la résistance, les communautés grecques nous couvriront. » Nous sentions notre cœur battre, allégé, et notre tête, pleine d'idées nouvelles, craquer comme la croûte du pain à la flamme du four. Quelques-uns demandèrent la permission de fumer. Ils voulaient graver cet instant dans leur mémoire. Ou bien commençaient-ils à mesurer les difficultés ? Le Minus leur répondit : « Quand vous sortirez. Nous finissons… » Alors le capitaine, le cou tendu, me regarda pardessus la tête des autres. Nous étions les seuls officiers. « L'Anabase », me dit-il, et son visage s'éclaira. Je compris ce qu'il entendait par là mais cela ne me plaisait pas. Nous prenions l'affaire d'une manière très romantique. Depuis que nous avions mis la main sur quinze mitrailleuses, une sorte de verre lyrique nous possédait. Le fétichisme du tommy-gun, c'était cela.

« Ton projet de dimanche me semble très risqué et irréalisable », lui avais-je dit le matin même. Nous étions installés dans une laiterie à la porte Jaffa et nous marchandions, en baragouinant, avec le chauffeur de taxi qui devait nous amener au Monastère de Saint-Saba et nous y reprendre le lendemain. La course coûterait cher. Il fallait cacher les archives en lieu sûr et Le Minus avait annoncé, au cours de la réunion, qu'il s'en chargerait personnellement. En sacrifiant pas mal de papiers, nous avions réussi à tasser le reste dans un havresac ; Le Minus en transportait un autre plus lourd que le mien. « Occupe-toi de tes oignons », telle fut sa réponse lorsque je lui demandai ce que c'était. Il me laissa entendre qu'il s'agissait de conserves, piquées à l'Intendance pour amadouer les moines.

– Irréalisable, hé ? Dire que tu as fait l'albanie, m'avait-il répondu quand nous nous étions enfin installés dans le taxi et que nous avions démarré. Mais ne t'en fais pas, mon vieux, peut-être que ce ne sera pas nécessaire. Pour qu'ils expédient avec tant de hâte la division néo-zéalandaise au front, cela veut dire qu'ils pensent sérieusement arrêter Rommel. Pour le moment, la trahison de Tobrouk apparaît plutôt comme un effondrement local, un accident imprévu. Ces Sud-Africains, placés pour sa défense, descendent des Boers, ce sont pour la plupart des germanophiles, des fascistes.

– Et la mission Bobretzberg à Ankara ?

– Je ne dis pas le contraire. C'est comme ça que travaillent leurs états-majors. Aussi bien l'un que l'autre. Quand ils en ont besoin, ils tirent les ficelles où ils veulent. Mais au moment où a éclaté la nouvelle concernant Tobrouk et qu'on n'entendait plus autre chose que « trahison » et « on nous a vendus », que voulais-tu que je fasse ? Il fallait trouver tout de suite un but, rassembler nos esprits, se mettre à souhaiter une action et à l'organiser. Sans quoi, aïe, aïe, aïe… Les dégâts causés par la panique, l'opération la plus folle ne peut les provoquer.

– Je vois que tu es un petit Napoléon.

– Hé, n'exagérons rien, mais notre boulot, nous le connaissons.

Ça ne m'a pas plus. « Où est la modestie du militant ? » ai-je pensé. Je n'ai rien dit. Mais pour calmer les nerfs, j'ai étendu les jambes et je ne sais comment j'ai donné un coup au havresac qu'il avait posé entre ses pieds.

– Doucement ! Tu vas tous nous envoyer au diable ! Nous transportons quarante paquets de pétards.

Je suis resté pétrifié. « Quel irresponsable ! me suis-je dit. Circuler dans Jérusalem chargé de dynamite ! On aurait tous été nettoyés ! Et ne rien dire pendant tout ce temps-là ! »

– Où apportes-tu cette marchandise ?

– Au même endroit que les archives. Si Jérusalem tombe, ce sera une bonne chose d'avoir ça. Vous me baiserez les mains pour en obtenir un morceau pas plus gros qu'un mégot.

– Prends-les au moins sur tes genoux.

– Bof, c'est du bois sous nos pieds, tu ne vois pas ? A condition que ce zèbre, devant, n'allume pas de cigarette. Tu as cessé de fumer, à ce que je vois ? Moi, j'en ai une envie... Depuis ce matin. Hum, dimanche, quand je vous ai dit de ne pas fumer.... Je les avais mis sous le lit de la doctoresse.

Oh le monstre ! Si je lui disais : « Tu n'as pas trouvé un autre endroit pour les cacher ? » ou « Pourquoi nous as-tu amenés là-bas ? », je savais ce qu'il répondrait. Qu'était-il enfin, un opportuniste irresponsable ou un militant éprouvé qui évaluait chaque situation avec sang-froid et choisissait le moyen de causer les plus grandes pertes aux Allemands ? Comment arriverait-il à se décider si vite, sans angoisse, sans hésitation, quand un oui ou un non de lui pouvait envoyer des hommes à la mort ? Et moi, comment étais-je venu de moi-même à remettre mon existence entre ses mains ? A quel moment de folie ou d'indifférence, quand exactement ? Je cherchais. Ma pensée revenait en arrière, à la campagne d'Albanie, à la guerre d'Espagne, à Paris, à Athènes, à Carvounis et à Varnalis. A ce professeur de mathématiques bossu, au lycée d'Anavryta, plus loin encore. Qui sait, ce fut un livre, un ami, ou une phrase même pas destinée peut-être à ce que je l'entendisse ? Mais je ne crois pas. Je me trouvais dans le mouvement de par ma propre volonté, j'acceptais ses buts, sa discipline. C'était cela mon univers, ma réalité. Et cependant à ce moment-là, je sentais Richards, Nancy et Ron plus près de moi que Le Minus. Est-ce que ma coupure d'avec l'armée pendant quatre mois, m'avait corrompu ? Pas tellement puisque, pas une minute, je n'avais eu l'idée de « vivre en simple particulier ». Et même maintenant, au fond de moi, ne condamnais-je pas Richards qui, malgré tout son attachement à certaines valeurs humaines, ne plaçait pas la lutte pour leur sauvegarde au-dessus de tout ? Le Minus, au moins, se battait avec acharnement, élevait ces valeurs – en les bousculant, certes – mais les élevait avec une volonté de fer au-dessus des eaux.

– Quand tu décides qu'une chose est juste, et qu'elle doit être accomplie, rien ne t'arrête. Tu utilises tous les moyens, même les plus sales.

Je m'étais tourné vers lui en disant ces mots. Il a fait une moue méprisante.

– Que veut dire « sales » ? En définitive, c'est l'intérêt de la lutte qui détermine tout.

– Et comment savoir quel est l'intérêt de la lutte ?

– Par la théorie et la critique.

– Seulement ? Toi, par exemple, tu manifestes toujours de la méfiance envers ce que je dis car, ainsi que tu le prétends, l'instinct de classe me fait défaut. Comme s'il s'agissait de sang bleu héréditaire !

– L'instinct est une chose, la confiance une autre. Tu as abordé le sujet d'une manière très confuse. Donne-moi des exemples.

C'est une explication que je lui devais depuis l'été dernier. Je ne lui en avais jamais parlé mais elle me restait sur le cœur.

– Tu te souviens, lui ai-je dit, d'un après-midi au café de Toulkarem ? Nous étions trois ou quatre et nous en avons eu assez de jouer au jacquet. Je ne sais comment, quelqu'un a évoqué Balzac et je me suis retrouvé en train de vous parler de sa vie, de ses problèmes, de la contradiction entre ses idées politiques et l'image de la société qu'on trouve dans son œuvre. Et Garélas qui, bien qu'ouvrier, avait lu *Le Père Goriot* et *Eugénie Grandet*, me fit remarquer que cet auteur, quoi que nous en disions, était bourgeois puisqu'il mettait dans ses livres des comtesses et des banquiers. Le sujet demandait à être développé pour pouvoir démontrer comment nous devons lire et comment tirer parti de la grande littérature. Mais tu m'as enlevé la parole et, le visage sombre, tu as rabroué Garélas. « Qu'est-ce que tu racontes, Vassilis ? Sais-tu ce que représente Balzac ? Balzac, c'est une chose énorme. Il appartient à cette famille d'esprits lumineux qui sont des phrases pour l'humanité. » Et cætera.

– Je ne te suis pas. Tu as pris la mouche parce que j'ai lavé la tête à Vassilis qui disait des bêtises ?

– Il disait ce qu'il avait compris. Tandis que toi, comme la conversation l'a démontré, tu n'avais rien lu de Balzac.

– Ça, c'est une autre histoire. Je ne peux pas tout lire ! J'approuve celui qui le fait et je le soutiens.

– En lui ôtant la parole ! Tu ne m'as pas défendu. Tu as voulu imprimer ta « marque », comme tu le dis souvent. « Voyez-vous ce savant et son grand Balzac ? Ils appartiennent à l'héritage que nous fécondons grâce à nos idées politiques. » Voilà ce que signifiait ton intervention.

Je m'attendais à ce qu'il fût vexé mais il riait.

– C'est tout ? Tu prends toujours des sujets pareils et tu les gonfles. L'incident, vu par l'intellectuel que tu étais et que tu es resté, a été bien décrit.

– Que signifie « resté intellectuel » ? Que veux-tu que je sois ?

– Un homme nouveau, mon ami ! L'incompréhension entre prolétaires et intellectuels existe dans notre mouvement. Il ne s'agit pas de l'ignorer. Mais il faut l'envisager avec un certain recul, dans une perspective historique. Et, avec de la patience, en venir à bout. Toi, tu te contentes de prendre note et de ruminer comme un chameau.

N'engagez jamais de discussion avec un homme grossier. Ses armes ne sont que la mauvaise foi et l'insulte.

Après un silence, il m'a fait :

– Ton exemple n'avait aucune valeur. Tu affirmais que je suis méfiant à cause de ton origine bourgeoise et tes paroles ont prouvé que ce n'est pas toi que j'avais attaqué mais l'ouvrier. Je te rappellerai donc quelque chose pour te faire comprendre à quel point tu es borné. T'aurais-je amené avec moi aujourd'hui si je n'avais pas confiance en toi ? Tu as fait toute une histoire quand je t'ai annoncé que c'était un moine qui garderait ces documents.

– Mais ce n'est pas la même chose ! Quelles garanties présente, s'il te plaît, un homme coupé du monde depuis des années, abruti par les jeûnes et l'encens, avec qui sait quels crimes et quelles perversions à son actif pour qu'on l'ait relégué dans cette « Cayenne » du Patriarcat ?

– Nous y voilà ! Comme tu es loin… Je connais Théophilos depuis l'enfance. Nous sommes du même village. Il s'appelle Pandélis Koutsoyahnias et son crime est connu. Il a engrossé sa petite sœur qui s'est jetée dans une fosse de chaux et adieu ! Pandélis a disparu. Comment est-il arrivé en cet endroit ? Il ne l'a pas dit.

Quelques gars de la Brigade qui étaient de chez nous l'ont retrouvé quand ils sont venus recevoir le baptême dans le Jourdain. Il s'est fait reconnaître spontanément. Tu oublies, camarade, qu'il y a quelque chose de plus fort que les passions et l'amour-propre : l'idéologie !

– Des moines rouges, alors ?

– Qu'est-ce que tu chantes ? Des moines rouges ? Tu te crois dans ton Paris ? L'orthodoxie grecque, c'est ça l'idéologie de Pandélis !

Pour la première fois, je pensai que pour perdurer au fil de tant de siècles, à travers tant de martyres et de persécutions, elle avait dû s'appuyer sur des hommes à l'âme bien trempée. Et en même temps un soupçon germait, pâle, informulé dans ma tête – peut-être même le repoussais-je car il ne me plaisait pas. Qu'est-ce qui invitait Le Minus à se confier à un moine ? Exploitait-il d'une manière réaliste, c'est-à-dire cynique, « l'idéologie » de Théophilos ou bien, par tâtonnements, avait-il trouvé la solution à la nécessité de créer un front national ?

A cet instant, je l'ai vu sortir un revolver et, du canon, écarter le bras du chauffeur qui s'était collé une cigarette à la bouche et qui s'apprêtait à l'allumer. « Non, non, pas de cigarette, crétin ! » L'autre a jeté un regard en biais sur le revolver, puis sur nous. Nous lui avons souri. « Non, pas de cigarettes », a répété Le Minus. Le chauffeur a haussé les épaules et s'est occupé de son volant. Un peu plus tard, il a ôté sa cigarette et l'a glissée à son oreille sous son kefieh.

– A présent, tu l'as alerté. Pour peu qu'il soit trouillard, demain il nous laisse tomber…

– Ne t'en fais pas. Il a dû nous prendre pour des riches qui interdisent à leur chauffeur de fumer.

Allez vous entendre avec un tel homme ! Comme si cela ne suffisait pas, il a repris son antienne : à l'en croire, je m'étais coupé du peuple et ne le comprenais plus. « Tes amours à la pension t'ont tourné la tête », m'a-t-il lancé.

– Sûrement, je ne pensais qu'à mes amours.

– Ça va ! Tu m'engueulais parce que j'y avais fait une petite allusion et le soir même, tu sautais la Rapesco !

– Qui t'a raconté ça ?

– Devine. Elle est des nôtres, si tu veux le savoir.

– Quoi, des nôtres, imbécile ? Elle faisait le trottoir à Paris et maintenant elle travaille, entre autres, pour l'Intelligence. Vous allez tout foutre en l'air !

Il a tardé à me répondre car il observait comment le chauffeur s'en tirait dans le sentier où nous roulions.

– Ne te fais pas de bile, a-t-il dit ensuite. Tout cela, nous le savons. Et puis, nous n'avons pas à lui décerner un brevet de patriotisme ! Nous écoutons ce qu'elle nous dit et nous nous formons notre opinion. Quant à son passé, toi le Parisien, tu ne devrais pas faire le difficile !

– Mais que diable, vous l'avez passée à l'interrogatoire ?

– Elle nous a tout raconté d'elle-même. Nous lui avions demandé si elle te connaissait et elle n'attendait que ça. Sans rien oublier. Elle s'inquiétait à ton sujet. Elle n'aimait pas tes petites manigances avec l'Autrichienne.

– Puisque vous écoutez des rancontars de femmes, ça va bien marcher ! Il ne vous est pas venu à l'esprit qu'on l'avait placée là à dessein ? C'est inconcevable. Vous m'avez pris dans une double surveillance : en haut, elle, et en bas, le Yéménite.

– Surveillance, hé, hé, tu exagères ! A propos, tu sais ? Rachel est morte. La doctoresse me l'a dit.

Je ne m'y attendais pas. Un moment, je me suis retrouvé au quartier allemand. Mon âme s'est remplie de petites angoisses quotidiennes. Puis je me suis rappelé la chronique d'Ehrenbourg dans le journal du matin. Sébastopol résistait encore, d'une manière surhumaine. Les stukas et l'artillerie lourde la pilonnaient nuit et jour depuis trois semaines déjà. Un véritable enfer. Mais, tout autour, la forteresse Malakoff, Balaclava, Kherson tenaient toujours. « Sébastopol ! » Pauvre Rachel.

– Son mari voulait tuer le professeur.

J'ai protesté :

– Certainement pas ; ce n'est pas dans son tempérament. Si tu me disais que Rosa…

– Qui est encore cette Rosa ?

– Une femme de ménage. Celle qui a roué Makridis de coups.

Il ne connaissait pas bien cette histoire et j'ai commencé à la lui raconter. Peu à peu, j'ai senti une sorte d'ennui ou de dégoût m'envahir et j'ai abrégé le récit. A ses questions indirectes, j'ai compris qu'il lui tardait d'entendre des détails croustillants pour s'en repaître en imagination. Il était comme un animal amphibie, sale, vorace, qui hurle, la tête hors de l'eau marécageuse. Quelques mois auparavant, je l'avais surpris sous ma tente en train de dévorer des yeux une reproduction de la Vénus des Médicis dans une revue anglaise. « Ça te plaît ? » lui avais-je demandé avec l'intention de la lui offrir. « Ces anciens étaient des gens très immoraux, il me semble ! » Je me suis rappelé Baudelaire et Louise Villedieu, « putain de cinq francs » qui, devant les tableaux immortels et les statues du Louvre, se mit à rougir, à cacher son visage et, tirant son amant par la manche, à lui demander comment il était possible qu'on exposât publiquement de telles obscénités ! Cent ans s'étaient écoulés en vain depuis. Et, plus grave encore : alors qu'à présent les Minus prenaient légitimement en main les chances de l'humanité, des êtres comme Nancy, Richards, Ron, arches d'une vie plus spirituelle, ne trouvaient rien de mieux à faire que de se saouler. Je ne m'indignais pas de la rustrerie de mon camarade, je savais qui en était responsable. C'est son hypocrisie qui m'effrayait. Jusqu'à quel point cet homme était-il pourri ? Jusqu'à quel point son poste conditionnait-il aussi sa tartuferie ? Je sentais ses questions progresser comme des doigts sales et, toujours plus audacieux, fouiller ma plaie ouverte.

– Et avec l'Autrichienne, tu n'as rien fait ?

– Rien.

– A d'autres ! Une femme ne révèle pas de but en blanc les secrets de son mari.

– Disons qu'elle m'a pris en sympathie et m'a consulté.

– Naturellement ! toi, tu as un talisman I Des confidences de cette sorte ont un nom, ce sont des confidences-sur-l'oreiller. Sentiments, sympathie, tout cela sent le camouflage. Les Occidentales sont toutes comme des jardins assoiffés.

Là, je l'ai envoyé au diable en choisissant exprès les injures les plus vexantes. Il s'est tu, buté. Je me suis tu, moi aussi. Heureusement qu'il n'était pas au courant…

La route, en lacets maintenant, n'était qu'une succession de virages. « Nous arrivons », a-t-il dit. A cela, j'ai compris qu'il était déjà venu. Quand j'ai levé la tête de nouveau, deux tours se dressaient au-dessus du ravin, postes de guet médiévaux.

– Mar-Saba, nous a dit le chauffeur en arrêtant le moteur et en se signant.

Nous sommes descendus et nous avons pris les havresacs. J'ai payé le chauffeur et Le Minus, par gestes, lui a demandé d'attendre qu'on nous ouvre. Puis il est allé tambouriner au portail. Un grand vol de colombes s'est levé derrière les murailles, inquiet. Le désert. La chaleur rendait l'attente interminable. Le chauffeur nous a rejoints et a tambouriné avec nous. Nous prenions garde à ce qu'il n'allumât pas de cigarette. Nous avons entendu retirer lentement les barres. Mais il a fallu glisser par la fente la lettre de recommandation du Patriarche et attendre de nouveau. Un grand moine à la barbe blanche frisée nous a ouvert. Il tenait par la nuque, pour l'empêcher de se sauver sur la route, un borgne, idiot, en culotte de travail grise. Il ne s'est pas du tout occupé de nous, ses compatriotes, il a seulement engagé une conversation en arabe avec le chauffeur. Celui-ci refusait avec véhémence. Je me suis inquiété et suis intervenu.

– Je le connais, c'est un chrétien de Damas, a dit le moine. Il ne veut pas qu'on lui offre quelque chose car, prétend-il, nous n'avons rien d'autre que des poivrons verts et du pain d'orge. Il doit être pressé.

Le Minus l'a prié de s'assurer que le chauffeur n'oublierait pas la course du lendemain.

– Vous allez rester, par conséquent. Très bien.

Tenant toujours par la nuque l'être étrange qui l'avait aidé à replacer les barres, le moine nous a montré l'escalier et nous avons commencé à descendre. De terrasse en terrasse et d'anfractuosité en anfractuosité, s'étendait la Lavra de Saint-Saba : des chapelles et des constructions agrippées aux rochers comme des huîtres, escaladaient la pente sans aucun ordre. Mais, sur les terrasses, des plantes et des arbres nous reposaient du monde stérile qui avait desséché notre âme tant d'heures durant.

– Ça me rappelle Santorin et un peu Icaria, ai-je dit à mon compagnon.

– Hé hé, c'est à cause du bleu : ils peignent tout ce qui est en bois. Et ils n'économisent pas la chaux, non plus. Des Grecs, tu comprends ?

Nous nous sommes trouvés sur un balcon, à l'ombre épaisse et noire d'un vieux figuier. La balustrade, au-dessus du précipice, était effectivement peinte en bleu. Un souvenir s'éveillait en moi. Cet arbre, cette couleur, cette sobriété dans la magnificence… Mais, là-bas, la mer Égée respirait largement devant nous.

– On croirait que nous sommes à la proue d'un grand bateau et que nous naviguons, ai-je dit. Ce balcon-là, je l'ai vu au mont Athos, pourtant je confonds toujours ; je ne me souviens pas à quel couvent c'était, celui de Dionyssios ou de Dokhiarios.

– De Dionyssios, a répondu le moine derrière nous. C'est ce que disent les trois frères du mont Athos qui sont arrivés en barque. Je vais vous en envoyer un pour vous tenir compagnie.

– Il ne faut pas vous déranger, mon révérend père, a fait hypocritement Le Minus. Je suis déjà venu et je connais les lieux. Nous allons nous reposer et ensuite je conduirai monsieur l'officier au Supérieur.

– Eh ! dans ce cas, je vais t'envoyer aussi ton compatriote Théophilos que tu n'as pas cessé de chercher des yeux !

En riant encore, il nous a introduits dans un hospice et il nous a laissés. Nous avons vu l'idiot courir derrière lui, pieds nus, tête baissée comme un esclave.

– Fais gaffe, ils sont malins en diable. Pas un mot de trop. Et pour ces trois-là, méfiance. Qui sait si les Allemands ne les ont pas expédiés tout exprès ?

– Dis donc, tout à l'heure tu me parlais de l'orthodoxie grecque ?

– Ce n'est pas la même chose quand tu connais quelqu'un depuis sa première culotte.

– Comme moi pour toi, par exemple.

– Laisse-moi, tu cherches la bagarre ! Viens voir comment nous nous arrangerons pour la nuit. Ça grouille de puces. Tu as dû prendre de mauvaises habitudes dans les draps de lin de la Juive.

– Parce que toi, tu as mené une vie pénible chez la doctoresse ?

Il s'est retourné et m'a jeté un regard, comme si c'était moi le soldat et que je me sois montré insolent envers l'officier ! Nous nous sommes déchargés de nos havresacs. Il les a déposés avec précaution dans un coin ; des yeux, il a fait le tour de la pièce, a examiné les divans et les murs, s'est arrêté au plafond. A la poutre centrale pendait une lampe de bronze. Nous devions sortir les « pétards » avant que la nuit ne nous surprît et qu'on allumât.

– Je n'y tiens plus. Je vais aller fumer un peu plus loin.

Je suis resté seul. Peu après, je l'ai entendu parler avec quelqu'un. J'attendais qu'ils vinssent. Puis j'ai cessé de les entendre. J'en ai eu assez et je suis sorti. Les deux amis, sur le banc du balcon, chuchotaient. A côté d'eux, il y avait une assiette de figues. Théophilos était petit et mince, cheveux gris, de grands yeux noirs comme du charbon. Sans la robe poussiéreuse, je l'aurais pris pour un paysan ou un bouvier de nos régions.

– Je nourrissais les pigeons quand je vous ai vus arriver. Alors j'ai ramassé quelques figues pour vous souhaiter la bienvenue.

Je me suis étonné :

– Des figues déjà, en juin ?

– Vous êtes encore en juin ? Tu as raison, mais ce sont les derniers jours. Tu comprends, nous, nous suivons l'ancien calendrier. Nos figues mûrissent vite à cause de la réverbération des rochers.

Le Minus attendait que nous fissions connaissance ; puis il s'est remis à parler. Il l'informait sur la situation. Il a même raconté que notre Première Brigade avait fait une demande pour qu'on l'envoyât tout de suite au front. Théophilos n'avait pas l'air de comprendre grand-chose ; il écoutait tout en regardant, à travers la balustrade, la vallée pétrifiée à ses pieds et l'arête des montagnes escarpées qui disparaissait dans la brume de l'horizon.

– Que Dieu vous aide ! a-t-il dit en soupirant.

Puis il a ajouté à mon intention :

– La difficulté, avec vos sacs, c'est qu'ils ont intrigué tout le monde. Bientôt le moine du mont Athos que vous avez demandé va arriver. Il vaut mieux que vous descendiez avec lui et que vous me laissiez me débrouiller tout seul pour vos affaires. Les grottes, il n'y a que ça. Si vous voulez, je peux même vous cacher un homme pendant un an ou deux !

– Ne sors pas les papiers de la toile cirée, Pandélis. Laisse-les comme ils sont, cousus. Il faut repartir avec les havresacs gonflés. Mets-y des pierres, des branches, tout ce que tu trouveras.

Le moine a cligné de l'œil :

– Tu fais bien de me le dire.

– Et tu nous montreras l'endroit, on ne sait jamais…

– Allez ! Dis-le carrément ! Oh, si ça devait arriver aussi vite… Je dois saigner pendant cent ans, c'est le saint qui me l'a dit : « Quand tu arriveras à vivre avec ton crime sans qu'il t'effraie, comme j'ai vécu dans la grotte en compagnie du lion, alors nous verrons. »

– Peut-être t'enverrons-nous quelqu'un d'autre pour reprendre les papiers. Donne-nous un mot de passe.

– Un mot de passe ? Mais quoi ?… Prenons une phrase de notre saint, saint Jean Damascène. « Qui est-il donc, roi ou soldat ? »

– D'accord. Qui est-il donc, roi ou soldat ?

– Où est-il le labeur de ce monde ? Où est-il le mirage des choses éphémères ? ai-je continué.

– Je vois que tu connais les Écritures, m'a fait le moine. Tu ne veux pas rester avec nous pour trouver la paix ? On me dit que tu as beaucoup voyagé. Paris, la Suisse, l'Espagne… Pourquoi cours-tu ? Est-ce que quelqu'un te pourchasse ?

La doctoresse avait muni mon compagnon d'une poudre insecticide, provenant de la cantine des Américains. Nous en avons mis sur nous, sur les petits tapis jaunes des divans, nous avons tout saupoudré. Et pourtant, nous sentions encore les puces sauter dans nos caleçons, ce qui n'a pas empêché le camarade de s'endormir comme une masse. On nous avait épuisés à monter et à descendre des escaliers, à grimper dans des grottes. Nous avons fermé la porte, éteint la lampe qui dégageait une odeur de rance en brûlant. Dans l'obscurité, je me suis mis à rire en revoyant cette scène : Le Minus, méticuleux et méthodique en tout, veut vérifier que Théophilos a bien mené son affaire. Il saisit un havresac, le soupèse, le pose sur ses genoux, plonge la main dedans et en retire un crâne ! Et des os et un autre crâne et des pierres…

– Roi ou soldat ! Ah ! ce Pandélis, il l'a bien réussie, sa farce !

Nous rions un brin. Mais, très vite, il s'inquiète. Comment allons-nous nous débarrasser de tout ça ? Pendant le trajet, impossible, le chauffeur nous verrait. A Jérusalem ? Ah ! ce Pandélis ! Il ouvre l'autre havresac, celui des archives : capitonné de feuilles, il déborde de figues bien choisies.

– Allons ! Tu l'as mis dans ta poche, le moine ! Le talisman de la chauve-souris, j'avais raison…

Maintenant il ronflait dans l'odeur de sa sueur, celle des joncs pourris. Mais ce n'était pas cela qui gênait mon sommeil. Ni les puces. Pendant six nuits, j'avais couché n'importe où, j'avais repris l'habitude de la dure. Quelque chose stridulait à mon oreille ; un cri aigu et lointain ; on aurait dit un moustique qui appelait désespérément sa femelle. Je me suis assis sur le lit. Le bruit s'est arrêté. Puis il a recommencé dans une autre tonalité, une sirène déchirait brusquement le calme de la nuit, dans quelque ville. J'ai prêté l'oreille. Le son sortait de mes poumons, c'était moi qui me plaignais de cette voix inconnue. Une cigarette ! Elle m'engourdirait l'esprit et j'oublierais. Je me suis levé et en tâtonnant, j'ai trouvé le blouson de mon compagnon avec les cigarettes et les allumettes, puis mes vêtements, mes chaussures ; je me suis rhabillé et je suis sorti. Dehors, il faisait clair comme en plein jour. La lune presque pleine s'était immobilisée au-dessus de la Lavra et inondait la terre d'une lumière dure, minérale. La fraîcheur de la nuit est tombée comme du plomb sur mes épaules. Je suis rentré, j'ai pris un petit tapis dont je me suis enveloppé ; je suis ressorti en tirant la porte derrière moi.

J'ai regardé en bas. Tout baignait dans une brume frissonnante et translucide. Les cyprès, noirs, et les figuiers, vert cendré, projetaient leurs ombres bleu foncé sur les bâtiments chaulés. Les rochers en face se découpaient, phosphorescents. Au milieu de la cour dallée, la coupole de Saint-Saba se gonflait comme un sein blanc. La cloche a sonné ; de l'intérieur de la basilique parvenaient des cantiques. La grotte de Saint-Jean-le-Damascène bâillait, noire. Orbite sur un crâne décharné. *Comment sommes-nous livrés à la corruption ?*

Je me suis assis sur le banc du balcon. Mes mains tremblaient, mes larmes coulaient. J'ai allumé une cigarette et j'ai aspiré profondément. C'était amer et ça sentait mauvais. Au loin, là-bas, derrière la muraille du couvent, combien de déserts couleur de cendre ? Soudain, un hurlement est monté du ravin. Le chacal. Une horloge a sonné les heures lentement, solennellement. Dans la basilique, les chants continuaient. De la lune une bruine argentée tombait, froide. Un autre hurlement au fond de la crevasse. La cigarette se consumait rapidement. Je grelottais. Un troisième chacal près des tours ; il devait passer sur la route. C'est ainsi que je veillais, des années auparavant, en comptant les coqs de l'Attique qui chantaient dans l'aube piquante. Mère, notre petit Alkis… Comme tout se lie, le passé et le présent… Qui sait, Flaubert avait peut-être posé ses pieds sur ces remparts, alors qu'il veillait en fumant, il y a quelque quatre-vingt-dix ans ! « Des renards ? Je n'en ai jamais entendu parler, avait fait Nektarios. Mais je vais demander, c'est possible… » Il se trouvait avec ceux qui étaient arrivés dans la petite barque rouge, amarrée maintenant en bas, au bord du Jourdain. Personne ne sait plus où rester, où aller. Partout l'esclavage. « Nous avons été au danger et nous avons souffert pendant près de trois mois, m'avait encore dit Nektarios. Mais j'ai tout oublié quand j'ai vu nos soldats gratter du canif les fentes de la barque, recueillir la terre et la baiser. »

J'ai entendu des bottes résonner et une ombre s'est arrêtée près de moi. Le Minus. Il s'est penché au-dessus du précipice, a vidé son havresac. Les os et les crânes se sont fracassés sur les pierres aiguës baignées par la lune.

– Veux-tu une figue, cher ami ? Mes borborygmes m'ont réveillé. Nom de Dieu, j'ai le ventre creux avec leur nourriture maigre.

Il cherchait à me dire autre chose mais il hésitait.

– Si tu me donnais une sèche ?

– Excuse-moi ! Ce sont les tiennes, ai-je répondu.

Il n'en a pris qu'une et m'a laissé le paquet. Je me suis servi, moi aussi. Il m'a retiré les allumettes des mains et m'a donné du feu. J'ai compris qu'il m'observait.

– Des insomnies, hé, hé !

– Les puces.

– Les puces, la lune, le vague à l'âme… Que de choses ! J'ai oublié de te dire… tu sais, il faut tenir ferme le fil de cet Autrichien. L'affaire intéresse, d'une façon générale, tout le Mouvement mondial.

J'attendais de voir où il aboutirait.

– Que dirais-tu si tu retournais habiter la pension ?

– Impossible !

– Enfin, arrange-toi comme tu veux, il suffit que tu rencontres régulièrement sa femme.

– Mais quel genre de boulot voulez-vous me coller ? C'est inadmissible !

– Doucement, camarade. Impossible, inadmissible, tu emploies de bien grands mots. Ce sont les besoins de la cause qui déterminent les devoirs du militant, et non ce qui plaît à chacun.

– Ce que j'ai fait, c'est déjà beaucoup ! J'ai trahi la confiance d'une femme. Une seule fois, passe encore, à la rigueur, mais continuer, ça m'est insupportable. Trouvez-en un autre.

– Pour l'avoir fait une seule fois, cela signifie que tu y as réfléchi et que tu l'as jugé nécessaire. Tu n'es pas un gosse. A moins qu'il ne s'agisse d'autre chose.

– C'est-à-dire ?

– Je ne sais pas, moi. Vous autres, intellectuels, vous êtes très sensibles. Une petite querelle, une infidélité…

– Va te faire foutre !

Je l'ai crié si fort que le rocher d'en face a renvoyé l'écho. Nos voix ont dû attirer les chacals, on les entendait hurler tous ensemble, au fond du ravin.

– Il fait frais, je vais m'allonger. A moins que tu n'aies envie de compagnie…

– Dors bien, lui ai-je répondu.

D'une pichenette de l'index, il a envoyé le mégot encore brasillant vers l'endroit où hurlaient les chacals et il est parti sans un mot.

Un peu plus tard, j'ai allumé une autre cigarette. Aussi amère. Rachel, Sébastopol ! *Comment sommes-nous mariés à la mort ?* Comme le présent se lie au passé ! Parmi tous les hommes, elle n'avait trouvé qu'Adam ! Ce devait être lui qui la traquait dans l'obscurité de l'orangeraie et elle avait peur de rester seule. Pourquoi ne me l'avait-elle pas dit ? Sa faiblesse. Je l'avais découverte, maintenant. Et combien répugnante est la soif qui la conduisait à la corruption ! Autrefois je croyais que c'était sur les faiblesses que l'on fondait un amour vrai, qu'elles en étaient le noyau. Mais tout cela me dépasse. Il y a en moi un refus, un aïeul en moi souffre et hurle.

Je ne peux pas comprendre, je ne peux pas pardonner, je ne peux pas oublier.

Pourquoi avais-je escaladé la clôture ? Pourquoi m'avait-il fallu à tout prix, la nuit même où je l'avais décidé, remettre l'uniforme ?

Les volets de la chambre à coucher d'Amalitsa, je les voyais ouverts pour la première fois et la lumière se répandait dans le jardin jusqu'au bassin. Quel démon me poussa ? Savoir que, deux rues plus loin, m'attendait l'émissaire qui m'amènerait à la réunion, et perdre mon temps à épier les amours d'Adam avec une grosse Arménienne ! Mais ce n'était pas elle ! C'était Emmy comme je ne l'avais jamais vue, comme je ne la reverrais jamais ! Debout, parfaite, un genou sur le bord du lit, elle essuyait avec une petite serviette la sueur sur sa chair élastique. Un sourire étrange, presque diabolique aux lèvres, elle fixait sur lui ses yeux de miel, dilatés. Et lui, l'Adam légendaire, outre poilue jetée à la renverse, les seins flasques et les jambes tordues, grotesques. Les paupières granuleuses fermées. Il attendait, le porc ! Je ne veux plus m'en souvenir. Emmy ! Je n'arrive pas encore à croire à un tel avilissement de sa beauté. Je m'avançai alors sans précaution et levai le poing contre le carreau. A ce moment, elle redressa la tête pour reprendre haleine, écarta ses cheveux cuivrés qui lui cachaient le front. Nos regards se rencontrèrent. J'étais tout entier dans la lumière. Elle fit semblant de ne pas me voir, de ne pas me reconnaître. Elle reprit avec plus de passion son horrible travail. Les chacals…

14

Maintenant les jours d'Emmy coulaient comme une eau claire ; vides et tranquilles, une certaine sérénité, un sentiment de plénitude les accompagnait cependant. Il y manquait si peu pour qu'elle les dît heureux. Avant, son amour pour Manos dominait chaque instant, l'emplissait d'exaltation et de trouble. Pourtant, le Grec était sorti de sa vie d'un seul coup. Si son souvenir se présentait parfois, elle le repoussait avec calme et douceur comme on empêche quelqu'un, affectueusement, de marcher dans la boue. Elle avait réglé sa nouvelle existence sur la conclusion qu'elle n'était pas digne de cet amour. En réalité, elle ne faisait rien. Elle se promenait dans les pièces à haut plafond de la vieille villa, traînant avec nonchalance les pantoufles que Benny lui avait offertes ; elle se vautrait à plat ventre sur les divans moelleux ; sans pensées ni soucis, elle suivait des heures entières, derrière les moucharabiehs, l'agitation et la poussière à la porte de Damas ; elle regardait le vieux jardinier, armé d'un balai de palmes, nettoyer les allées du jardin, entasser pour les brûler les feuilles mortes, les insectes et les ronces.

Elle fumait des cigarettes parfumées, mâchonnait de fines dragées aux pignons, fredonnait de vieux refrains viennois, passait chaque jour un vernis différent sur les ongles de ses mains et de ses pieds. Dès que Rosa arrivait, elle lui faisait préparer son bain. Il lui plaisait d'être savonnée, rincée puis jetée sur le petit divan dur par la femme de ménage qui lui massait lentement, voluptueusement tout le corps.

Elle avait interdit à Benny la radio et les journaux. Les gens pouvaient se suicider ou devenir enfin raisonnables sans elle. Mais les nouvelles du monde n'avaient pas cessé de pénétrer dans la villa solitaire. Rosa les apportait. Elle lui décrivait l'agitation créée dans les boîtes de nuit de Jaffa Road par les premiers réfugiés d'Égypte. Des gens de toute espèce : des hommes en vestes de velours, poudrés et maniérés, des filles aux foulards éclatants et pantalons collants, des vieilles vêtues de manteaux de fourrure en plein été et parées de colliers multicolores, occupaient du matin au soir les tables de l'*Alaska* et de l'*Astoria*. Ils chargeaient l'air de fumée, d'exclamations de surprise ; de fièvre et d'angoisse. On pouvait les rencontrer, tard, dans le grand hall du *King David's Hotel*, tous mêlés, enlacés, buvant du whisky ou dansant avec les officiers supérieurs des Forces alliées. De riches Levantines arrivaient dans d'énormes voitures avec leur amant en guise de chauffeur. De vieux couples légalisaient leurs liaisons, des amis échangeaient entre eux, définitivement et officiellement, leur mari ou leur femme. Les invertis, la mine sérieuse, absorbée, promenaient avec discrétion leur liberté récemment acquise. On n'aurait jamais dit que tant de gens bizarres avaient des comptes à régler avec Hitler. Emmy écoutait sans curiosité. Quand le massage était fini, elle enfilait une ample robe de nuit turque, en tulle, et recommençait à se promener dans cette tenue légère.

Benny partit deux jours pour Le Caire. Il rentra mais ne revint plus habiter la villa ; il s'installa à l'*Astoria* pour pouvoir accueillir certaines personnalités à leur arrivée. Ordre de Washington, c'est ce qu'il dit à Emmy. Il essaya de lui expliquer qu'il partageait la villa avec un collègue et que celui-ci voulait continuer à l'utiliser. Emmy s'y opposa catégoriquement : elle désirait sa liberté et ses aises. Ne comprenait-il pas qu'il lui était impossible de circuler, vêtue si légèrement, avec un étranger dans la maison ? Benny se rembrunit. Naturellement, lui-même pouvait venir quand il le voudrait, mais, de préférence, pas la nuit. Elle avait peur d'ouvrir quand elle était seule. Elle ignorait qui pouvait se présenter. Non, elle n'avait pas envie de voir du monde, elle ne supportait pas l'agitation. Elle en avait assez des restaurants, des cinémas, des promenades. Rosa cuisinait pour elle et très bien. Elle était toujours prête pour l'amour, mais mon petit Benny, c'est tellement plus agréable le matin ! Il se rembrunit de nouveau. Il vint une fois ou deux, amena Rosa qu'il reconduisit ensuite en voiture. Cette corvée le contrariait mais Emmy l'avait convaincu qu'il avait tort, ce geste ne lui coûtait rien, ne nuisait en rien à son plaisir et il rendait grand service à la femme de ménage.

La dernière fois, il lui parut troublé. Peut-être l'enverrait-on à Téhéran pour un mois, lui avoua-t-il. Emmy se tut. Il lui demanda nettement ce qu'elle allait faire. « Oh, je crois que le mieux, c'est de rester ici et d'attendre. » Elle ne lui dit pas qui elle attendait, mais il était évident qu'il s'agissait de Hans. Depuis le jour de son départ, ils n'avaient jamais parlé de lui. Peut-être était-ce un hasard ? Faute de nouvelles, ils n'avaient pas eu l'occasion de le faire. Benny trouva sa décision raisonnable. Un mois, ce n'était pas la mer à boire ; même si tout allait mal, Jérusalem ne tomberait pas si vite. Leur liaison mourait comme un feu de paille privé d'aliment.

Restait toujours le danger qu'il ne se saoulât, un soir, et n'arrivât inopinément pour trouver Adam dans son lit. C'est pourquoi elle barricadait les portes. Elles avait étudié la disposition de la villa : elle le ferait sortir par le cellier qui donnait sur les mûriers. Dès qu'il entrait, elle lui faisait entasser vêtements et chaussures dans cette pièce.

Quelle histoire… Le premier matin, elle était sortie de chez lui en courant comme une voleuse dans les ruelles du quartier allemand ; elle s'était précipitée pour se cacher ici, dans cette villa, afin de brouiller ses traces. Il savait, lui avait-il dit, qu'elle habitait chez Frau Feldmann ; il la suivait depuis des jours sans qu'elle s'en fût aperçue. Benny absent, il frappa à la porte dès la première nuit, en maître de maison. Elle ne s'en étonna guère, tout l'après-midi elle l'avait vu, à travers les moucharabiehs, rôder à la porte de Damas. Elle tenta de le raisonner, ils étaient en danger tous les deux, pour un rien les Américains mettaient la main au revolver. Il fit un geste qui devait avoir une signification obscène et la poussa à l'intérieur.

Le soir suivant, il réapparut dans son costume gris, grossier, raide, imprégné de l'odeur engourdissante du philtre indien qu'il utilisait. Et ainsi, cette maison qu'elle avait choisie comme abri dans un moment de panique était devenue tout de suite sa prison. En fait, Emmy était la maîtresse d'Adam et de surcroît, sans qu'elle lui coûtât rien, la villa ayant été louée à l'année par les Américains. Elle était esclave de l'amour le plus physique. Sans s'en rendre compte, elle avait pris les manières et les habitudes d'autres femmes qui, enfermées là en d'autres temps, n'avaient vécu que dans l'attente de l'homme. Plus la nuit s'épaississait et plus son heure approchait, plus les pantoufles d'Emmy résonnaient impatiemment sur les dalles de marbre de l'immense maison.

Un matin, en ouvrant à Rosa, elle lui dit bonjour d'une voix brisée.

– Oh mon Dieu, fit la femme de ménage en posant à terre son sac à provisions. Vous avez attrapé froid, ma petite âme ?

Emmy rougit, puis elle sourit. Elle la prit par la main et elles s'assirent toutes les deux sur le sofa du grand hall. Elle alluma une cigarette, aspira profondément et quand elle souffla la fumée, ses yeux cernés brillaient.

– De dix heures jusqu'à l'aube, j'ai crié malgré moi. Il est infatigable ! Tout mon corps me fait mal.

– On l'a retrouvé ? Oh quel bonheur ! fit l'autre qui se leva pour courir vers la chambre.

– Non, pas Manos. Ne cherchez pas.

– Mais M. Benny, je l'ai vu à son hôtel !

– Ce n'était pas Benny.

Rosa devint subitement grave.

– Le Nadir, l'anéantissement total, ce n'est pas une légende, dit alors Emmy. On y parvient quand on se libère de la pudeur. Il suffit de savoir bien utiliser ça !

Elle fit un geste, sur elle.

– Qu'est-ce que c'est que ces histoires ? Vous avez de la fièvre aujourd'hui ?

Emmy dénuda son cou et montra quelques taches bleues comme des traces de doigts, au creux de l'épaule.

– Le monstre, fit Rosa.

– Des tenailles. Pendant six ou sept heures, il ne m'a pas lâchée. Et regardez.

Elle souleva sa chemise de nuit d'un coup.

– Oh, le pauvre petit corps ! Il l'a brutalisé ! C'est un démon, mon cœur !

Emmy se redressa avec orgueil :

– Moi aussi, je suis un démon, cria-t-elle et Hans avait raison, je porte Satan en moi.

Elle devint soudain pensive. Elle enroula une boucle de cheveux à son doigt et la fit tourner. Lentement, une sorte de douceur se répandit sur son visage : « Pourquoi mon amant s'appelle-t-il Adam ? Le péché originel, Frau Rosa, vous me comprenez ? Ici, au pied du Golgotha… C'est cela, le message. Plus je m'enfoncerai profondément et plus intensément je désirerai Sa grâce. »

– Adam, vous avez dit ?

– Oui, il est Grec lui aussi, né ici.

– Oh malheur ! Oh la honte qui nous tombe sur la tête !

Elle se leva et, de ses mains robustes, lui envoya deux gifles. Emmy, interloquée, prit ses joues entre ses paumes. Ses yeux en colère se remplirent de larmes.

– Vous me frappez, moi ? De quel droit, Frau Rosa ?

– Ah, chienne en chaleur !

– Je vous interdis !

Une autre claque encore plus forte, du revers de la main cette fois, atteignit le nez. Les gouttes de sang s'étoilèrent en larges taches sur la chemise de tulle.

– Ma fille !, cria Rosa effrayée. Penche-toi en arrière, ne bouge pas. Je vais chercher du vinaigre.

Cela faisait des années qu'Emmy n'avait autant pleuré. « Maman ! appelait-elle à travers ses sanglots. Hans ! » Dès que les remèdes de bonne femme eurent arrêté l'hémorragie, Rosa voulut reprendre la conversation, mais Emmy lui désigna impérieusement la cuisine. Elle ferma les yeux, s'abîma dans une nouvelle crise de larmes et de gémissements. Elle se tut enfin et s'endormit. Elle rêva qu'elle se trouvait nue, jetée sur une plage de sables mouvants. Elle voulait bouger mais sa chair et ses os lui faisaient mal. A côté d'elle, une vieille tortue renversée sur le dos agitait comiquement les pattes ; elle sortait son cou plissé et son horrible petite tête de la carapace et lui criait : « Retourne-moi ! Retourne-moi ! » Emmy la retournait, se glissait sous elle en l'enlaçant, bras et cuisses étroitement collés à son ventre d'écailles, et partait avec elle, fuyant le sable qui cédait.

A son réveil, Rosa, agenouillée près du divan, la regardait, lèvres serrées.

– J'ai préparé les affaires, partons d'ici.

– Vous pouvez partir, Frau Chliaska, personne ne vous retient.

– Allons, votre chambre à la pension n'a pas encore été louée.

– Je n'en vois pas la raison. Je me trouve très bien ici.

– Dans ce cas, c'est moi qui vais déménager. Je dormirai ici et que ma belle-mère pourrisse, elle a vécu suffisamment.

– Je n'ai pas besoin de vous et je ne vous ai jamais invitée.

– Je dirai tout à M. Benny ! Tout !

– Écoutez, Frau Rosa, je n'ai pas besoin de tuteur. Si vous ne partez pas, c'est moi qui partirai. Je vais aller habiter chez Adam dans sa petite maison pour me délivrer de vous tous.

– Sa petite maison ! Écervelée… Il va t'installer dans le meilleur hôtel. C'est là qu'il t'enverra ses clients.

– Je vous interdis !

– Tu peux interdire tout ce que tu veux. C'est un maquereau. Tout le monde le connaît de Haïfa à Gaza !

– Même cela ne m'effraie pas. Peut-être qu'il le faut. Connaître le pire avilissement et sauver ainsi mon âme.

– Vous parlez sérieusement ?

– Mais, Frau Rosa, vous, vous ne connaissez que les interdictions inhumaines de Moïse. Vous ne comprenez pas… Notre religion… Comment dire ? Autrefois j'étais seulement chair, esclave de mes instincts et maintenant me voilà libre. Libre de marcher toute seule vers le péché parce que je le veux. Quand l'heure viendra, moi seule désirerai mon salut.

– Ça y est, il l'a ensorcelée, le scélérat, fit Rosa en hochant la tête. Je vais te dire ce que je comprends, moi. C'est la première fois que tu as senti un homme te remplir jusqu'à la gorge ! Tu étais habituée à des demi-portions et te voilà déchaînée !

Emmy, sans lui répondre, partit s'enfermer dans sa chambre. Des heures passèrent. Tard dans l'après-midi, Rosa lui apporta du bouillon, le déposa sur une table basse, se jeta à ses pieds et les embrassa.

– Excusez-moi, dit-elle, je me suis emportée, je vous ai frappée comme si vous étiez ma fille. J'ai oublié que vous étiez ma patronne. Je ferai tout ce que vous me direz. Ne me chassez pas !

Emmy sentait que sa colère était tombée mais elle prit la décision de couper court à toute familiarité. Elle releva Rosa et la renvoya à son travail. Pourtant, quand celle-ci l'appela pour le bain, il lui fut difficile de refuser. Elle en avait besoin ; elle voulait chasser l'épuisement de son corps, être vive et agile pour le retour d'Adam. Elle l'attendait ce soir avec une impatience retenue, insensée, comme le boxeur vaincu attend le deuxième round. C'était elle qui avait demandé grâce, au point du jour.

Le lendemain, Rosa arriva avec Benny. Depuis la porte, elle fit signe à Emmy qu'elle n'y était pour rien, qu'il en avait eu l'idée tout seul. Chose curieuse, Emmy mordit malicieusement un sourire sur sa lèvre. En cachette, elle tapa dans le dos de Rosa comme si, par-dessus le marché, elle la remerciait. Puis elle entraîna fougueusement Benny dans sa chambre. Ils s'enfermèrent à clé. Rosa se mit à laver le linge et à cuisiner. Elle était gaie et fredonnait une berceuse en yiddish. Longtemps après, elle pensa à eux. Est-ce que le capitaine ne serait pas en retard à son bureau ? Elle alla prêter l'oreille et comprit. Elle alluma le chauffe-eau avec de la tourbe, puis sortit à la recherche du jardinier. Elle le trouva en train de clouer des planches neuves au poulailler. Où dormait-il la nuit ? Ici ? Non, chez lui, dans la vieille ville, pourquoi ? Rien, lui répondit-elle et elle l'envoya prendre un melon pour le dessert. Elle revint à la cuisine ; la baignoire fumait mais les deux autres ne donnaient pas signe de vie. Midi passé. Leur faire un café ?

– Rosa, mon bain ! cria Emmy de loin.

Elle sortit, nue, ses chemises de nuit étaient toutes à la lessive. Dans ses yeux dansait quelque chose comme une folie joyeuse et elle rejetait la tête en arrière avec fierté. On n'entendait pas Benny. Avant de la savonner, Rosa remarqua de nouveaux bleus sur le beau corps. Elle les toucha du doigt :

– Il n'a pas des yeux pour les voir, l'autre, là-dedans ?

– Rosa, un conseil : moins vous en direz et mieux nous nous entendrons !

Le bain se termina en silence. Puis Rosa mit le couvert. Emmy, toujours nue, entra dans la cuisine, prit la bouteille de whisky. « Vous allez attraper froid », lui souffla l'autre. Emmy souriait. A deux heures, l'Américain se mit à table en tricot de corps et caleçon. Il était noir, poilu comme s'il portait une toison. Il paraissait plus pâle. Ses yeux épuisés ne quittaient pas sa maîtresse. Il était accroché à ses lèvres. Elle avait passé le chemisier au grand décolleté. Sans fard, les cheveux noués en arrière, les narines frémissantes comme celles d'un lévrier. Elle prit le plat des mains de Rosa et servit : c'était la première fois qu'elle le faisait. La femme de ménage comprit qu'ils ne voulaient pas qu'elle restât. Elle se retira jusqu'à la porte de la cuisine et s'arrêta. Peut-être aurait-on besoin d'elle ? Benny se pencha sur Emmy et la flaira.

– Qu'est-ce qui te prend ? lui fit-elle.

– Je ne la retrouve plus. C'était une odeur de musc, très entêtante.

– Puisque je me suis baignée... Je sens comme ça quand je transpire, tu sais à quel moment...

– Avant, ce n'était pas comme ça.

– Comment ? Eh monsieur, ça prouve que tu faisais bien attention, alors ! Tandis que moi, dès le premier instant, j'ai remarqué que tu sentais le fauve.

– Tu n'étais pas comme ça avant. Cet enthousiasme, cet art... As-tu lu quelque chose récemment ?

– Je ne lis pas, tu le sais bien. Mais j'ai beaucoup réfléchi.

Benny demanda du vin rouge pour accompagner le roostbeef.

– Tu sais, je n'irai peut-être pas à Téhéran.

– Ah, fit-elle avec indifférence.

– Et j'en ai marre de l'hôtel. Ici, c'est mieux.

– Alors, c'est moi qui partirai. Tu ne penses pas à ce que les gens vont raconter ?

– Quels gens ? Avec les réfugiés, tout a été bouleversé, je te dis. Et quand tu es venue habiter ici, il n'y avait pas de « gens » ? Au fait, tu ne m'as pas expliqué pourquoi tu avais quitté la pension.

– Ce que tu deviens fatigant, Benny ! Je te répète que je ne pouvais plus supporter la voix de Frau Feldmann. N'est-ce pas, Rosa ?

– Quand on y fait attention, elle est vraiment assommante. Mais avec le temps, on s'y habitue, Frau Emmy.

– Avec le temps !... De toute manière, mon petit Benny, j'espère que nous te verrons plus fréquemment.

– Plus fréquemment, c'est-à-dire...

Le rire charnel d'Emmy résonna comme une exclamation de vengeance. Benny regarda Rosa de travers mais elle fit semblant de ne pas comprendre.

– Quelles nouvelles du quartier allemand ? lui demanda-t-il pour détourner la conversation.

– Un couple est venu chez Frau Feldmann, des Espagnols ; il paraît que lui était consul quelque part, avant Franco. C'est un Italien qui habite le grenier, maintenant. Aux uns, il a raconté qu'il était journaliste, aux autres juge. Mais c'est un brave vieillard. La propriétaire couche dans la chambre de Frau Emmy. Elle ne la donne pas à n'importe qui, elle dit que ça porterait malheur à la maison. Chez nous, rien n'a changé. Seulement le gardien du séquestre dit qu'il veut tous nous mettre à la rue, les loyers lui semblent trop bas.

– Il veut qu'on lui graisse la patte ! diagnostiqua Benny.

– Encore ! Non, il le fait plutôt parce que Mme Andréanou l'a quitté. Il s'est précipité sur la Tchèque qui était restée seule mais elle aussi l'a renvoyé.

Ses heures ne collent pas. On dit que quelqu'un – si ce n'est pas M. Andréanou, ça doit être miss Pamela – a téléphoné à sa femme et, depuis, elle ne le laisse pas sortir la nuit avec la jeep.

– Mais pourquoi a-t-il rompu avec Mme Andréanou ?

– Eh bien, commença Benny…

Rosa, ennuyée, lui faisait signe mais il ne comprenait pas.

– … elle se console maintenant avec le Yéménite. Je les ai même surpris en train de chuchoter au bar de l'*Alaska*.

– Vous n'avez pas appris la dernière de Frau Feldmann ? lança Rosa. Payer l'eau tant par tête, voilà ! Jusqu'ici elle en payait la moitié et nous nous partagions le reste en quatre. Maintenant il paraît qu'à moi seule, avec les enfants, et la vieille, nous consommons plus que tous les autres clients réunis.

Emmy la regarda dans les yeux, effrayée, et l'interrompit :

– Que me cachez-vous sur Rachel ?

– Ah, tu ne savais pas ? dit Benny.

Elle renversa son verre sur la nappe propre.

Rosa accourut :

– Mon petit cœur ! Je ne vous le disais pas pour ne pas vous affliger. Mais vous vous y attendiez, n'est-ce pas, mon cœur ? C'est vous qui aviez parlé du professeur…

Les longs cils d'Emmy semblaient frissonner. Elle pencha la tête en arrière, mâchoires serrées. Elle ravala lentement des mots ou des larmes. Elle repoussa son assiette.

– Du vin, Benny !

Elle but d'un trait et tendit de nouveau le verre, elle but encore et le jeta à moitié plein aux pieds de Rosa, sur le marbre. Benny lui prit les mains.

– Et lui qui voulait se tuer, dit-elle avec mépris. Tous t'oublieront, ma petite, ma belle Rachel ! Souvenez-vous-en, Rosa ! Elle avait un de ces corps… Je n'avais jamais envié une femme avant de la voir. Mais si j'avais un corps comme ça, Benny, je ne le cacherais pas, je vous l'offrirais, à tous. Hommes, venez contempler ce chef-d'œuvre ! Je ferais écrire des louanges à la gloire du Créateur, de l'Artiste incomparable ! Et voilà qu'il l'a détruite ! Je n'ai rien, mon petit Benny, je me lèverai toute seule.

Mais Rosa l'avait déjà soulevée dans ses bras et la transportait vers la chambre comme une petite fille malade. Dès qu'ils l'eurent déshabillée et mise au lit, elle s'endormit.

– Naturellement, après de telles fatigues ! murmura Rosa.

Elle attendit que le capitaine prononçât un mot pour lui ouvrir les yeux. Mais il avait l'esprit ailleurs car il devait accueillir des personnages importants, l'après-midi.

– Allez, lui dit Rosa, moi je vais rester un petit peu. Elle aura peut-être besoin de moi. Je rentrerai en autobus comme je le fais tous les jours.

Elle avait l'espoir de dormir là. Elle téléphonerait à la Schramek de s'occuper de la vieille et des enfants, pour cette nuit. Elle trouverait moyen de parler à Adam. De l'effrayer ou de le supplier, selon les circonstances.

La première parole d'Emmy à son réveil fut :

– Vous êtes encore là ? Laissez le repassage. Vous finirez demain.

Et la jeune femme alla se planter devant la grande glace au tain usé. Elle examina une marque ronde entre ses cuisses.

– Est-ce que les morsures laissent des traces sur les peaux basanées ? demanda-t-elle.

Rosa tenta de la raisonner :

– Mon enfant…

– Je ne veux plus d'autres discussions, vous entendez ? Filez ! Qu'il ne vous trouve pas ici. Prenez un taxi, il fait nuit ; la station est juste à la porte. Vos enfants doivent avoir faim, vous ne pensez pas à eux ?

Elle ouvrit un petit tiroir de la coiffeuse et sortit une livre que Rosa plia et enfouit entre ses seins.

– Je traînais exprès parce que nous ne somme pas restées du tout seules, aujourd'hui. Je voulais vous dire que je l'ai vu.

– Adam ?

– Oh, qu'il crève, le maudit ! C'est M. Manos que j'ai vu.

– Vous mentez ! Nous étions seules, dans la salle de bains, pourquoi ne me l'avez-vous pas dit ?

– Parce que vous m'avez brusquée dès le début. Comment ouvrir la bouche, pauvre de moi ?

– Lui avez-vous parlé ?

– Je n'ai pas pu. Il faisait obscur. Il était avec d'autres officiers dans le petit jardin de Loizidis et ils buvaient.

– Lui, comment était-il ?

– En militaire. Sous-lieutenant, il me semble. C'est ce qui l'a rendu difficile à reconnaître. Il me regardait, il me regardait. Et quand j'ai voulu m'approcher, il a tourné le visage ailleurs comme s'il me disait : « Va-t-en, maintenant, fais semblant de ne pas me connaître. » Mais, puisque nous savons l'endroit qu'il fréquente…

– Est-ce qu'il portait un képi ?

– Il ne le portait pas, il l'avait posé sur une chaise.

Emmy admirait une autre morsure, à son aisselle. Celle-ci avait une couleur jaunâtre qui se décomposait.

– Je vous interdis de lui parler, vous entendez ? Et s'il vous interroge, vous lui répondrez que je suis partie, que je suis allée au Caire. Je vous le dis sérieusement. Si vous n'en faites qu'à votre tête, j'irai tout de suite chez Adam.

Quand elle entendit la femme de ménage claquer derrière elle la porte extérieure, elle soupira, délivrée. Elle l'avait trompée. Rosa n'avait pas compris son trouble. Ainsi, c'était Manos ! Cet *étranger* qui était apparu un moment derrière les carreaux, les yeux fous, la bouche ouverte. Le képi, le poing, c'étaient les siens ! Et elle, elle écoutait le démon qui lui soufflait : « Ça doit être un passant, laisse-le voir, laisse-le entrer. » « Plus on est de fous plus on rit. » Où avait-elle lu cela ? A moins qu'elle ne l'eût entendu dire ? Fini. Aucun espoir, puisqu'il savait.

Elle alla dans le cellier pour voir si Rosa n'avait pas déplacé le tabouret. Donner une clé à Adam aussi ? Lui dire, enlève-moi d'ici, emmène-moi à Haïfa comme tu me le proposais ? Oh oui. Combien de nuits encore, de nuits d'anéantissement et puis, vite, quelque part dans un hôtel où les hommes feraient la queue comme devant les cantines de la NAAFI.

« Manos, pourquoi me laisses-tu ? » Le lui avait-elle crié vraiment ? Ron et Nancy s'éternisaient sur la piste ou sous les orangers ; ils avaient emporté le gin. L'inconnu revint, ils parlèrent en grec. Manos se leva. Quelque chose de très urgent, lui dit-il, les autres la raccompagneraient à la pension. Il ne pouvait pas les attendre et le Club aurait déjà dû fermer, il était presque deux heures. « Manos, pourquoi me laisses-tu ? » Le lui avait-elle dit ou en avait-elle eu l'impression ?

Adam siffle comme un serpent derrière les arbres, à son intention. Elle essaie de le fuir de l'autre côté du jardin. Elle court pour se cacher dans l'obscurité. Le sifflement la suit, la précède, il est partout à la fois. Elle met le pied dans un fossé. De la boue, des herbes. Elle perd de nouveau son soulier. De la piste montent des cris, des hurlements, la joie éclate, ce sont des danses grecques. Là, il la rattrape. Il halète, il ne siffle plus. Il lui prend la main et la guide. Son odeur dans la nuit fraîche pleine d'étoiles. « Bien, mais pas ici. J'ai peur. Marchez devant et je vous suivrai. Vous habitez seul chez vous ? »

Il s'arrête à l'endroit où sont garées les voitures et l'attend. Il l'oblige à monter dans l'une d'elles, noire, longue comme un corbillard. Elle tremble, à chaque instant, elle s'attend à ce qu'on les surprenne. A la fin, ses vêtements sont humides de sueur. « Ça, c'était un acompte ! » lui dit-il, et il l'entraîne dehors. Ils coupent à travers les orangers et sortent par une petite porte qui ne ferme pas.

15

Le Minus m'a encore parlé de la pension de la Bique mais pour me dire que sa proposition de m'y faire revenir était annulée. Par notre homme qui gardait le contact avec la Rapesco, ils avaient appris qu'Emmy habitait maintenant un vieux sérail, près de la Porte de Damas. J'ai compris que Benny Kurtmeyer tenait sa promesse vis-à-vis de Hans. Je n'ai rien dit : ces choses-là, je les gardais pour moi. Le Minus a continué en expliquant que le projet ne changeait pas tellement, dans le fond, parce que si j'étais revenu chez la Bique, on m'aurait chargé d'un autre travail : pour « passer le temps » on m'aurait confié la rédaction du *Combattant*, le bulletin clandestin dont la publication nous préoccupait depuis des mois, retardée qu'elle était par « une série de problèmes techniques ». Je reprendrais pour ainsi dire mon ancienne vie, ne sortirais que le soir ; j'aurais rendez-vous une nuit sur deux pour fournir de la copie et recevoir des éléments : lettres, bulletins d'information, protestations, journaux alliés et tout ce que les camarades apprendraient par la radio. Il me faudrait traduire tout cela, le retravailler, lui donner une forme simple, accessible à nos gens. Je devais aussi joindre au tout une note, « comme un éditorial, disons », dont je trouverais toujours les grandes lignes dans une lettre de lui. Le projet différait sur ce point : puisque je ne devais pas aller chez la Bique, je pourrais habiter chez la doctoresse. Là on avait installé une petite Remington, vieille mais solide, qu'ils avaient réussi à rapporter d'Égypte au prix de mille difficultés. Et comme il n'y avait pas assez de place pour loger deux hommes chez la doctoresse, il faudrait désormais me charger, en plus de la rédaction, de taper le texte sur le stencil – la ronéo et le papier se trouvaient ailleurs, je n'ai pas demandé où. Je donnerais donc la copie prête à être ronéotypée à notre agent.

– Et vous ne la verrez pas avant ?

– Bah ! Pourquoi des allées et venues et des rendez-vous inutiles ? Tu as l'esprit vif et plus de talent que nous ; puisque tu resteras dans la ligne que te fournira la petite lettre, tout marchera au poil !

Ils m'accordaient la promotion de rédacteur en chef, sans aucun contrôle sur moi. Quelle confiance ! je l'ai dit au Minus et je lui ai fait remarquer en passant, que cela dénotait aussi une négligence de plus, car il était possible, pour quelqu'un qui se trouverait à ma place, de laisser passer des points de vue erronés – et ensuite, allez réparer les dégâts…

– Eh ! quand même ! Ce n'est pas tout à fait ça ! Il y a quelqu'un qui lira le journal avant sa diffusion.

J'ai voulu savoir qui était cet homme disposant, au fond, du droit de véto sur mon travail. Après quelques hésitations, il m'a avoué qu'il s'agissait de Garélas. Ils prenaient des mesures pour le faire affecter au Commandement de la Place à Jérusalem.

– Donc, Vassilis va…

Il m'a interrompu :

– Il ne fera pas que ça. Si tu veux tout savoir, il se chargera aussi de l'impression et de la diffusion. Deux personnes en tout et pour tout. Il te fournira les éléments et toi la copie. Qu'est-ce que tu en penses ?

– Et si nous nous trouvons en désaccord sur quelque point ?

– Vous ne vous trouverez pas en désaccord. Et puis, je viendrai souvent moi aussi.

Il a voulu me confier également les contacts avec la Rapesco : notre homme ne comprenait pas le français, mais j'ai énergiquement refusé.

– Pourtant, il faut que tu voies l'Autrichienne.

– Je vous ai dit que je ne pouvais pas.

– Il faut que tu puisses.

Sa réponse ne souffrait pas d'objection.

– Je dois aller frapper à sa porte ?

– Tout de même pas. Il vaut mieux que la première rencontre ait lieu par hasard. Jérusalem n'est qu'une seule rue. Avec tous ces cafés et toutes ces pâtisseries, vous finirez bien par tomber l'un sur l'autre. Tu n'as pas besoin de te cacher ; il suffit d'éviter les Grecs – sauf Garélas, que tu verras de nuit. Tu dois te mêler aux autres. Tu apprendras toujours quelque chose. N'oublie pas que tu es toujours affecté à la Place du Caire. Nous t'apporterons une feuille de route pour que tu sois en règle si par hasard on t'arrête dans la rue. Quant à ta solde…

– Pour le moment, j'ai quelques économies.

– Très bien. Alors rendez-vous ce soir avec Garélas dans le quartier russe, devant le tribunal. Dix heures et quart, pile. Rien d'autre à régler ?

Il allait partir quand il s'est retourné, m'a pris la main et m'a regardé dans les yeux.

– Tu sais, là où tu vas habiter, ne recommence pas tes polissonneries. Ta logeuse est une personne sérieuse.

Je voulais lui dire : « A d'autres. C'est ton intérêt pour elle qui est sérieux. » Mais je n'avais nulle envie de reprendre la discussion. Un mot pouvait m'échapper et peut-être devinerait-il alors quel cancer me rongeait.

La doctoresse habitait très loin, au nord de la nouvelle ville, à l'entrée du chemin sinueux qui gravit doucement la colline de Scopus. Titus Flavius avait campé là, sur cette colline, avec ses légions romaines, et suivi l'agonie de Jérusalem assiégée en bas, déchirée par les discordes et les fanatismes mortels, mais qui lui résistait désespérément. Jusqu'à ce qu'il l'eût entièrement incendiée, qu'il eût détruit les murailles, rasé les fondations de temples et des monuments, qu'il eût égorgé ou vendu les citoyens divisés, les Zélotes, les Larrons, les Éliazarites et même les modérés. Maintenant, là-haut, les Juifs avaient construit l'Hôpital Hadassa, l'Université, la Bibliothèque et leur Observatoire, il me semble.

L'appartement se trouvait sur la terrasse d'un immeuble moderne. Une chambre à coucher sobrement meublée, un placard et un petit hall avec un étroit divan et une table minuscule. Je travaillerais sur cette table et dormirais sur ce divan quand la doctoresse coucherait dans son lit. Mais, pour pouvoir allonger mes jambes, je devais accoler au divan la chaise de la chambre sur laquelle, la plupart du temps, elle déposait ses sous-vêtements et que je n'osais pas demander. Toilette et douche dans une petite pièce et une cuisinette à côté. Aucun tableau, pas de livres, ni vases à fleurs ni phono : rien. Même pas un cendrier. Le tout très propre, laqué de blanc, jusqu'au téléphone intérieur qui communiquait avec la loge. Aucune odeur ; juste, quand le soleil frappait à midi, un vague relent de pharmacie provenant des fioles d'antiseptiques rangées sur l'étagère de verre.

L'immeuble avait été construit par une coopérative qui en assurait la gérance ; le concierge était un homme d'entière confiance. C'est ce que m'avait dit la doctoresse lorsqu'elle m'expliqua le signal que donnerait le téléphone en cas de mouvement suspect. Mais le chef-d'œuvre, c'était la cachette dans la petite cuisine, inimaginable ; seule une trahison pouvait la faire éventer. Nous l'avons essayée : elle contenait la machine à écrire, les stencils vierges et tous les papiers que je n'aurais pas pu détruire. Entre le moment où le concierge donnerait le signal et celui où l'ascenseur atteindrait la terrasse, je pouvais encore les cacher, me déshabiller et même prendre une douche. Je leur ouvrirais nu, comme ça, pour que les choses fussent plus vraisemblables. Avec combien de précautions ceux-ci menaient leur barque ! Pas comme les nôtres, les bousilleurs !

La doctoresse s'appelait Nina, c'était une juive de Toscane. Cette origine, m'expliqua-t-elle, on pouvait la deviner tout de suite à la couleur de ses cheveux : roux florentin. Plus très jeune, elle était pourtant bien conservée. Deux choses la déparaient : ses mollets ronds au-dessus de chevilles très fines (des fiasques de chianti renversées, disait-elle elle-même) et ses joues marquées par la variole. Mais tout cela, le sourire qui embellissait si fréquemment sa bouche le faisait oublier ; alors ses yeux qui semblaient jaunes, devenaient gris, d'un gris chaud. Quant aux jambes, ses seins fermes et ses fesses de garçon les compensaient largement. Je peux parler sans gêne car Nina, tant qu'elle était à la maison, ne cessait de passer sous la douche – le jour comme la nuit – (« même si le téléphone n'a pas sonné », remarquait-elle en riant) et de s'essuyer devant moi avec la plus grande simplicité. Elle était chez elle, après tout ! Et moi, un coussin sous la machine pour étouffer un peu le bruit, je tapais, dans le hall.

Dans la petite cuisine, je n'osais faire autre chose que du thé et du café car poêles et casseroles étincelaient comme des instruments chirurgicaux ; je craignais de ne jamais réussir à leur rendre leur brillant pour autant que je les frotterais. Je prenais mes repas dehors, tantôt ici, tantôt là. Ni cigarettes ni alcool dans l'appartement : elle n'y touchait jamais ; moi, je fumais maintenant comme une cheminée. Mais ce qui me manquait, c'était la lecture. Pas les livres, puisque je pouvais en acheter en anglais ou en français, mais un seul, la Bible ; j'avais laissé la mienne avec mes vêtements civils dans la buanderie de Hadjivassilis. Rien ne m'empêchait d'en acheter une autre, cependant je ne m'y décidais pas ; pareillement, à Athènes et à Paris, il m'était impossible de demander un journal réactionnaire dans un kiosque.

Nina était interne, elle prenait ses repas à l'hôpital mais n'y dormait pas. Elle ne supportait pas le dortoir et puis un studio à soi, c'était toujours un avantage, psychologique pour tout dire, avec le problème actuel du logement à Jérusalem. Elle a expliqué cela aussi sans malice, comme si elle faisait un diagnostic au cours d'une consultation. Elle avait un esprit pratique et clair, elle connaissait beaucoup de choses, avait vu beaucoup de pays mais elle n'avait pas mûri. Je ne sais pourquoi, je pensais que son âme devait ressembler à ses assiettes : blanches, solides, sèches et plates. Pendant des heures, elle pouvait parler des différences entre les écoles de psychanalyse viennoise et américaine et pourtant, lorsque je lui ai demandé, une fois, de réciter du Dante avec son accent toscan si mélodieux, elle a buté sur le premier vers. Elle ne se souvenait même pas des tercets connus que n'importe quel barbier de Florence a sur les lèvres depuis l'école. Politiquement, elle était bien, toujours dans la ligne, sans inquiétude. Elle me rappelait le coq de l'expérience devant le bec duquel on trace une ligne à la craie et qui marche dessus, hypnotisé.

Un jour, j'essayais d'écrire quelque chose et j'étais absorbé. Elle est sortie de la douche, s'est essuyée et, avant de s'habiller, s'est penchée sur mon épaule pour voir ce que je faisais.

– Mais ce sont des vers !

Elle m'a harcelé jusqu'à ce que je les lui traduise.

– Quel titre leur donneras-tu ?

– *Nostalgie, Patience*… je n'ai pas encore fini.

– As-tu écrit ton dialogue avec la mort ?

J'ai cru qu'elle avait compris et j'ai été troublé.

– Pourquoi cela ?

– A l'Université, j'avais entendu dire qu'il vient une heure où tout poète écrit son dialogue avec la mort.

– Je ne sais pas si je suis poète, ai-je répondu.

Je regrettais de lui avoir traduit mon poème. Il ne me plaisait plus. Après les premiers vers, il se noyait dans le maniérisme le plus conventionnel.

Le même soir, j'avais rendez-vous avec Garélas. Nous avons fini tard, il avait envie de bavarder. J'ai raté le dernier autobus et je ne trouvais pas de taxi. J'ai fait tout le chemin à pied, c'était une belle nuit avec un vent léger, des nuages et la lune. Je croyais que Nina était de garde, que je coucherais dans son lit et qu'ainsi mes articulations se dénoueraient. Mais elle était là. Elle avait même emporté la chaise dans sa chambre. J'ai ressenti quelque chose qui ressemblait à du désespoir. Il m'était impossible de m'endormir recroquevillé ou les jambes pendantes. Je ne tenais pas sur le petit divan, trop court pour moi. Quand elle m'a entendu entrer dans le cabinet de toilette, elle a allumé et m'a appelé.

– Est-ce que tu veux la chaise ?

– Si c'est possible.

– Tu n'as pas compris que je la prends exprès, pour t'obliger à venir dans le lit ? Il y a de la place pour deux, tu le vois bien. Puisque tu dors ici quand je suis absente, il n'y a pas de raison pour que ça change.

Je n'ai pas répondu. Je suis allé boire au robinet, dans le creux de ma main, j'avais grand-soif. Puis je me suis déshabillé dans le hall, j'ai gardé mon caleçon et j'ai éteint les lumières. Nina m'a fait de la place et quand je me suis couché, elle a atteint la lampe. Par la fenêtre pénétraient, avec le clair de lune, les bruits de ce quartier retiré : la clochette d'une ambulance tintait discrètement et le moteur trépidait dans la rue montante ; quelqu'un, en bottes, se dirigeait vers la ville ; des chats querelleurs miaulaient et renversaient des poubelles ; de lointaines cloches – méditatives – s'interrogeaient et d'autres, gravement, lentement, leur répondaient. Il m'a semblé qu'un chacal hurlait. Si je sortais sur la terrasse, verrais-je la mer Morte étinceler sous la lune ou bien le mont des Oliviers me barrerait-il la vue ? Immobile, je gardais les yeux fixés sur le plafond bas.

– Si je te dégoûte, tourne-moi le dos et dors.

J'ai eu la gorge serrée, je ne pouvais pas articuler un seul mot. Elle a tendu la main et elle a promené doucement le bout des doigts sur mes lèvres fermées, puis sur mes joues sèches.

– Cette Kifissia, dans le poème, qu'est-ce que c'est ?

– L'endroit où je suis né.

– C'est pour ça que tu veux mourir là-bas ?

– C'est là que vivent les miens, du moins je l'espère.

– Justement. Tu veux retourner là d'où tu es sorti, ne pas voir, ne pas sentir, ne pas avoir peur.

– Le mal du pays.

– Non. Quelque chose t'a blessé et tu ne veux pas revivre ces moments-là.

– La guerre ?

– Plutôt une femme.

Je n'ai rien dit.

– Elle est des nôtres ?

– Non.

– Grecque ?

– Non plus.

– Mariée ?

– Oui.

– T'aimait-elle ?

– Elle aime les hommes. Enfin… uniquement leur sexe.

– Ne te torture pas, cela ne sert à rien. As-tu couché avec elle ?

– Jamais.

– C'est mauvais, ça. Et maintenant, tu le ferais ?

Je ne disais rien. Peu après, elle a promené de nouveau ses doigts sur mes joues, humides cette fois.

– Bonne nuit.

Je ne sais pas ce qui m'a pris. Est-ce pour la rasséréner, est-ce pour m'excuser ? Quand elle m'a tourné le dos et que j'ai senti sur ma hanche sa chair de garçon, j'ai retrouvé ma voix et je lui ai tout raconté. J'ai seulement omis les lieux et les noms, quelque chose me soufflait : ne lui parle ni d'Adam ni d'Amalitsa, elle est capable de te découvrir quelque complexe d'Œdipe. Quand j'ai eu fini, elle m'a dit sans se retourner :

– C'est ta faute. Tu l'as poussée dans les bras de l'autre avec tes coquetteries. Lui s'est montré tout de suite disponible. Tu ne comprends donc pas que l'angoisse de ces temps de guerre exaspère à un point incroyable notre sensibilité ? Nous voulons prendre et donner à la fois. Faire l'amour calme nos nerfs à vif, apaise notre âme tourmentée. Comment et avec qui, cela importe peu, c'est une question de santé. Bien sûr, ton cas est complexe, il s'y greffe une idéalisation, ce que nous appelons amour-sentiment. Je ne comprends pas comment vous avez pu en arriver là, vous vous êtes si peu connus ! A dire vrai, personnellement, je ne crois pas aux coups de foudre. Vous avez dû aimer un visage que vous portiez déjà en vous. Le résultat, c'est que tu n'es plus disponible et c'est dommage. Tu es dominé par la passion de partir, c'est-à-dire de mourir, à laquelle il faut prendre garde et vite. Elle, de son côté, ne vaut guère mieux : ses excès vont aggraver son état, elle risque la nymphomanie ou le fanatisme religieux, le cas est classique. Essayez donc de coucher ensemble au moins une fois et de voir ce qu'il en résultera. Peut-être cela vous passera-t-il. Je n'affirme pas que vous trouverez ce que cherchent en vain tous les couples dans l'enfer actuel, ce serait un miracle. De toute façon, tu n'as pas le droit de te mutiler quand la cause a besoin de toi. Et moi, que t'ai-je fait pour que tu me racontes tout ça et me laisses avec les nerfs en boule ! Bonne nuit !

Voilà où elle en arrivait. Chacun s'installe dans ses propres conceptions de vie. L'humanisme de Richards, le snobisme de la Bique, le légitimisme de Hans, le christianisme de Pamela, le masochisme de Théophilos, l'anarchisme de Rosa, l'amoralisme de Nina… La comédie et le drame…

– Je peux allumer une cigarette ?

– Tout ce que tu veux, c'est prendre la chaise et aller dormir sur le petit divan. Laisse tomber les politesses et va-t-en.

– Bonne nuit, Nina.
– Bonne nuit. Tâche de dormir.

Nous avions fixé le rendez-vous suivant avec Garélas dans la vieille ville, à l'est de Mouristan, au dernier jour de juin, un mardi. Pendant que je m'y rendais, un vague pressentiment m'inquiétait. Le premier numéro du *Combattant* était sorti ; l'éditorial, à lui seul, tenait toute la première page, sept cents mots ; au verso s'entassaient protestations, informations, rumeurs et mots d'ordre. Maintenant que je le revoyais tout entier, il ne me satisfaisait pas : avant même de paraître, il était déjà dépassé. Je n'en aimais pas le ton, on n'y retrouvait pas l'atmosphère de crise, d'exigence impérieuse commandée par les derniers événements. D'un moment à l'autre, nous nous attendions à la chute d'Alexandrie. La flotte avait quitté le port. Au Caire, les Quartiers Généraux et les Ambassades brûlaient leurs archives. Devant Port-Saïd, les Allemands venaient de couler un porte-avions avec neuf cents femmes-marins anglaises qu'on évacuait. Des réfugiés arrivaient en Palestine par tous les moyens de locomotion et des gens indécis encombraient les artères principales. Ceux qui ne pouvaient subvenir à leurs besoins étaient parqués dans un camp à Bethléem et là, c'était vraiment la misère et la désolation. Une véritable souricière. Rommel les trouverait réunis là, tous les antifascistes du Moyent-Orient, ceux qui n'avaient pas revêtu l'uniforme : Espagnols, Italiens, Polonais, Yougoslaves, Albanais, et des Grecs aussi. La division néo-zélandaise avait-elle été détruite en vain ou ne l'avait-on pas encore jetée dans la bataille ?

De toute façon, les fortifications de Marsa-Matrouh étaient un mythe. Une seconde ligne Maginot !

J'ai traversé la partie ouest de Mouristan ; les magasins du Nouveau-Marché fermaient, ceux qui restaient ouverts ne camouflaient pas leurs lumières car, depuis la veille, c'était la pleine lune. Ainsi l'imagination populaire s'accroche-t-elle à la moindre occasion pour rompre la monotonie, percer le noir du cauchemar. J'ai pris le côté sud sur deux cents pas environ avant de remonter vers l'est. Tomberais-je juste sur Garélas ? Que me dirait-il au sujet du premier numéro du *Combattant* ?

Je suis arrivé. J'ai trouvé la meule de granit rouge appuyée au mur, à côté de la porte sans battant, et la marche gluante. J'ai même distingué une brouette dans l'obscurité du pressoir à huile. Mais il n'y avait personne. Devais-je m'arrêter ou continuer ? Par ici, l'agitation était moins grande, la clarté indécise, car le couvent copte obscurcissait de sa masse la rue déjà sombre. J'ai bousculé un rabbin ; sur mon visage, j'ai senti ses papillotes et son chapeau velu. Je lui ai demandé pardon mais il s'est mis à piailler. Trois Arabes qui devisaient joyeusement, plus loin, se sont tus pour voir si j'avais besoin d'aide. J'ai décidé d'attendre. Ici, devant le couvent, c'était la Neuvième Station, ici le Christ était tombé pour la troisième fois en montant vers le Golgotha. J'ai eu envie de rire. « Manolis, Manolis, ai-je dit en me menaçant intérieurement du doigt, tu fais des rapprochements idiots. »

– Tu parles seul, maintenant ? a fait Garélas à côté de moi.

Il portait ce soir-là des chaussures à semelles de crêpe et je ne l'avais pas entendu.

– Tu t'es égaré dans les petites rues, Vassilis ?

– Je ne me suis pas égaré. L'impression du journal m'a retardé.

Il désigna le paquet qu'il portait, deux mille exemplaires du *Combattant*.

– Où allons-nous, à présent ?

– A deux pas d'ici, au vieux marché, il y a un épicier de chez moi. Je lui laisserai le paquet pour qu'on vienne le prendre demain.

Nous avons coupé par les ruelles où nous pouvions à peine avancer de front. Dans l'obscurité épaisse stagnait un relent de sueurs mêlées et d'oignons brûlés. Invisible, quelque part près de nous, une radio retransmettait du Caire des chansons d'amour arabes où alternaient hurlements et phrases sirupeuses. Derrière leurs portes vermoulues, les herboristeries exhalaient une brûlante haleine d'épices. Des ombres nous barraient inopinément le chemin et, paisibles, un peu ironiques, nous disaient bonsoir en arabe. La radio s'arrêta brusquement. Alerte. Au-dessus de l'Egypte devaient passer les bombardiers allemands.

– Il est sûr, cet épicier ?

– Un pays à moi, je t'ai dit.

Je me suis rappelé Le Minus et son ami d'enfance, Théophile. C'était donc cela, le secret de leur lien avec la masse : le régionalisme. C'était si simple. Ce séjour de plusieurs années hors de mon pays me donnait-il le sentiment d'être partout un étranger ou bien ma « réserve d'intellectuel » – comme disait Le Minus – me poussait-elle à exiger des garanties idéologiques avant de m'ouvrir à quelqu'un ? Que faisais-je, pourtant, lorsque d'instinct je demandais l'aide de Hadjivassilis ? La même chose, sauf que cette aide-là n'avait pas la même signification, il s'agissait d'un service personnel qui ne concernait aucunement un objectif plus général.

– Et sait-il ce que tu lui donnes à garder ?

– Il savait que ce que je fais, ce n'est pas pour le mal.

Comment le savait-il ? Est-ce que cela suffisait ? Mais je n'ai pas eu le temps de l'interroger, nous étions déjà arrivés devant une porte à un battant peinte en bleu. Par l'entrebâillement, une lumière pâle se répandait dans la rue. Les odeurs classiques de l'épicerie : savon, harengs et pétrole. A Garélas qui me poussait du coude pour me faire entrer, j'ai rappelé nos consignes.

– Oh, ne t'inquiète pas, qui est-ce qui nous verra ? Il n'y a que des Grecs qui viennent ici. C'est aux Anglais que tu dois faire attention.

Oubliait-il les mouchards grecs ou bien disait-il cela parce que ça l'arrangeait à ce moment-là ?

– Arrêtons-nous pour manger un morceau, ajouta-t-il. Je n'ai pas le courage de marcher. Je me suis crevé à rester penché toute la journée sur la ronéo.

C'était une épicerie-taverne aux rayons presque vides. Derrière le comptoir se tenait l'ami de Garélas, un homme chauve, dans la cinquantaine, bien nourri, avec une brave gueule souriante.

– Bonsoir, Yorgos ! Pas de compagnie, à ce que je vois ?

Garélas a déposé le paquet et l'autre l'a pris tout de suite, l'a placé sous le comptoir, puis il a trempé et retrempé ses mains dans un tonneau, en a essuyé la saumure sur son tablier avec des gestes lents.

– Tu ne dis rien ?

– Que veux-tu que je dise, Vassilis, nous allons bientôt avoir les Allemands ici.

– Tu l'entends ? a fait Garélas en se retournant. C'est incroyable, le mal que font les réfugiés d'Égypte ! Ceux de la Cinquième Colonne nous les ont envoyés exprès.

– Pourquoi ceux de la Cinquième Colonne ?

– Celui qui ne croit pas à la victoire en fait partie.

Voilà une chose que j'ignorais : son moral combatif. Il n'avait pas assisté à la réunion où « l'Anabase » avait été décidée. Quelle position aurait-il prise, alors ? Il aurait sans doute été d'accord avec Le Minus pour dire que c'était la seule voie qui nous restait pour continuer la lutte.

– Tu y crois ? lui ai-je fait.

– Et toi ?

– Moi, je crois que nous sommes en train de perdre la guerre. Ça ne demande pas beaucoup de réflexion !

– Ça y est ! Ce n'est pas pour rien qu'on vous traite d'intellectuels !

Ça commençait mal, ce soir. Garélas traînait une table de fer sur le ciment et s'apprêtait à la dresser sous l'ampoule poussiéreuse. Je lui ai arrachée des mains et je l'ai placée plus loin, dans le coin le plus obscur, derrière des sacs. Nous avons pris également des chaises. Entretemps, Yorgos, sans rien demander, nous a apporté un pichet d'arak, des olives, du fromage et du thon salé. A la place de pain, des gimblettes au sésame. Tout était délicieux – particulièrement le thon salé – et l'arak de première qualité. L'atmosphère mélancolique du magasin reflétait les sombres pressentiments de l'épicier mais la saveur de la marchandise s'accordait à son visage fleuri.

– Enfonce-toi bien dans la tête ce que je vais te dire, a commencé Galéras. Mets-le bien dans ton crâne pour ne jamais te tromper. Nous l'aurons, l'hitlérisme ! Ne me jette pas à la figure les divisions, le capitalisme, la force de feu et autres sornettes. C'est la colère des petites gens qui le vaincra avant tout. Moi, je ne suis pas allé chez l'Allemand lui détruire sa maison, lui tuer sa femme et faire crever de faim son enfant. Ce salaud me l'a fait !

– Ah ! les salauds ! a répété Yorgos. Il te dit la vérité. La famille de sa femme était de notre île. Tu as entendu parler d'Alonissos, près de Skopélos ? Notre copain y était allé, avait épousé la fille pour l'emmener au Pirée, avec lui, et tant bien que mal ils avaient construit une pièce. Tout a été détruit pendant le grand bombardement. Le bébé a été sauvé. Un miracle de la Sainte Vierge ! disait-on. Quel miracle ? Sa mère l'avait encore à la mamelle et Vassilis a dû l'envoyer chez sa belle-mère et là, avec les autres, il est mort lui aussi. De faim.

J'ai entendu le verre de Garélas tressauter sur la table. J'ai baissé les yeux : un peu d'arak s'était répandu. J'ai regardé le camarade. Immobile. Un bloc de fonte. Seule sa main tremblait ; j'ai posé la mienne dessus et l'ai arrêtée. Quelques instants après, il m'a demandé :

– Et toi, tu n'as pas de parents là-bas ?

– Bien sûr. Ma mère et un frère.

– On ne le dirait pas.

– Je ne comprends pas. Et tes malheurs à toi, est-ce qu'on les voit sur ton visage ?

– Je ne veux pas dire ça, mais tu n'as pas l'air pressé de vouloir en finir pour les retrouver vivants.

– Allons donc, Vassilis, qu'est-ce que tu attends de moi, à la fin ? Que je le marque sur mon front ?

– Dans ce que tu écris, au moins.

Il entamait sa critique d'une façon tout à fait inattendue et sous un angle curieux.

– Tu écris, tu écris des pages et des pages pour persuader notre peuple qu'il doit combattre.

– Et alors ?

– Ça, il n'a pas besoin que tu le lui dises. Il le sait. C'est bon pour les réactionnaires, les galonnards que nous avons sur le dos. Et ceux-là, ils ne te liront même pas, ils ne trouveront pas ton langage assez distingué.

– Je suis un galonnard, moi aussi.

– J'ai dit les réactionnaires, si tu t'en souviens. Mais toi aussi, puisque tu racontes que nous perdons la guerre, tu as bien besoin d'être secoué ! J'ai tout fait pour ne pas te le lancer comme ça, brutalement.

Il avait baissé la voix à cause de Yorgos qui, pourtant, ne semblait pas prêter l'oreille. Il était occupé à transvaser une dame-jeanne dans des bouteilles. En définitive, Garélas avait raison. « Tiens, pensais-je, ce petit Piréote, tout simple chaudronnier qu'il soit, comprend mieux que moi ce que je ressens. » Je voulais mourir mais je n'avais pas le courage de me battre. C'était cela ! Si je lui racontais mes tourments, me donnerait-il un conseil, trouverait-il un fil pour me sortir du labyrinthe ? Un soir, je l'avais vu traîner par la main une soldate ; et il avait perdu, peu de temps auparavant, sa femme dans le bombardement du Pirée ! Comment s'accommodait-il de la situation, comment ce drame ne le rongeait-il pas ?

– Encore autre chose. Pourquoi écris-tu toujours « le peuple grec » ? Dis un peu « notre peuple indomptable », « le peuple immortel ». On croirait que tu portes des gants et que tu as peur de les salir dans ma grosse main sale.

– Mais, Vassilis, c'est une question de style. Tu me demandes de m'adresser au sentiment plutôt qu'à la raison. Ça peut se faire. Mais alors, rends-toi compte que nous ne disposons que de deux pages, environ mille trois cents mots, avec les titres et les blancs… Je me suis efforcé d'y faire rentrer beaucoup d'événements et de chiffres pour que nos gars aient une idée de ce qui se passe sur tous les fronts.

– D'accord. Ils trouvent le monde entier dans le journal, il n'y a que leur patrie qu'ils n'y voient pas. Que venait faire le Japon, là-dedans ? Tu aurais mieux fait de mettre une chanson populaire à la place ! Ces jours-ci, j'ai entendu un Icarien dire à la cantine : « Je connais un endroit avec des goujons comme ça ! » Tu aurais dû les voir soupirer I Oh, quand iraient-ils enfin pêcher dans leur île ! Et si c'étaient au moins des sargues qu'ils rêvaient de prendre, mais ce n'étaient que des goujons !

– J'attendais autre chose, Vassilis ! Tu es en train de faire de la critique littéraire.

– Littérature, politique, quelle différence ? Nous n'avons qu'un seul but. Vaincre ! comme un typhon, comme un raz de marée.

Il avait raison sans avoir raison. Je comprenais que, d'une manière discrète, il me donnait une leçon car au premier accrochage, je m'étais buté. Et la pensée que tout cela lui était soufflé par Le Minus me rendait furieux. L'entêtement de cet homme à ne jamais admettre ses erreurs, l'importance qu'il s'attribuait avec ses intrigues, ses bluffs et ses sarcasmes. Vassilis ne les voyait-il pas ?

Je n'ai pas eu le temps de parler : par la porte entrebâillée se glissait un homme petit et gros, vêtu de gris, Adam ! A pas feutrés, il est allé près du comptoir demander quelque chose à Yorgos qui n'a même pas daigné le regarder. Adam s'est tourné de notre côté, attendant la première occasion pour s'accrocher à nous.

– Allumer maintenant ! Tu ne peux pas aller pisser dehors, dans la rue ? Qui va te voir à cette heure-ci ?

Adam a fait comme s'il n'avait pas entendu. Nous nous taisions et il est sorti.

– Encore un hecto, a fait Garélas.

– Non, ça suffit. Nous partons !

– Déjà ? Reste un peu, ne va pas encore t'enfermer. Yorgos, tu n'as pas quelque chose d'aussi relevé que le thon ?

Yorgos arrivait déjà avec une assiette de saucisson sec, très poivré, coupé en petits morceaux. Il apportait également de l'arak. Il s'est penché en regardant la porte.

– Attention. C'est un sale type.

– De la Police ?

– Non. Les femmes.

Garélas a étendu ses jambes :

– Bon, ça va.

– Yorgos, ai-je dit. Retiens-le loin de nous. Nous voulons parler.

– C'est maintenant que ça te prend ? Laisse-le venir nous faire un peu rigoler, a répliqué Garélas.

– Je t'en prie !

Un soir où je n'avais pas de rendez-vous et que j'étais excédé de faire la navette entre l'*Astoria* et l'*Alaska*, j'étais allé prendre un sandwich à la grande épicerie de Loïzidis ; là, j'avais rencontré Makridis, de la Place, et un commandant, Spiros. Ils parlaient d'une personne qui leur fournissait toujours de grosses femmes d'âge moyen, ils avaient même désigné Rosa, venue faire quelques achats, et dit : « Voilà, de ce gabarit. » Mais bientôt, cette personne leur proposerait quelque chose d'extraordinaire, elle leur avait dit que ça se mijotait. La plus belle femme de Jérusalem, Spiros l'avait repérée quelques jours plus tôt à l'*Astoria*. Je n'y prêtais pas trop attention car je veillais à ce que Rosa ne vînt pas m'adresser la parole devant eux. Et soudain, voici qu'en découvrant les affaires que traitait Adam, je comprenais quelle était la femme qu'il leur proposait. Mes oreilles bourdonnaient.

– As-tu une arme sur toi ? ai-je murmuré à Garélas.

– J'ai un long poignard de Damas.

– Donne-le-moi, Vassilis.

– Je ne suis pas fou ! D'où connais-tu ce type ?

– Imbécile, c'est pour les endroits déserts. Avant-hier, je suis rentré à la maison à pied.

– Ne va pas me dire maintenant que tu as peur. Tu le connais ?

– Je te dis que non.

Adam est rentré ; il s'attardait devant les sacs de pois chiches et de lentilles, de notre côté. Il prenait des grains et les lançait dans sa bouche ouverte. A la fin, il s'est trouvé de nouveau devant le comptoir. Yorgos lui a rempli un verre de vin qu'il a lampé. Il s'est penché et s'est lancé dans ses histoires. Garélas parlait en même temps, si bien que je ne les comprenais ni l'un ni l'autre.

– Oh, je te connais comme si je t'avais fait. Ça, tu peux le servir à ton beau-père qui est de l'ancien temps, a dit Yorgos à haute voix.

– Elles le demandent elles-mêmes, je te dis. Quand j'en ai assez d'elles, je les vends. Est-ce ma faute si elles le réclament ? Si tu n'y crois pas, interroge aussi les compatriotes, là-bas !

J'ai saisi Garélas qui brûlait de se mêler à la discussion et, à mon pincement, il a compris que je ne plaisantais pas.

– Laisse les compatriotes tranquilles, ils ne sont pas de ton espèce !

Adam essayait de distinguer notre visage et nous, nous faisions la sourde oreille, nous trinquions. Nous nous sommes efforcés en vain de revenir au *Combattant*, notre attention était captée par ce qui se disait devant le comptoir. Yorgos a de nouveau élevé la voix :

– Fous-moi la paix, veux-tu ! Écoute-moi ça ! Un fouet… Prends une demi-ocque de corde à linge, non, parce que tu serais capable de ne jamais me la payer ! Tu as une ceinture, enlève-la et fais-lui en voir, puisqu'elle en veut !

Je perdais l'esprit, je croyais qu'on parlait d'Emmy. Mais je faisais des rapprochements stupides. Heureusement, elle était sous la garde de Benny, maintenant. Heureusement. M'étais-je donc endurci à ce point ? Ne l'avais-je pas vue s'agenouiller sur le lit d'Amalista, se soumettre, comme une droguée, à la licence de cette brute ? Ou bien cela aussi était-il un effet de mon esprit dérangé ? Elle-même, celle dont l'âme poétique baignait dans les eaux des visions hölderliennes – ne m'avait-elle pas avoué sa passion, n'avait-elle pas imploré mon aide ? Qui est-ce que je cherchais à tromper avec mes doutes ? J'étais lâche. Ou tout simplement réaliste. Qu'est-ce qui me chassait, qu'est-ce qui me traînait hors de l'épicerie et de son cauchemar ? Le devoir, la pensée que je ne devais pas me mêler, moi, un soldat, aux scandales d'une Viennoise dégénérée ? Ou bien mon amour-propre d'homme, blessé parce qu'elle me préférait Adam ? Pourquoi n'invitais-je pas celui-ci à notre table ? En deux mots, tout s'éclairerait. Mais j'avais peur de la vérité. Je tenais à mes doutes chimériques. Je l'aimais donc tellement ? Je l'aimais comment ? A part le désir, à part les caprices nés de cette époque troublée, qu'est-ce qui m'attirait vers cette femme ? Qu'est-ce que j'en attendais ? La faire divorcer et l'épouser ? Nous n'en avions jamais parlé mais je suis sûr que cela ne lui était même pas venu à l'esprit. Châteaux en Espagne. L'aimais-je donc malgré ses débordements ou précisément à cause d'eux ? Supposons que je parle avec Adam et que je le persuade de me l'amener ce soir. Qu'allait-il se passer ? Tomberions-nous dans des aveux mélodramatiques, des lamentations, des gestes tragiques ou dans une horrible orgie, une orgie sans fin ? Quelles sont les forces qui nous gouvernent, enfin ? Qui est le responsable de notre avilissement ? De quel droit osais-je juger Garélas ou

Le Minus quand je n'étais pas meilleur qu'eux ? Eux, au moins, ne permettaient pas à leurs histoires d'amour d'entraver leur activité. Le Minus se dévouait en me proposant de loger chez Nina, il mettait au-dessus de tout la publication du *Combattant*. Je suppose qu'il leur était très difficile de se rencontrer maintenant ; peut-être le faisaient-ils les nuits où je voyais Garélas ? Ils devaient le savoir à l'avance, il fallait que Nina ne fût pas de service et que Le Minus se trouvât à Jérusalem, avec une permission de nuit. C'était sans doute pour cette raison que Garélas me retenait à tout prix, ce soir. Alors, pourquoi ne pas faire moi aussi la distinction ? Pourquoi laisser les désordres d'Emmy abattre mon moral ? Honnêtement et franchement, je devais avouer qu'avant tout c'étaient mon sort et mes instincts qui me préoccupaient, la lutte ne venait qu'après. Cela avait commencé le jour où je m'étais séparé du destin des autres. J'étais pris au piège, dans le labyrinthe de l'individualisme. Pendant quatre mois, j'avais savouré le lotus des non-combattants, c'était un vagabondage sans but, car le retour en Grèce était une invention de mon amour-propre blessé pendant cette réunion de l'hiver. A présent, j'avais de nouveau endossé l'uniforme, j'étais revenu auprès des nôtres mais cela ne suffisait pas. Je devais, avec un fer brûlant, effacer la marque corruptrice de Circé. Le secret de l'équilibre de Garélas était simple : chaque chose en son temps. Maintenant, c'était le combat contre le fascisme.

J'aurais voulu partir mais il est arrivé du monde et l'épicier ne pouvait s'occuper de notre addition. Il s'agissait d'un pope grec et de deux Arabes. Ils ont salué Adam et se sont accoudés au comptoir. Yorgos leur a apporté des verres qu'il a remplis de vin. Le visage de l'Arabe le plus proche de nous s'est éclairé et je l'ai reconnu. C'était le chauffeur qui nous avait emmenés à Saint-Saba. En quelle langue parlaient-ils ? Et si par hasard il comprenait le grec, alors… Connaissait-il le secret au sujet des archives et de la dynamite ? J'ai prêté l'oreille. La raison me disait que s'il avait deviné ce que nous transportions, il n'aurait pas été si calme dans le taxi, il n'aurait pas non plus essayé d'allumer une cigarette. Mais je préférais m'en assurer. Ils parlaient tous en arabe, le pope aussi. Ils avaient l'air de régler un partage avec Adam, car le chauffeur discutait vivement, penchait la tête en arrière pour voir les autres. Ils comptaient sur leurs doigts ; le chauffeur, en particulier, prenait les siens un à un et les secouait comme s'il allait les arracher. « Réponds-lui que tu es d'accord et laisse-moi, je saurai m'arranger avec lui », a dit le pope en grec à Adam. J'ai respiré. J'ai appelé Yorgos.

– Des trafiquants. Cette fois, il leur vend du sucre, nous a-t-il murmuré comme il ramassait l'argent sur la table.

– Fais attention, Yorgos, demain…

– Bien sûr, Vassilis. Salut !

La lune éclairait les ruelles, à présent. Nous avons accéléré, ou plutôt j'ai accéléré, car j'avais hâte de m'éloigner. Mais Garélas s'est plaint, nous avions encore du temps avant le dernier autobus, qu'est-ce qui me prenait ?

J'ai essayé de plaisanter :

– Puisque tu ne me donnes pas le poignard…

– Laisse donc ces ruses, Simonidis. D'où le connais-tu ?

– Je ne le connais pas, je te dis ! Est-ce que tu vois un certain Spiros, à la Place, un commandant ?

– Tu parles de Yassémis, de l'Intendance ?

Tout devenait clair ! Les femmes et les enfants arrivés de Grèce et qui s'étaient réfugiés au camp de Rafa, nous écrivaient des lettres déchirantes sur la dureté avec laquelle on les traitait et sur les malversations. Yassémis était nommément dénoncé pour une affaire de détournement de riz et de sucre. Le corps d'Emmy était donc payé en espèces, et d'avance ? Voilà avec quelle sorte d'arrière nous espérions gagner la guerre !

– Je soupçonne que le sucre qu'on marchandait à l'épicerie est fourni par Yassémis, ai-je dit.

Garélas s'est arrêté. Nous nous trouvions de nouveau devant le Mouristan, les passants circulaient dans les rues éclairées maintenant par la lune, l'agitation ne cessait qu'à l'aube.

– Tiens, tu as raison ! Moi aussi je les ai vus ensemble, Spiros et ce sale type, comment l'appelles-tu déjà ?

– Je ne t'ai rien dit.

– Allons, ne te fâche pas. Il vaut mieux que tu ne le connaisses pas. Tiens-toi loin de ces trafics, Simonidis. Consacre toute ta tête au *Combattant*. Qu'il devienne meilleur de numéro en numéro.

Nous avions encore beaucoup à dire sur le journal. Nous nous sommes engouffrés dans un café arabe et nous avons commandé du thé. La radio retransmettait toujours les plaintes nasillardes de la chanteuse, accompagnée à présent par un chœur d'hommes qui scandait le même mot, dans le vacarme des tambours et des sistres. Nous avions déjà fumé toutes nos cigarettes et nous discutions encore. Finalement, j'ai quitté Garélas au milieu d'Allenby Street et j'ai couru pour attraper le dernier autobus qui partait à une heure.

16

Tout était étalé sur une longue table. Veste pantalon deux chemises chandail gants cravate et Bible. Herr Butler il manque les chaussures deux tricots de corps deux caleçons deux paires de chaussettes un peigne et des ciseaux à ongles. Le secrétaire roux notait. Vous les reconnaissez donc. Bien sûr c'est acheté ici. Cela nous le savons mais qui les portait. M. Caloyannosh bien sûr, lui as-tu dit. Vous madame Rapesco qu'est-ce que vous en pensez. Je ne sais rien. Quelle menteuse quelle incorrigible menteuse. Allons donc vous ne connaissez pas M. Caloyannosh lui ai-je dit. Je n'ai pas dit une chose pareille Frau Anna je l'ai connu et il m'a connue. Et vous ne vous rappelez pas ce qu'il portait lui a demandé Herr Butler. Mais nous nous sommes connus au sens biblique du mot et les habits vous comprenez sont des accessoires plutôt gênants. Il a rougi comme un homard. Miss Butler cria-t-il à sa sœur allez dans l'antichambre nous vous appellerons s'il en est besoin.

Et maintenant madame Rapesco je vous prie de garder votre humour pour des circonstances moins graves. Je vous demande de nouveau avez-vous remarqué ce qu'il portait. Excusez-moi monsieur Butler mais je vous fais savoir sans humour que ce ne sont pas les vêtements que je remarque chez les hommes. Chez les femmes bien sûr. Je ne peux par exemple vous dire que Miss Butler porte été comme hiver les mêmes jupes écossaises avec beaucoup de plis autour des hanches et qu'elle fait cela par coquetterie malgré sa modestie évangélique car sa vie sédentaire d'employée bénévole de la police et son abstinence prolongée de gymnastique horizontale ont accru de façon disproportionnée la cellulite de ses fesses. De rouge il est devenu brique mais il n'a pas perdu son sang-froid parce qu'il avait compris son jeu. Il a dit au secrétaire d'ouvrir une fenêtre au nord il faisait chaud. Mais le vent a fait plier la carte rectangulaire de la Palestine qui était accrochée derrière lui et a failli la faire tomber sur son crâne chauve. Il s'est levé et a fermé lui-même la fenêtre. Vraiment lui dit-il c'est la première fois que je rencontre dans ma carrière un tel mépris envers les Autorités et soyez sûre que j'en référerai à mes supérieurs. Vous me poussez madame Rapesco à sortir de moi. Je ne veux même pas le supposer mais je vous avertis seulement que la loi est sévère pour ceux qui cachent des suspects ou aident à leur dissimulation. Un autre à ma place vous dirait qu'il n'a plus besoin de vous et vous ferait filer. Mais je vous connais mieux que ça. C'est pourquoi nous aurons le bonheur d'être en votre compagnie jusqu'à la fin de l'enquête. Elle lui a tiré la langue pour le taquiner. Elle a croisé très haut ses jambes et ouvert son porte-cigarettes d'argent. Le secrétaire s'est précipité pour lui donner du feu.

Maintenant Frau Feldmann faites attention à ce que je vais vous demander et répondez-moi avec précision. Pourquoi croyez-vous qu'il a caché ses habits dans la buanderie du vieux que vous connaissez. C'est là que vous les avez trouvés as-tu demandé. C'est là que nous les avons trouvés enveloppés dans ce papier goudronné. Écoutez Herr Butler tout est un malentendu. Nous croyons savoir et cependant tous nous nous trompons sur tous. C'est déjà bien que quelqu'un puisse dire qu'il sait ce qu'il est lui-même. Moi par exemple je crois souvent être une dame qui tient une petite pension une pension mal famée même depuis que j'y ai logé il vaut mieux ne pas dire qui. J'oublie que je suis Anna Rosenthal des fameux fabricants de textiles de Cologne que des circonstances mondiales défavorables ont conduite dans ce pays qui est gouverné par la Grande-Bretagne provisoirement. Ce provisoirement tu le disais pour toi mais il l'a pris de travers et il a fait la gueule. Laissez maintenant ces radotages politiques Frau Feldmann je ne vous connaissais pas sous ce jour et en fin de compte vous devriez montrer une certaine reconnaissance envers les pauvres gars qui versent leur sang pour vous protéger. Je me suis mal exprimée Herr Butler moi je me fiche de qui gouverne un pays dont les habitants exigent qu'on coure après eux pour jeter leur pisse de nuit ou tirer la chasse quand ils ont fini leurs besoins. Le secrétaire et la Rapesco se regardaient en ricanant. Mais il a cogné le poing sur la table fâché. Ah qu'est-ce qui les a toutes prises aujourd'hui. C'est devenu une farce ce n'est plus une enquête. Ne l'interrompez pas a dit la Rapesco sérieusement car vous lui faites perdre le fil de ses idées. Tu voulais lui dire que tu ne l'avais pas prise comme avocate mais Herr Butler t'a priée de continuer et tu as préféré lui montrer du mépris. Et tu as parlé d'Éric dont tous disaient quel bon gars de quelle grande famille tandis que ce perfide. Et tu as parlé de Feldmann l'époux infidèle ce génie de l'architecture qui est mort chez sa maîtresse et qui t'avait mangé les immeubles dans les deux grandes rues de Cologne sans compter ta part de l'usine. Et tu as failli pleurer mais tu t'es retenue et tu as parlé de Salomon le modèle de l'honnêteté qui a vendu à Von Ribbentrop le secret des investissements de papa dans l'industrie du champagne pour trente deniers comme disent les goyim. Et tu as parlé d'un professeur grand séducteur qui était une tapette. Et tu as parlé d'une dame le comble de la délicatesse et du chic qui était il vaut mieux ne pas le dire. Et tu as parlé d'une fraülein qui semait la révolution si un homme la touchait et qui amenait les petites filles chez le directeur de Spiney. Et tu as parlé d'Isaac Benlassine qui jurait de se tuer si sa femme mourait. Tu l'as surpris le soir des obsèques à se rouler dans le jardin ne disons pas avec qui. Et tu as parlé de Rosa Chliaska qui interroge sans cesse sur le Christ et les Évangiles une personne que nous aimons tous et quand elle est loin crie que Dieu prophètes et rabbins nous ont trompés. Et tu as commencé à lui parler de lady Nancy Campbell. Excusez-moi Frau Feldmann quand je vous ai demandé de répondre avec précision j'ai omis d'ajouter aussi avec brièveté. Vous avez oublié Frau Bobretzberg a dit la Rapesco. Mais de nouveau tu l'as ignorée. Abrégez abrégez dit-il. Venons-en à M. Caloyannosh as-tu dit et le secrétaire roux s'est remis à écrire. Comme je me suis trompée sur les autres je me suis trompée sur lui aussi. Il ne travaillait pas à la radio. Mais le professeur Richards s'est trompé aussi. Il n'est pas déserteur avait-il dit une fois. Mais puisqu'il n'était pas déserteur pourquoi se cacher de l'officier qui venait prendre des cours chez Fraülein Boehm. Quand est-ce que ça se passait Frau Feldmann. Tu as compris que tu avais fait une gaffe et tu as dit je ne me rappelle plus. Appelez miss Butler a-t-il dit au secrétaire. Et miss Pamela a dit que cela se passait en mars il a pris quatre cours ce tombeur de femmes et il ne les a pas payés. Depuis mars alors et vous me disiez il y a quelques jours qu'il était descendu dans votre pension en juin et surtout pour si peu de jours que vous n'aviez pas eu le temps de le déclarer. Vous ne vous rendez pas compte monsieur Butler a dit la Rapesco que l'esprit de la femme n'est jamais fort pour les dates. Pas le mien a remarqué sa sœur d'ailleurs je peux vous apporter le cahier où je note tout. Par-dessus le marché elle note a fait la Rapesco et pouvez-vous à l'occasion me rappeler quand j'ai connu cet homme je ne peux pas calculer pour mes règles vous comprenez. Bouclez-la a rugi l'homme. Quelle race sans pudeur tout de même. Quelle race froide a-t-elle répliqué tout de suite. Ô Anna tu as eu peur qu'ils en viennent aux mains mais qui sait par où elle le tient. Il lui a pardonné.

Revenons au sujet Frau Feldmann qu'est-ce que vous en concluez. J'en conclus qu'il a jeté les vêtements civils et qu'il a remis les militaires. Remarque exacte seulement le bureau de la Place grecque nous informe qu'il n'y a personne de ce nom dans ses listes. Et vous voyez maintenant ce que vous faites avec votre désordre et votre négligence. Toi tu te taisais. Mais dites-moi quelqu'un qui se cache qui donne un faux-nom et qui change d'habits pour disparaître dans l'anonymat du kaki que peut-il être aux jours que nous vivons. Un espion as-tu dit. Vous l'avez trouvé toute seule a-t-il dit. Des bêtises a interrompu la Rapesco quel remue-ménage pour un trafiquant qui s'est suicidé. Qui s'est suicidé as-tu demandé. Il ne s'est pas suicidé a-t-il dit. Mais qui s'est suicidé as-tu demandé de nouveau. Un type du pays nommé Adam a dit le secrétaire roux. Le médecin-légiste a téléphoné qu'il ne lui a pas trouvé d'eau dans les poumons on l'a étranglé dit-il et puis on l'a jeté dans le bassin. Votre médecin légiste Mister Butler a démontré que Rachel Benlassine est morte d'une méningite. Madame Rapesco pourquoi mélangez-vous les affaires. Le médecin légiste avait raison as-tu dit. S'il avait raison il mérite d'être tué car il aurait dû ordonner la désinfection de la maison mais dans ce cas quelles histoires avec le canapé bleu de Manet. Le canapé n'est pas de Manet as-tu dit. Pourquoi mélangez-vous les affaires a-t-il dit. C'est vous qui les mêlez Mister Butler il est tout à fait idiot de croire que si assassin il y a il laisserait sa carte de visite sur les lieux du crime. Quelle carte de visite as-tu demandé. Ses habits dit le secrétaire roux. Mais dans quel bassin a-t-il été trouvé ce comment vous l'appelez. Dans le bassin de sa maison c'est-à-dire du vieux que vous connaissez. Astronomische ça t'a échappé. Des fantaisies a-t-elle dit. Naturellement vous madame Rapesco vous défendez le père de votre enfant. Excusez-moi Mister Butler moi je n'ai pas dit que j'étais enceinte j'ai seulement dit que je croyais mais vous êtes furieux car vous vous n'auriez même pas réussi à ce que je puisse le croire. Miss Butler personne ne vous a dit de rester ici a-t-il hurlé de nouveau à sa sœur.

A présent Frau Feldmann pour en finir avec cette maudite affaire êtes-vous toujours prête à répéter que le vieux en question connaît le propriétaire de ces habits. Évidemment as-tu dit. Faites rentrer le vieux qu'on nous a envoyé de Jaffa dit-il au secrétaire. Et on l'a amené il avait les menottes. Est-ce lui Frau Feldmann. C'est lui Herr Butler. La dame que voilà nous affirme qu'elle t'a vu parler avec le suspect dans sa maison. Parlez-lui dans une autre langue Herr Butler il ne comprend pas l'arabe. Mais le vieux a répondu la dame que je connais de vue. Nous sommes voisins mais je n'ai jamais mis les pieds chez elle. Ça alors a fait la Rapesco qui n'y comprenait goutte mais qui était contente parce que le vieux parlait l'arabe. Excusez-moi lui ai-je dit c'était mercredi dix-sept juin je me le rappelle bien car M. Caloyannosh me devait le loyer depuis trois jours et il m'a payée dès que vous êtes parti. Élément important l'avez-vous noté dit Butler à son secrétaire. Qu'est-ce qui est important a dit la Rapesco qui n'y comprenait goutte. L'important c'est que le vieux a payé pour qu'on élimine son beau-fils nous en avons maintenant la preuve. Avez-vous dit une chose pareille t'a-t-elle demandé. Ne lui répondez pas Frau Feldmann a-t-il dit. Et le vieux était triste et se taisait.

Et Miss Butler est entrée sans qu'il l'appelle et elle a chuchoté quelque chose à l'oreille de son frère. Qu'elle vienne lui dit-il. Et Rosa entra dans sa robe de fête elle s'était mis aussi du rouge aux lèvres et tenait un bouquet de roses thé. Elle les lui a offertes. Et le vieux a fait mais où avez-vous trouvé cela. Et Rosa a dit oui je les ai cueillies dans votre jardin j'étais allée voir ce qui se passait. Et Herr Butler lui a demandé comment elle avait appris la nouvelle les journaux avaient ordre de ne pas l'annoncer. Mais je ne sais pas lire et puis les journaux sont tous mensonges et impostures nous nous l'avons appris par le laitier. Et tu as dit comme c'est curieux le laitier ne m'en a pas parlé. Pas du tout curieux Frau Feldmann avec vos grands airs vous glacez tout le monde même le rossignol du quartier allemand vous l'avez rendu muet. Que répondre à cette blanchisseuse tu l'as ignorée. Herr Butler lui a dit maintenant cessez vos querelles je vous ai fait entrer pour m'apprendre qui portait ces habits. Et Rosa s'est avancée et les a approchés de la lumière. Elle s'est retournée et t'a regardée un instant elle était blême. Non je ne sais pas. Vous ne connaissez pas les habits que portait M. Caloyannosh lui as-tu demandé. Pour tout vous dire je les avais vus Frau Feldmann je ne les avais pas sentis. Et si vous voulez savoir Stein de Jaffa Road en vend à la douzaine. Quant aux chemises ce n'est pas moi qui les lavais qui les reprisais comment voulez-vous que je sache. Ni moi lui as-tu dit. Alors pourquoi nous bagarrer. Comme si nous nous bagarrions sur le prix du blanchissage. La mégère. Et la cravate lui a fait le secrétaire roux. Il ne portait pas de cravate. Tu as répliqué à Rosa comment il ne portait pas de cravate il sortait bien arrangé. Mais moi il ne m'a jamais amenée au cinéma je le voyais toujours en bras de chemise. Moi non plus il ne m'a pas amené au cinéma. Alors pourquoi nous bagarrer t'a-t-elle dit. La salope. Qu'est-ce qui leur arrive aujourd'hui ce n'est plus un interrogatoire s'est exclamé Herr Butler. Et le vieux que pense-t-il des habits a demandé Rosa. Il ne sait rien c'est le mort qui a dû les cacher a répondu le secrétaire. Silence a rugi Herr Butler. Pourquoi lui avez-vous mis les menottes c'est illégal a dit la Rapesco. Silence a-t-il rugi de nouveau. Mais après il a ordonné qu'on les lui retire. Je vous remercie madame je vois qu'on a encore du respect pour les cheveux blancs lui a-t-il répondu en très bon français. Herr Butler a pris feu et à juste titre. De ma vie je n'ai rencontré une race plus chicaneuse que vous les Grecs. Mais le vieux n'a pas compris l'anglais. Ce n'est pas une question d'âge monsieur c'est votre droit que les autorités ont bafoué. Silence a-t-il encore rugi. Et puisque vous voilà son avocate vous devez savoir que votre client a signé un procès verbal qui nous donne le droit de le garder avec des menottes autant que nous le voulons. Lisez-le à madame. Et le secrétaire l'a lu. Le vieux reconnaissait qu'il avait un différend au sujet de l'héritage avec son beau-fils et qu'il l'avait menacé de lui couper la gorge. Lisez le reste aussi a dit le vieux en anglais cette fois. Il n'y a pas autre chose a dit le secrétaire. Comment se fait-il qu'il n'y ait rien d'autre je me rappelle vous avoir parlé de l'Arménienne et de son mari. Il n'y a rien dit Herr

Butler si vous entendez par là Aram Krikorian celui-ci n'a pas bougé de Haïfa. Ni moi de Jaffa a répliqué le vieux. C'est un alibi banal le crime a été commis par personne interposée et tous les éléments sont là.

A ce moment Rosa écumante de rage s'est levée. De quel crime parlez-vous ce chien s'est suicidé. Et Miss Pamela s'adressait doucement à elle et essayait de la faire rasseoir. Mais Rosa n'écoutait pas. Elle l'a écartée grossièrement. Elle s'est plantée au milieu du bureau et elle agitait les mains. Un chien dis-je et il a trouvé une mort de chien. Vous dites qu'il ne s'est pas suicidé mais qu'on l'a tué ? Je me mettrais à genoux pour baiser les mains à celui qui a délivré le monde d'une telle ordure. Pourquoi torturez-vous le vieux et pourquoi cherchez-vous à mêler à toutes ces saloperies un gars courageux et gentil. Bravo Rosa tu as une bouche d'or dit la Rapesco. Silence a rugi le rugissant. Tu n'as plus pu te retenir doucement leur as-tu dit vous finirez par prétendre qu'il est une innocente colombe. C'est vous qui parlez comme ça Frau Anna quand vous veilliez jusqu'à l'aube pour un bonjour de lui. L'heure où je me couche n'est pas votre affaire Frau Chliaska et si vous aviez fait attention vous aussi notre maison n'en serait pas là où elle en est aujourd'hui. C'est-à-dire demanda-t-elle. C'est-à-dire ce que vous avez compris ou alors je ne sais pas qui a poussé une certaine personne dans les bras d'Isaac et une autre dans les bras de M. Caloyannosh. Quelle importance tout cela a-t-il dit abrégeons s'il vous plaît. Excusez-moi Herr Butler mais je n'ai pas pu supporter qu'on fasse devant moi l'éloge d'un hypocrite et d'un ingrat. Toi la chienne en chaleur tu envoies un homme à la pendaison parce que tu ne lui as pas tapé dans l'œil dit Rosa. Mais elle parlait en yiddish et personne n'a compris sauf peut-être le secrétaire roux car il t'a regardée et il attendait ce que tu répondrais. A ce moment le téléphone a sonné et c'est le secrétaire qui a décroché et il a dit le sergent Winter veut vous parler. Et l'autre a pris l'appareil et toujours oui oui et ce n'est pas vrai et qu'est-ce que vous me dites et incroyable et ah ah hum hum et je vous entends bien et qu'est-ce que vous me dites. Il a levé les yeux pour voir si on l'écoutait. Bien a-t-il dit encore puisque vous êtes sûr que votre homme était absent en mission il n'y a pas de raison de le mêler à cette sale affaire. Merci bonjour. Madame Rapesco rappelez-moi quand vous partirez de vous dire quelque chose d'amusant. Silence. Il a pris son crayon et il s'est levé et s'est promené dans le bureau. Rosa restait toujours debout au milieu elle le gênait. Asseyez-vous lui a-t-il dit ce n'est pas la peine de vous fatiguer. Il s'est approché du vieux. Comment la victime gagnait-elle sa vie. C'est vous qui devez le savoir il avait quelques affaires à Haïfa mais il n'en racontait pas plus que ça. Je vais vous le dire moi a lancé Rosa tu parles d'un travail. C'était un maquereau et un trafiquant a interrompu la Rapesco. Attendez vous là-bas lui a-t-on crié. Trafiquant peut-être mais maquereau jamais dit le vieux. Vous ne le connaissez pas répondit la Chliaska demandez-moi il avait deux boîtes à matelots à Haïfa une autre à Gaza et une autre ici Mme Krikorian dont vous parliez il l'a placée dans une maison arabe du Souk el Haoudjat et il lui amène des officiers grecs. Comment savez-vous tout ça lui a dit le vieux. Je suis blanchisseuse monsieur j'entre dans toutes sortes de maisons je vois et j'entends. Herr Butler a regardé sa sœur et elle lui a fait signe de la tête cela je le sais. Donc nous n'avons plus besoin de vous a-t-il dit à Rosa vous pouvez partir. Mes salutations à Frau Bobretzberg si vous la voyez. Je la vois tous les jours dit Rosa. Elle est allée saluer le vieux lui a touché la main ainsi qu'à la Rapesco et Miss Pamela l'a emmenée et elles sont parties.

Herr Butler est resté penché au-dessus du secrétaire. Préparez un mandat d'arrêt à transmettre à la place grecque. Nom d'emprunt : Manos Caloyannis ou Manolis ou Emmanuel. Traits distinctifs et le reste seront donnés par Frau Feldmann. Très probablement il porte l'uniforme grec etc. Il est recherché pour le meurtre d'un trafiquant et proxénète connu de la colonie grecque de Jérusalem. Mobile probable rivalité ou vengeance ou différend financier, etc.

Il s'est approché du vieux. Où est la vieille a-t-il fait. A Jaffa. Il faut l'amener ici je vous laisserai en liberté mais je vous veux ici à Jérusalem. Oui mais avant je vais repeindre la maison et appeler aussi un pope pour lire une prière et puis je téléphonerai à mon beau-frère de l'amener. D'accord je vois que vous avez compris que vous ne devez pas bouger de la ville. Ni de la maison. Je ne bougerai pas. Naturellement puisque vous attendez que le suspect vienne récupérer ses habits. Je ne connais aucun suspect je vous l'ai dit. Bon bon seulement prenez garde si nous vous surprenons ensemble vous êtes perdu vous aussi. Vous n'allez pas nous surprendre puisqu'il n'existe pas. Bon bon ça on le sait. Allez. C'est vous qui en sortez gagnant. Il vous reste la maison.

Le vieux le regardait tristement et remuait la tête. Puis il est venu près de toi et il t'a donné la main. Puis à la Rapesco. Celle-ci l'a prise et l'a baisée et ils ont eu les larmes aux yeux mais ils sont seuls à savoir pourquoi.

Après que le secrétaire roux a eu pris ta déposition tu es sortie dans la rue. C'était midi. Des arcades de la Barclay's Bank Jaffa Road montait droit pleine de monde et de voitures sous le soleil. Un vent capricieux soufflait et au-dessus de la Porte on voyait des petits nuages voyager et la réverbération sur les pavés ressemblait à de la chaux. Et les ombres des colombes qui dessinaient des cercles là-haut passaient et repassaient sur la chaussée et les murs. Et le vent cherchait à t'arracher des mains l'ombrelle que Sam t'avait envoyée. Et tu tournais le manche de corne mais personne ne faisait attention à toi. Personne n'a dit comme vous êtes bien arrangée pas même cette bavarde à qui rien n'échappe. Depuis ton enfance tu te parais en vain. Tout passe et la jeunesse et la beauté et la richesse. D'erreur en erreur ta vie coule. Promesses et serments. Tout cela brille en haut et seule l'ombre des ailes touche le crottin. Personne mais personne n'a fait son devoir. Pourquoi aurais-tu alors couvert un menteur un ingrat. La Rapesco et Rosa ont leurs raisons. Elles ont gagné quelque chose ou elles attendent de gagner. Mais à toi il n'aurait même pas dit adieu au moment où il partait. Pourquoi donc aller contre la Loi. Tu n'attends rien. Il n'a pas tué. Et alors. Les habits il a dû les cacher dans la buanderie depuis la nuit où il t'a abandonnée. Et alors. Tu n'as pas dit cela. Puisque personne ne te l'a demandé. Tu as répondu à ce qu'on t'a demandé. La vérité sans crainte et sans passion. Tu t'es vengée de lui. Pas du tout. Il s'est puni tout seul. Les salopes vont dire que c'est toi qui l'as vendu. Qu'elles le disent. Qui t'a jamais comprise. Anna toi qui fais se taire les rossignols.

17

Emmy aurait parié qu'elle n'avait plus de fièvre ; elle sentait son haleine légère et fraîche sur l'oreiller de duvet. Le bourdonnement étrange qui emplissait encore ses oreilles la veille au soir se concrétisait maintenant, elle percevait les bruits réels de la vie matinale. La pioche, derrière le moucharabieh, frappait en cadence la terre grasse et faisait naître un sentiment d'activité et de plénitude. Emmy entendit le vieux jardinier s'arrêter, allumer une cigarette puis tousser de la toux sonore et ostentatoire des bronchitiques. Ses gros souliers raclèrent l'allée, il partait. Un bruit métallique venait de loin, une sorte de martèlement le long d'une canalisation, ce devait être la citerne. L'eau murmurait dans la rigole fraîchement creusée le long du mur de la chambre à coucher. Elle voulut écarter ses cheveux de son oreille mais une courbature, dans le dos, détourna le cours de sa pensée. Combien de temps s'était-il écoulé depuis cet autre matin où, à plat ventre aussi sur les draps, elle avait entendu une voix chuchoter, une voix lui promettre un bonheur à sa portée ? Des années ? Des jours ? Mais le bonheur ne ressemble jamais à ses promesses – quand il vient. Il est toujours quelque chose de différent, quelque chose qui change perpétuellement. Et qui vous change et vous mûrit. Comme le malheur, alors ? Mais bonheur et malheur, volupté et douleur, laideur et beauté ne sont-ils pas le même objet, les deux faces d'une même médaille ?

Sans y réfléchir, elle plia brusquement la jambe et, de son talon, tapota ses fesses. Oh oui, elle était mieux. Aujourd'hui elle pourrait se lever, s'allonger sur le dos. La pommade de Rosa – comme elles connaissaient des remèdes de bonne femme, ces campagnardes ! – sentait le poisson et tachait tout mais elle était efficace. Emmy allait se lever tout de suite. Elle aurait mal. Mais la douleur aussi est douce. Quelle heure était-il pour qu'elle eût tellement faim ? Soudain, elle comprit ce qui lui manquait le plus : elle avait dormi seule. Rosa l'avait-elle empêché d'entrer ? Elle le lui avait cependant interdit. Avait-il frappé à la porte pendant son sommeil ? Oh, non, elle l'avait attendu toute la nuit, son âme suppliait, ah qu'il ne vienne pas ce soir, je ne pourrai pas tenir, mais son corps guettait chaque bruit. Et il ne s'était pas montré. Elle avait formellement interdit à Rosa d'intervenir. Elle l'avait seulement chargée de dire à Benny, pour qu'il ne l'ennuie pas avec ses questions, qu'elle était indisposée.

Elle étendit avec précaution ses pieds hors du lit, glissa sur le ventre et, quand elle toucha le carrelage, se leva d'un coup. Un cri lui échappa, pourtant la douleur était supportable. Elle s'arrêta devant le grand miroir. Heureusement la peau n'était fendue nulle part. Des larges zébrures partaient du dos pour se croiser, s'entremêler jusqu'aux reins comme des coups de crayons donnés d'une main nerveuse. Combien d'heures avaient passé, trente-cinq ou quarante, sans qu'aucune blessure apparût. Juste la marque de la boucle de sa ceinture, là, sur la fesse gauche. Ça avait saigné tout de suite. Heureusement qu'elle avait arrêté Adam sur-le-champ. Pas avec le métal, j'ai peur que ça ne s'infecte ! Rosa l'avait craint aussi. Elle avait réagi comme une folle : « Avec le fer, avec le fer, oh le criminel ! » hurlait-elle quand elle l'avait vue. Mais où était-elle maintenant ? Vite un bain, se nettoyer, manger. La cigarette qu'elle avait allumée lui donnait le vertige. Elle alla s'asseoir sur le lit et alors la douleur brûlante lui fit monter les larmes aux yeux. « Heureusement qu'il n'est pas venu, je serais morte. Ce soir tout ira bien. »

Elle chercha longtemps ses pantoufles et quand elle les eut trouvées elle se demanda pourquoi, puisqu'elles étaient sous ses yeux, elle ne les avait pas vues sur-le-champ : en réalité elle ne les avait pas cherchées. Elles guettait tous les mouvements de son corps et, au creux de chaque courbature, le souvenir de la volupté. Le jardinier toussait de nouveau. Si elle s'approchait du moucharabieh, la verrait-il ? En vérité, à quel âge les hommes détellent-ils ? Ceux de Jérusalem, bien sûr. La chair, dans laquelle bat un petit cœur chaud et dur, se fane-t-elle peu à peu, jour après jour ou d'un seul coup ? Comme ce serait passionnant d'appeler soudain : « Hassan », en toute simplicité, dans la lumière de la chambre, « Hassan », et quand elle serait certaine qu'il regarderait à travers le moucharabieh finement ciselé, l'inviter d'un geste de la main, doucement, pour ne pas l'effrayer. Oh, Emmy, comme tu es devenue diabolique ! Tu l'as toujours été mais sans le savoir. Et ça te plaît.

– Oui, ça me plaît beaucoup, que veux-tu que j'y fasse ? dit-elle à la femme nue du miroir qui l'observait, les yeux cernés.

Elle mit ses pantoufles et, se forçant à marcher en ondulant, pénétra dans la cuisine. Sous prétexte que la vieille villa attirait les cafards, Rosa emportait tous les restes de pain et de nourriture. Emmy ne trouva que des conserves, des boissons et, dans deux pots, du café et du sucre. Elle voulut allumer le réchaud : il n'y avait plus de pétrole. Elle vida le tiroir aux couverts sur le marbre de l'évier : pas de clé pour les boîtes de conserve. Elle prit alors le whisky et, penchée en arrière, but à la bouteille.

Elle avait faim. Il lui fallait solliciter l'aide du jardinier. Mais pas dans cette tenue. Elle revint dans la chambre et s'immobilisa devant le miroir. Le whisky agissait, une sorte de vapeur parfumée lui brûlait les entrailles, lui montait à la tête. Emmy, tu t'es avilie. Oui, mais ça me plaît. Terriblement. Devenir une moins que rien, la Marie-Madeleine le meilleur marché de Judée ; parée et sale dans les ruelles mal famées de Haïfa, me donner aux dockers qui sentent le mazout. Oh, je sais. Devant Nancy ou d'autres femmes aussi sensibles, je baisserais les yeux, je me sentirais déclassée. Mais en moi-même, je dirais qu'aucune d'elles n'a compris ce que signifie, dans son véritable sens, « je me donne ». Enfin ! Appartenir à quelqu'un d'une manière absolue, être sa chose aussi servile et soumise que l'âme devant le Seigneur. Seul, Hans savait. Mais il était lâche. Plutôt que de risquer le salut de son âme, il avait préféré sa propre sécurité. Il n'avait pas osé être à la fois confesseur et instrument. Un instrument aveugle, implacable, le fouet du tortionnaire-amant.

La montre marquait une heure et demie quand on frappa à la porte. C'était Rosa, maquillée et apprêtée, mais de mauvaise humeur. Elle se dirigea tout droit vers la cuisine, avec son sac à provisions. Emmy la suivit.

– Je te prépare le petit déjeuner ou tu veux déjeuner tout de suite ?

– Mais qu'est-ce qui vous est arrivé, aujourd'hui, Rosa ?

– J'étais à un mariage.

– Je me disais aussi… Vous ne m'avez pas demandé si j'ai de la fièvre, si j'ai mal.

– À quoi bon, puisque je vois ? Mets-toi un peu de plomb dans la cervelle, c'est tout !

Elle avait repris le tutoiement comme le jour où elle l'avait battue. C'était sans doute son comportement habituel que d'oublier les bonnes manières quand elle se trouvait dans son tort.

– J'ai essayé d'allumer le réchaud mais nous n'avons plus de pétrole. Ni de lait ni une seule biscotte. J'ai faim. Et si je déjeune avant le bain je crains que cela ne me fasse mal. Préparez-moi du café au lait.

– C'est ce que je fais. Et pas de bain aujourd'hui.

– Pourquoi ? Vous êtes pressée de partir ?

– Tu ne dois te laver ni aujourd'hui ni demain pour que la pommade agisse. Sinon tu resteras marquée comme les chevaux de l'armée.

– Je ne vais pas me laver ? Et comment je ferai l'amour, ma Rosa ? J'empeste la morue !

– Tu feras comme hier, ne t'inquiète pas.

Son expression renfrognée ne permettait pas de deviner si elle parlait sérieusement. De toute façon, elle n'avait pas l'air de savoir qu'Adam n'était pas venu la nuit dernière. Emmy, par coquetterie, préféra la laisser dans l'ignorance.

– Que vous a dit Benny ?

– Je ne l'ai pas vu. Il a fait dire par Andréanou qu'il serait absent quelques jours.

Emmy, alors, se mit à rire en secouant avec orgueil ses seins mordus. Elle prit une tranche de pain grillé, la saupoudra de sucre et la grignota.

– Ça t'arrange, hein ?

– Ça m'arrange ! C'est une véritable débâcle de sa part !

La femme de ménage fit un geste qu'elle n'acheva pas. Ses doigts étaient luisants de beurre. Mais, peu après, du dos de la main, elle frotta la nuque d'Emmy comme si elle flattait un chien.

– Va, va te coucher à plat ventre et je t'apporterai le lait. Je vais te remettre de la pommade et tu resteras comme ça pour que je puisse faire la cuisine. J'ai trouvé les côtelettes de porc que tu demandais. Je vais appeler Hassan pour qu'il allume le charbon et je te les ferai à t'en lécher les doigts. Va maintenant, comme une gentille fille.

Et, pour la première fois, elle l'embrassa. Un baiser léger dans les cheveux, comme si elle le lui dérobait.

Quand elle apporta le plateau de cuivre, elle avait enlevé ses habits de fête et elle était en combinaison. Assise par terre, près du lit, elle tendait à Emmy tantôt la tasse, tantôt l'assiette avec le pain grillé en la regardant mastiquer et avaler. Puis elle alla chercher ses propres cigarettes – le tabac parfumé la dégoûtait – elles en fumèrent une ensemble. Ensuite, elle enleva le plateau et prit la pommade.

– Plus qu'aujourd'hui et demain et nous aurons fini avec ça aussi.

– Miraculeuse ! dit Emmy, le nez dans les oreillers.

– Je la tiens de ma belle-mère. Pas d'aujourd'hui mais quand elle avait sa tête. Elle me frottait avec ça, la pauvre, mais elle n'a jamais pensé à gronder son fils.

– Il vous battait ?

– S'il me battait ? Dire que j'étais une écervelée ou qu'il était jaloux ? Même pas : il piquait sa crise, comme ça, nous nous disputions et il me donnait une raclée. Homme affamé, homme courroucé !

– Et vous ?

– Je lui en rendais, moi aussi, mais comment m'en tirer, Seigneur ? Il prenait la peau entière d'un bœuf et en secouait le sel comme s'il secouait des miettes de sa serviette.

– Je veux dire... ça vous plaisait qu'il vous batte ?

– J'aurais voulu crever de honte. Mais toi, ça te plaisait ?

– Hans n'a jamais levé la main sur moi.

– Je ne parle pas de ton mari, je parle de ça, dit Rosa en désignant les marques sur le corps d'Emmy.

– Ce n'est pas la même chose.

– C'est-à-dire ?

Pas de réponse.

Rosa cessa de la frictionner. Emmy leva la tête et la vit, figée comme une statue, avec une expression d'horreur sur le visage.

– Toi, sur la mauvaise pente où tu as roulé, tu demanderas bientôt à goûter de la crotte !

– Rosa !

Mais la femme de ménage partit en s'essuyant les mains avec un morceau d'ouate. Un long moment après, Emmy cria :

– Rosa, ça me brûle, je voudrais me retourner.

– Ne te tourne pas, lui répondit Rosa depuis la cuisine. Quand l'homme partira, tu pourras te lever et marcher un peu.

– Quel homme ?

– Le jardinier.

– Donnez-moi une chemise de nuit.

– Quand l'homme s'en ira.

Emmy n'osa pas se lever. Plus tard, le fumet du porc qui grillait sur les braises se répandit jusque dans la chambre. A présent Hassan pourchassait une poule dans le jardin. La bestiole gloussait, provocante, et quand elle se trouvait coincée, piaillait comme si on l'égorgeait. Le vieux l'appelait en arabe d'une voix calme et chantante. Au fait, le poulailler ne produisait-il pas d'œufs ? Était-ce Hassan qui les volait ou Rosa qui les prenait pour ses enfants ? Elle se posait simplement la question, peu lui importait, de même qu'elle ne demandait jamais les comptes du ménage. Elle glissa de nouveau sur le ventre et, pieds nus pour mieux éprouver la fraîcheur du carrelage, alla dans la cuisine. Du bord de sa combinaison, Rosa s'essuyait les yeux : ils étaient tout rouges.

– Vous pleurez ?

– Pourquoi ? On ne m'a rien volé ! C'est à cause de la fumée.

Emmy la prit par le cou et lui donna un baiser, juste à la naissance du nez, où se rejoignaient ses sourcils coléreux. « Je n'ai qu'une Rosa, que deviendrais-je sans elle ? », dit-elle.

La femme de ménage poussa un cri, une sorte d'aboiement, et rejetant sa maîtresse, se cacha le visage dans la combinaison. Elle pleurait de tout son cœur.

– Rosa, qu'est-ce qui vous arrive ? Je vous ai fait de la peine ? Mon Dieu, je ne vous ai jamais vue comme ça ! S'est-il passé quelque chose que vous me cachez ?

– Ne te tracasse pas, dit l'autre en essuyant énergiquement son visage avec sa combinaison comme si elle nettoyait des carreaux avec un torchon. Quelque chose me serrait le cœur depuis des jours et ça vient d'éclater maintenant. Ça m'arrive quelquefois sans raison. Quand j'étais plus jeune, je tenais le coup avec de la vodka. Mes souffrances, je les supporte. Mais voir les autres souffrir à cause de la bestialité des hommes, je ne le supporte pas.

– Qu'avez-vous vu encore ?

– Qu'est-ce qu'on ne voit pas ? Ça ne vous suffit pas que tous les jours meurent tant des gens ? Avez-vous vu conduire les bœufs à l'abattoir ? Avez-vous vu comme ils flairent la mort et se lamentent ? Certains se détachent et courent comme des aveugles et d'autres baissent la tête et marchent en versant de grosses larmes. Mais le plus horrible, c'est dans les villes. Quand on les amène, à l'aube, dans des charrettes ou des camions. Ils reniflent l'air, ils voient les premiers trams du matin, les immeubles sombres, les travailleurs sur des vélos. Un autre monde, doivent-ils se dire, d'autres odeurs. Ils ont peur mais ils ne savent pas encore pourquoi. Ainsi nos pauvres gars, c'est comme ça qu'on les voit maintenant, vêtus de kaki, jetés dans les trains. Seulement, eux, ils chantent, la peur ne les a pas encore envahis.

– Manos ! Qu'est-ce que vous me cachez, Rosa ?

– Rassure-toi, je parlais comme ça de tous les hommes. Toi, tu restes enfermée dans ton petit palais et tu n'imagines pas qu'au loin, des milliers d'êtres meurent à chaque minute, en Pologne, en Russie, en Angleterre, partout.

– C'est pour eux que vous pleurez, maintenant ?

– Pour eux et pour moi et mes deux orphelins et pour toi que ton mari a quittée, toi qui as pris un mauvais chemin…

– Hans ne m'a pas du tout quittée, dit Emmy d'un ton tranchant.

– Où est-il donc ? Il t'a vendue à cette bûche d'Américain et il ne s'intéresse plus à toi !

– Rosa !

– Quel homme est-il celui qui se bouche les yeux ? Pourquoi ne vient-il pas mettre de l'ordre ici avant qu'il ne soit trop tard ?

– Hans se trouve en mission et il ne faut pas le dire. Quant à ma conduite, même si je vous expliquais, vous ne pourriez pas la comprendre. Du mal, bien sûr que j'en fais, mais seulement à mon âme et à Dieu. Vous, vous me prenez pour une de ces femmes qui aiment à détruire.

– Je n'invente rien 1 Toi-même, tu disais il y a quelques jours que tu étais le Démon. Je vais te dire ce que tu es : une enfant trop gâtée qui ne sait pas ce qu'elle fait. Le reste, bavardage et vantardise de femelle en chaleur. Sans le vouloir, où que tu sois, tu apportes la débauche et le dévergondage. Tu ne connais aucune loi, ni les tiennes ni celles des autres.

– Vous m'injuriez, Frau Rosa, je fais ce qui me plaît. Si j'allais avec Manos, vous me donneriez votre bénédiction !

– Lui, il n'aurait pas fermé les yeux. Mais qui sait ce qu'il a appris pour s'évanouir dans la nature !

– Il savait que j'étais mariée.

– Et alors ? Il t'aurait rebaptisée. A quoi sert le Jourdain, par ici ?

– Cela ne se fait pas, Frau Rosa.

Emmy se retenait pour ne pas rire. Qui la croirait si elle racontait cette conversation dans ses moindres détails ? Elle nue, le dos et les fesses enduites d'une pommade qui empestait le poisson, et Rosa, vêtue d'une combinaison sale, les yeux gonflés, échevelée, agitant l'éventail au-dessus des braises sans cesser de parler, et les côtelettes de porc en train de grésiller en répandant une odeur qui faisait monter l'eau à la bouche. Tout était d'un comique irrésistible. Emmy sentait le rire la gagner. A cet instant, on entendit Hassan tousser et frapper discrètement à la porte de service.

– Vite ! disparais ! dit Rosa et elle lui aurait donné une tape si elle n'avait craint de se salir de nouveau les mains.

La journée s'écoula vite, surtout pour Rosa. Quand elle eut mangé ses côtelettes, Emmy finit par s'endormir. Elle fit un rêve, un de ces rêves tout en horizons dorés et frises grecques et lacs bleus aux *cygnes enivrés de baisers*. Il devait être érotique car le grincement de ses dents la réveilla et ses mâchoires lui faisaient encore mal. Mais son regard n'eut le temps de retenir que les sandales enflammées d'Hypérion qui partait sur son char éblouissant. « S'il ne vient pas ce soir non plus, qu'est-ce que je vais faire ? » dit-elle presque à haute voix.

– Tu as parlé ?

– Vous êtes là, Rosa ?

– Je disais à Hassan que nous n'avons plus besoin de lui.

– Partez, vous aussi. Je n'aurai plus faim.

– Je pensais rester pour te tenir compagnie. Si quelqu'un vient, comment ouvriras-tu ?

– Parce qu'il y aura des visites, ce soir ? Partez, je vous ai dit.

Rosa ouvrait et fermait nerveusement les armoires et les tiroirs en grommelant quelque chose.

– Qu'est-ce que vous dites ?

– Je dis que je n'ai pas eu le temps de repasser et que je vais emporter vos affaires à la maison.

– Encore du repassage ? Laissez ça, demain il fera jour. Pour ce que j'en aurais besoin avec cette pommade ! Ou alors, faites ce que vous voulez, mais partez.

Elle pensa subitement qu'elle se ferait bien essuyer par son amant avec de l'ouate ; à l'aube, avant de partir, il l'enduirait de nouveau puisque Rosa laissait le pot ici. Quant à l'odeur, elle était curieuse de voir la réaction qu'elle provoquerait.

– Je m'en vais. Dans le garde-manger, j'ai laissé des biscottes, du fromage, du lait et des pommes.

– Merci. Mais donnez-moi un petit baiser. Vous alliez partir comme ça ?

– Nous avons lancé une nouvelle mode, maintenant ? grogna Rosa en s'approchant.

– Ce n'est pas de ma faute. C'est vous qui avez commencé.

Tard dans la nuit, on frappa à la porte. Elle accourut pieds nus, habitée d'une sorte de frénésie provoquée par la longue attente. Sur le marbre du grand hall, les arabesques du moucharabieh frappées directement par la lune qui était levée au-dessus de la porte de Damas dessinaient un tapis imaginaire. Elle n'alluma pas, elle demanda seulement, comme chaque fois :

– C'est toi ?

Silence.

– Qui est là ?

– Ouvrez, madame, il faut que je vous parle, dit un inconnu en anglais.

– Que voulez-vous, qui êtes-vous ?

– Je ne suis pas sûr que vous me connaissiez. Sergent Winter.

– Qu'est-ce qui se passe. Oh, mon Dieu, quelque chose est arrivé à mon mari ? Parlez !

– Ne vous effrayez pas. Il ne s'agit pas de votre mari. Il faut que je vous voie.

– Vous êtes sûr que vous n'avez rien à me dire sur mon mari ?

– Tout à fait sûr.

– Alors partez. Ce n'est pas une heure pour faire des visites.

– Vous avez raison. Mais je dois vous voir.

– Je ne veux avoir aucun rapport avec vous.

– Il s'agit d'une personne que vous connaissez.

– Venez demain, au grand jour.

– Mais il ne faut pas qu'on me voie. Déjà vous me laissez dehors avec ce clair de lune, c'est dangereux.

– Raison de plus pour que vous partiez.

Silence.

– Descendez quelques marches, que je vous voie à travers le moucharabieh.

C'était un homme mal bâti, les jambes très courtes, sans taille, presque sans cou, les oreilles immenses, épaisses, les cheveux rares. Ni ceinturon ni insignes de son grade. Ce pouvait être n'importe qui, un Juif plutôt, ils s'habillaient souvent ainsi par économie.

– De quelle connaissance voulez-vous me parler ?

– De Caloyannis, le Grec.

Silence.

– Madame, vous m'écoutez ou vous êtes partie ? Il faut m'ouvrir.

– Un instant. Attendez.

Elle courut dans la chambre à coucher pour enfiler un vêtement, mais Rosa avait tout enlevé, repassé ou non : chemises de nuit, combinaisons, peignoirs, robes, manteaux, chaussures. Pourquoi avait-elle fait cela ? Comment avait-elle tout emporté ? Elle se précipita au cellier : les valises avaient disparu. Un désagréable sentiment d'insécurité l'envahit. Rosa était-elle voleuse ? Oh non, impossible ! Winter frappait de nouveau, il s'impatientait. Elle revint dans le hall. Elle s'allongea à plat ventre sur le divan, derrière le moucharabieh.

– Mister Winter, dit-elle doucement, venez par ici. Je suis désolée, il m'est impossible de vous ouvrir. Asseyez-vous sur le rebord, vous serez moins visible. Parlez bas.

– Pourquoi n'ouvrez-vous pas ?

– Je vous ai dit que je regrettais.

– Vous me mettez en situation d'infériorité, moi je ne vous vois pas. Vraiment, madame, vous m'empêchez de faire mon devoir.

– Si vous étiez venu pour raison de service, vous n'auriez pas peur qu'on vous voie.

– Mais je n'agis pas à l'insu de mes supérieurs. Je ne veux pas que le dénommé Caloyannis, qui est peut-être en train de guetter par ici, me voie.

– Ça me paraît incroyable.

– Les autorités locales ont des renseignements selon lesquels il est amoureux de vous.

– Les autorités locales ? Ah, miss Butler, vous voulez dire.

– Je ne sais pas qui les a informées.

– Et quels différends avez-vous avec cet homme ?

– On le soupçonne d'avoir commis cet assassinat.

– Quel assassinat ? cria Emmy.

– Allons, madame, ce n'est pas bien de jouer avec nous.

– Quel assassinat ? Dites vite ! Oh, mon Dieu, Benny ?

– Aucun soupçon ne pèse sur le capitaine Kurtmeyer. Je me suis occupé personnellement de cela. Il se trouve encore au Caire.

– Mais qui est mort, alors ?

– Si vous me permettez un conseil, ne feignez pas l'ignorance. Vous attirez des soupçons injustifiés. Il n'est pas possible que vous ne l'ayez pas appris. Votre blanchisseuse est venue ici tout de suite après l'interrogatoire.

– Rosa à l'interrogatoire ? Laissez-moi rire. Rosa était à un mariage.

– C'est ce qu'elle vous a dit ?

– Bien sûr.

– Elle vous est dévouée ?

– C'est-à-dire.... nous nous connaissons. C'est une brave femme.

– Évidemment. La preuve, c'est qu'elle vous cache la nouvelle pour vous y préparer.

– Me préparer ?

– Qui avez-vous attendu deux nuits de suite et qui n'est pas venu ?

Silence. Emmy sentit quelque chose comme une grande chauve-souris voleter dans le hall. Une membrane froide se traîna sur elle, des talons jusqu'aux épaules. Elle frissonna. Adam ! Le hall était tout obscur.

– Mister Winter.

– Oui, madame. Je me demandais si vous étiez encore là.

– Comment cela est-il arrivé ? Où ?

– Chez lui. Hier dans l'après-midi ou le soir. Pendant son sommeil. On l'a étranglé puis jeté dans le bassin. Le jardinier du voisin l'a trouvé, celui qui arrose ses arbres, chaque soir.

Silence.

– Vous priez, madame ? Moi aussi, je suis catholique.

Silence. C'était pour cela que Rosa lui avait pris ses vêtements, pour l'empêcher de sortir, de courir…

– Madame, ce Caloyannis est-il vigoureux ?

– Pourquoi me demandez-vous ça ? Oh non, vous faites une grosse erreur. Il était plutôt mince. Un homme paisible. De plus, il ignorait mes relations avec… avec la victime.

– Quelqu'un d'autre les connaissait-il ?

– Personne. Mon Dieu, vous aussi, à ce que bien sûr, je vois.

– Et cette Rosa, pourquoi vous l'aurait-elle caché si elle n'avait pas été au courant ?

– Je ne comprends pas. Je la faisais toujours partir de bonne heure. Elle ne l'a jamais vu. Vous, comment l'avez-vous appris ?

– Vous savez qui je suis, n'est-ce pas ? Cette maison était surveillée avant que vous ne l'habitiez.

– Dans ce cas, vous devez savoir que ce Caloyannis n'est jamais passé par ici. Il ignore même où j'habite. Et s'il ne me suivait pas, comment aurait-il appris ce que vous savez ?

– Bien sûr. Seulement, la police a trouvé ses vêtements et une Bible dans la buanderie du mort.

Silence. Oh mon Dieu. Manos l'a-t-il tué ? Incroyable ! Quelle importance, les vêtements… Mais il semblait connaître la maison… Il devait les y avoir laissés depuis des jours. Quand est-ce que Rosa l'avait vu en militaire ? La veille de sa dernière entrevue avec Benny. Et Adam vivait. Il avait vécu encore trois nuits, oh, et quelles nuits ! Le dire ? Il demanderait comment elle le savait et il faudrait alors parler de Rosa. Et si celle-ci avait déposé autre chose ? Qu'elle avait été idiote de le lui cacher… Idiote ? Ses paroles, cet après-midi… Et ces « Tu n'as pas de loi. Tu ne distingues pas le bien du mal… Où que tu sois, tu apportes la débauche et le dévergondage ». Ô mon Dieu, si j'ai fait du mal, pourquoi faut-il qu'un autre paie ?

– Madame, je sais pourquoi vous pleurez. Je vous assure qu'il ne le mérite pas. Vous n'aviez rien de commun avec ce déchet. Vous avez cédé à une tentation, c'est humain. Si vous saviez à quelles sales affaires il était mêlé, vous diriez : « Heureusement qu'il a disparu. » Quant à Caloyannis, si nombreuses soient les présomptions qui pèsent sur lui, j'ai, moi aussi, mon opinion. Les gens de gauche se vengent d'une manière différente, ils tuent, mais seulement les traîtres. Il est probable que le meurtre a été commis par des trafiquants ou des proxénètes. Vous ne voulez pas m'ouvrir ?

Les nuages qui cachaient la lune depuis un moment se déchirèrent, le visage de Winter, collé à l'angle du moucharabieh, apparut. L'Anglais tentait de regarder à l'intérieur. Emmy avait calculé qu'il ne pouvait voir ses jambes qu'à partir des genoux. Ses grandes oreilles se détachaient, rosées, contre la lumière. Elle l'entendit respirer bizarrement, un soupir traînant, interminable.

– Si vous avez perdu vos clés, je peux entrer par la porte de service. Ne me laissez plus ici dehors. On a jeté quelque part des entrailles de poisson et, depuis que je suis assis, leur puanteur me donne la nausée.

Il le dit avec humour. Emmy, appuyée sur les coudes, regardait la Porte voguer dans la gloire du ciel vert-argent. La lune, sur son déclin, ressemblait à une énorme pièce de monnaie ancienne, aux bords usés, et la Porte à une gigantesque tirelire. La beauté du monde – la mort. Le paroxysme érotique – la mort. Le Nadir – la mort. Le fouet – la mort.

– Mister Winter, au nom du Christ, pourquoi êtes-vous venu ce soir ?

Silence.

– C'est cruel de me faire jurer, madame. Je m'attendais à une attitude différente. Je n'imaginais pas que vous apprendriez par moi… Mais je vous jure que je ne suis pas venu seulement… Il est vrai que pour l'autre chose, j'aurais pu attendre demain. Vous allez m'ouvrir maintenant ?

– Quelle est l'autre chose, mister Winter ?

– Le général m'a chargé de vous demander si vous aviez parlé à Caloyannis de la mission de votre mari ?

– Curieuse question. Je me demande comment vous y avez pensé.

– Cela relève de notre service. Maintenant que j'ai commencé… Pour l'assassinat, ce n'est pas notre affaire. Aux autorités locales de l'éclaircir. Mais une personne, en transmettant au général le mandat contre Caloyannis – qui est soldat, paraît-il – a ajouté qu'il était affilié à un parti de gauche et amoureux de vous. Il faut que vous sachiez encore ceci : dans un pamphlet que quelques Grecs extrémistes ont fait circuler, il y a une petite allusion, non pas à la personne de votre mari, mais à la signification de sa mission. Bien entendu, cela peut être seulement une hypothèse à eux, arbitraire et lancée dans l'intention de calomnier. Ce qui est désagréable, c'est que de l'endroit où se trouve mister Bobretzberg, on nous avertit qu'une ambassade – disons, alliée – semble connaître le but de sa mission car elle le file étroitement. Nous avons donc pensé que peut-être…

– Hans est en danger ?

– En principe, non. De toute façon, moins que les combattants du front.

– Avez-vous contrôlé toutes les possibilités de fuite ?

– Pas toutes. Une quantité raisonnable. Nous n'avons pas eu le temps, d'ailleurs. Le capitaine Kurtmeyer n'a pas été interrogé.

– Vous avez ma parole que je n'en ai jamais parlé à personne. Ni même avec Benny depuis le jour du départ de Hans. A la pension, tout le monde croyait qu'il était parti pour Le Caire, rien d'autre.

– Je vous remercie, madame. Maintenant, je peux entrer ?

– C'est devenu une obsession, à ce que je vois.

– Un martyre ! Je n'ai jamais senti mes genoux trembler autant. Depuis le moment où votre blanchisseuse est partie, je lutte contre la tentation. Mais je n'ai pas pu résister.

– Je vous comprends. Il y a que nous, les catholiques, pour connaître cette jouissance douce-amère du péché. Écoutez. Si je vous ouvrais maintenant… Vous avez tort au sujet d'Adam, je l'aimais. Pouvez-vous venir demain ?

– Je pourrai. Mais comment faire jusque-là ?

– Bonne nuit, mister Winter.

– Puisque vous le désirez… Il vaut mieux que je file. Ah j'oubliais une chose. Si le directeur de la police vous convoque, demandez à ce que je sois présent, vous aurez besoin de moi.

– Je n'oublierai pas. Je vous remercie.

– De rien. Vous savez, c'est un maître chanteur redoutable.

– Ah, c'est pour cela ? Bonne nuit.

– Avez-vous vu la lune, ce soir ? Qu'est-ce que vous avez dit ?

– Bonne nuit.

– Bonne nuit. Puisque vous supportez la solitude… Bonne nuit.

Elle avait pitié de lui, mais que faire ? Elle ne pouvait, dès la première fois, lui donner la pommade à essuyer ! Combien de larmes dans le mot solitude. « Puisque vous la supportez… » La plus terrible : celle du libidineux. Rien ne le comble, ni imagination ni rêve. S'il n'avait pas fait cette plaisanterie de mauvais goût sur les entrailles de poisson, peut-être l'aurait-il fléchie.

Il partait maintenant, tête baissée, sur ses jambes courtes, indécis, donnant des coups de pied furieux dans le gravier. Il ferma aussi la grille et s'en alla. Si seul. Si seule.

Emmy se retourna sur le ventre, toucha le moucharabieh de la pointe des orteils et, la tête hors du divan, se pencha comme si elle voulait baiser les dalles de marbre. Eaux, vous sur qui se répandent les parfums de lys d'or. *Cygnes enivrés de baisers*. Ô Adam, quelle union parfaite que la nôtre. Jamais un autre couple ne connaîtra les secrets que nous avons découverts. La volupté et le désir jaillissaient de ton corps librement, sans cesse, jet d'eau renaissant de sa propre mort, de nouveau et encore, si savant, si sûr, comme le motif de l'arabesque qui de volute en volute, de nouveau et encore, si sensible, ondule passionnément, s'enroule selon son propre rythme, celui-là même qui en mourant renaît, spontanément, discipliné, guidant sans guider, noblement et inéluctablement, de nouveau et encore, vers l'endroit où il n'y a ni le commencement ni la fin mais la jubilation de l'infini, le vertige. Ô Adam, comme je te suis reconnaissante de ne me donner aucune tristesse, aucun remords.

La lune, dans sa course, retirait du marbre le tapis imaginaire et le transportait plus haut, sur le divan. Emmy se leva. Elle étendit sa longue jambe nerveuse pour toucher une rosace. La rosace disparut. Fouler l'autre de l'autre jambe. Disparue. Elle leva le genou et lança son corps en arrière. Le premier pas. En partant, Hypérion lui piétina le dos de ses sandales enflammées. C'est pour cela qu'elle ne dénouait pas le ruban, pour que ses cheveux ne se répandissent pas jusqu'au creux de sa taille. Elle dansait. Elle dansait au rythme de sa solitude. Elle dansait l'arabesque de son désir.

18

Un homme peut consacrer toute son âme à une idée, noble et juste, ne vivre et ne respirer que pour elle et cependant se leurrer lui-même. Quelque part en lui, un autre ne cesse de rêver et de faire des projets, d'être joyeux et de souffrir indépendamment, presque en cachette de son double, l'idéologue. C'est ce que je pensais en regardant mon visage dans la glace. Ma moustache avait repoussé et au moment où je tentais de donner une certaine symétrie aux pointes, je me suis surpris à me demander si, comme ça, et avec mes cheveux coiffés en hauteur, Emmy me reconnaîtrait tout de suite. Quand avais-je décidé d'y aller ? Je ne savais. J'ai repassé en esprit tout ce que j'avais fait dans l'après-midi. Bravo ! Sans que je le sache encore, tout avait été conçu dans ce dessein. De bonne heure, j'avais rangé la machine dans sa cachette avec les stencils et les papiers, puis je m'étais mis sous la douche et frotté à m'écorcher. Après m'être rincé, j'avais repris l'éponge pour me savonner de nouveau, particulièrement les aisselles, les cuisses, entre les orteils, derrière les oreilles, partout où pouvait subsister une odeur de transpiration. Puis j'avais sorti du placard de Nina les quelques sous-vêtements que je possédais et m'étais mis à choisir avec soin les moins usés – autrefois la Bique recousait mes boutons en cachette ! Tout en me rasant, je m'inquiétais de mes chaussettes dont la meilleure paire n'était pas lavée et qui n'auraient pas le temps de sécher si je les passais à l'eau maintenant. En poursuivant mon investigation, j'ai pensé que j'avais dû me décider en entendant les paroles obscures d'Adam, à l'épicerie de Yorgos. Depuis lors, mon autre moi-même avait dû tirer les plans, c'est-à-dire trouver le moyen d'entrer inaperçu dans le vieux sérail en faisant un large détour et en descendant par la petite colline qui protégeait l'arrière du jardin aux mûriers. J'irais, par intérêt pour Emmy, vérifier si les choses terribles que j'imaginais lui arrivaient véritablement et au besoin la protéger ou lui offrir mon aide. Mais, derrière tout cela, guettait l'homme esclave de la passion, celui qui espérait que, quelle que fût la tournure des événements, l'entrevue se terminerait au lit – c'est pourquoi il s'apprêtait comme un nouveau marié. Et, au-dessus de lui encore, il y en avait un troisième qui cherchait à tromper ou à rassurer l'idéologue. Il lui disait qu'un certain temps s'était écoulé et que, la chance n'ayant pas permis une rencontre dans une pâtisserie ou un café, il fallait tenter quelque chose de plus audacieux pour apprendre la suite de la mission de Hans à Ankara. Le journal que Nina avait apporté le matin en revenant de son service de nuit, disait qu'avant-hier, 2 juillet 1942, la dernière ligne fortifiée de Sébastopol était tombée. Cette nouvelle avait mis en marche le mécanisme du plan. Ainsi, à l'ombre du devoir de solidarité envers ceux qui, là-bas, repoussaient tout seuls la coulée de lave hitlérienne, rayonnait la récompense du… militant : le corps doré d'Emmy, nu, lisse comme celui d'une poupée japonaise. Ah, comment osais-je, dans l'état où je me trouvais, écrire pour le *Combattant* ? Les pages que je tapais, qu'étaient-elles d'autres que des mots, des mots creux et falsifiés ! Si cela ne sautait pas aux yeux dès le début, ne finiraient-ils pas par corrompre l'esprit de nos soldats ? Comment pourraient-ils encourager les humbles héros dont cette guerre indécise avait besoin pour terminer sur une victoire ? Moi… et ma poupée ! Indigne ! Un instant, cependant ! Fallait-il que le bulletin sorte ? Il le fallait. Ce ne serait donc qu'au prix d'une lutte sévère avec moi-même qu'on éviterait les dégâts que je redoutais. Et la poupée ? Eh bien ! qu'elle continue à briller dans le crépuscule violet avec son sourire étrange ; en fin de compte, personne ne la voyait que moi !

C'est ainsi que j'arrangeais les choses pour le moment, et je m'apprêtais à descendre quand le téléphone a sonné. Ce n'était pas le signal convenu, quelqu'un devait demander Nina. J'ai failli ne pas répondre. Mais le concierge qui savait que je n'étais pas descendu et qui, certainement, l'avait vue sortir, continuait à sonner. J'ai décroché : « Un ami vient », m'a-t-il annoncé en anglais. Peu après, j'ai entendu la clé entrer résolument dans la serrure et tourner. C'était Le Minus et, derrière lui, Garélas qui disait :

– Heureusement que tu es là. Nous venons pour discuter.

Je ne m'y attendais pas et mon humeur s'est gâtée ; au diable, toilette et préparatifs ! « Si nous n'échappons pas au tour d'horizon politique, nous en avons au moins jusqu'à minuit », ai-je grogné intérieurement. Le Minus a enlevé son blouson, l'a pendu dans l'armoire de Nina. Il s'est assis sur le petit divan et a demandé à Garélas de s'installer à côté de lui.

– Tu ne nous offres pas un petit tonique avant de commencer ?

– Du café, du café, a dit Le Minus avec mauvaise humeur.

– Je vais fermer à cause du couvre-feu. Nous aurons un peu chaud, mais que faire puisque la pleine lune est terminée ?

Je suis rentré dans la chambre, j'ai tiré les volets et me suis à moitié déshabillé. Puis je suis allé chercher des tasses et des soucoupes. J'ai allumé le réchaud, posé la cafetière. Le Minus me suivait du regard. J'ai surpris dans ses yeux une certaine jalousie à me voir aller et venir en maître de maison, et un effort pour en deviner davantage. « Tu n'as qu'à interroger Nina quand vous serez ensemble, n'attends pas de le savoir par moi », lui disais-je par mon comportement.

J'ai apporté le café et, en guise de cendrier, une assiette. Le Minus a sorti de son soulier un papier vert amande et l'a déplié. C'était le premier numéro du *Combattant* que je voyais imprimé.

– Ordre du jour : Un : Sébastopol. Deux : critique du *Combattant*. Trois : déplacement de la brigade. Quatre : obligations immédiates. Y a-t-il autre chose ?

– Et « Tour d'horizon de la situation internationale », cela n'y figure pas ?

Il m'a regardé froidement. Je l'ai regardé moi aussi, tout en restant sur mes gardes.

– Pas ce soir. J'ai autre chose à faire. Je dois partir dans une heure.

– Moi je resterai, m'a dit Garélas. Il n'a pas besoin de moi.

Nous sommes passés à l'ordre du jour. Le Minus a demandé si je connaissais la nouvelle au sujet de Sébastopol et, devant ma réponse, m'a prié d'écrire « quelques lignes ardentes et fortes, de manière à conclure que les sacrifices n'avaient pas été vains, car le fait d'avoir retardé les ennemis, etc. Bref, que l'hitlérisme était vaincu ». Je me suis souvenu de Rachel et j'imaginais comment, à travers l'émotion qu'elle avait fait naître en nous, je rédigerais un texte simple et sincère. Avec la résistance de Sébastopol, on avait de nouveau entendu le tambour de l'angoisse mondiale battre l'alarme comme pour Madrid il y a cinq ans, comme pour Moscou l'année dernière.

Garélas l'a interrompu :

– Ne lui en dis pas plus. Ces choses-là, il les réussit très bien.

– Comment le sais-tu ?

– Je le sais, je te dis. Dans le prochain numéro, tu liras un papier sur des goujons et des sargues et tu verras.

– Le second numéro est déjà tiré ?

– Au recto, seulement. J'imprimerai l'autre dès qu'on le voudra.

La jambe du Minus tremblait nerveusement depuis qu'il s'était assis. De temps à autre, il la remuait plus fort et la petite table, chargée des tasses à café, tressautait. On aurait dit qu'il pédalait sur place.

– Tu dois refaire le boulot. Tu ne vois pas, Vassilis, que le papier ne convient pas ?

– Parce qu'il est vert ? Il absorbe parfaitement l'encre et les lettres ressortent bien. On n'en trouve plus de blanc. Les Anglais le distribuent au compte-gouttes à leurs journaux. Il leur en reste juste pour un mois, d'un envoi finlandais qui date de 1940.

– Ça ne peut pas aller, mon vieux, ça tire l'œil, comment te dire ? Dès le premier numéro, les Anglais sont entrés en rage ; ils ont commencé à enquêter. Où crois-tu que nos gens le lisent ? Dans les fossés, derrière les orangers. Les mouchards n'ont même pas besoin de s'approcher, la couleur les renseigne tout de suite !

Vassilis a répondu qu'avec de l'argent, nous pourrions faire quelque chose, les Franciscains avaient dans leur imprimerie un stock de papier blanc pour la ronéo. La difficulté, c'était l'argent et les soupçons que nous attirerions en achetant d'un seul coup une grande quantité de papier. J'ai pensé aux livres que me gardait mère Mariétoula ; jusqu'alors, je comptais les laisser aux vieux pour leurs dépenses. Mais je n'ai rien dit car il aurait fallu donner des explications. Un matin, je ferais un saut jusqu'à Jaffa pour récupérer mon argent et je le donnerais le soir même à Garélas en lui disant d'où je le tenais. Le Minus a demandé si on avait posé la question à nos amis de Jérusalem et Garélas a expliqué que nous avions reçu une réponse négative, ils se heurtaient aux mêmes difficultés que nous.

– Ne perdons pas notre temps, alors. Réquisition ! Formons une équipe, trois personnes suffisent. Quelqu'un du Train, avec son camion. Tu sais qui. Un costaud pour transporter les rouleaux et jouer du poing, au besoin. Je t'enverrai un ancien lutteur d'Alexandrie, un colosse, seulement il est simple d'esprit ; méfiez-vous. Un serrurier ? Nous en avons un aussi, un marin qui se trouve à Haïfa. Pourvu que la flotte ne lève pas l'ancre entretemps ! Toi, Vassilis, tu tâcheras de découvrir quel est le dépôt le plus accessible. Je vous enverrai les gars dimanche soir. D'accord ?

– Ça dépend du dépôt que nous allons cambrioler, dit Garélas. S'il appartient à un Juif, il vaut mieux choisir le vendredi soir ; à un chrétien, samedi. Et un Musulman… nous n'avons pas le temps.

– Un instant, ai-je dit. Supposons qu'on trouve l'argent. Nous pouvons aller acheter officiellement le papier chez les Franciscains, avec un camion. Nous les laisserons croire que c'est pour la Brigade, en demandant une forte réduction. Nous n'avons qu'à maquiller la plaque d'immatriculation du camion.

– Et où trouverons-nous les deux cents livres aussi vite ?

– Je me charge de les emprunter et, plus tard, nous les rembourserons en faisant une collecte.

– Tu penses à la doctoresse ? m'a demandé Le Minus, sourcils froncés.

– Non, à quelqu'un d'autre.

– Si c'est au vieux Hadjivassilis, raye-le ! Sa maison est surveillée, a dit Garélas.

Ça m'a surpris :

– Comment ? Tu connais Hadjivassilis, toi ?

– Sous quel nom es-tu descendu à la pension de la Juive ?

– Pourquoi veux-tu le savoir ?

– Parce que la police a trouvé tes vêtements dans la buanderie de Hadjivassilis.

– Et alors ?

– Ils croient que c'est toi qui as tué son beau-fils et ils te recherchent.

De sa jambe, Le Minus a ébranlé la petite table ; heureusement que nous avions vidé les tasses.

– Vassilis, on a décidé de s'en tenir à l'ordre du jour. Ce sujet, je le réservais pour les questions diverses.

– Un instant, ai-je dit. Alors, tu as liquidé Adam si vite, Garélas ?

Il est tombé des nues :

– Moi ? Et qu'est-ce qu'il m'avait fait, le malheureux ?

– Tu ne sais pas qui est Adam ? Ce maquereau qui cherchait à nous accrocher, chez Yorgos.

Le Minus a explosé :

– Nom de Dieu ! Je ne vous avais pas dit : les rendez-vous, toujours dans le noir, crétins ? Vous avez encore fait des vôtres.

Garélas allait dire quelque chose mais il s'est retenu. Il devait se rappeler que je lui avais demandé le poignard et il faisait le rapprochement.

– Écoute, Simonidis. Te voilà dans la mélasse, il vaut mieux que tu nous dises ce que tu sais pour que nous prenions nos dispositions, nous aussi.

– C'est à vous de me dire ce que vous avez appris. Je ne sais rien au sujet de l'assassinat.

– D'accord, a fait Le Minus. Ta Roumaine nous a avertis que le Caloyannis que nous connaissions était recherché pour l'assassinat de machin, qu'on avait trouvé ses vêtements chez le vieux et qu'il ne devait approcher aucune des dames de sa connaissance car leur domicile était surveillé. C'est une sale affaire, voilà ce qu'elle nous a dit, rien de plus. Nous sommes venus avec Garélas pour te choper avant que tu ne descendes.

– J'avais retrouvé Hadjivassilis depuis le mois de février, c'est un vieil ami de la famille. Mon grand-père et ma grand-mère sont nés ici. Je l'avais prié de me garder mon uniforme et lorsque j'ai décidé de revenir dans l'armée, je savais où il l'avait caché. Je suis allé là-bas pour me changer. Le vieux était à Jaffa. Je n'ai jamais rencontré Adam chez lui, nous ne nous connaissions pas.

– Comment savais-tu que c'était lui à la taverne ?

– Mais… j'avais vu des photos chez son beau-père.

Garélas me regardait, me regardait dans les yeux, il ne me croyait pas.

– Bien, a dit Le Minus. Nous sommes certains, d'ailleurs, que tu n'es pas mêlé à cette affaire. J'ai vu la doctoresse avant de venir et elle m'a dit que le jour de l'assassinat, tu étais resté devant la Remington jusqu'à neuf heures du soir. A neuf heures et demie, tu as retrouvé Garélas et tu lui as donné les stencils du deuxième numéro. L'assassinat a eu lieu aux environs de midi. Mais tu dois en connaître les mobiles.

– Dans quelle langue la doctoresse t'a-t-elle raconté ça ?

J'étais agacé d'apprendre qu'il me surveillait de nouveau.

– Ce n'est pas ton affaire, a-t-il répondu brutalement. Pour que la Roumaine te fasse dire d'éviter les dames, cela signifie que l'Autrichienne y est mêlée.

– Peut-être la Rapesco veut-elle parler de la propriétaire de la pension, à moins qu'il ne s'agisse d'elle-même.

– Tu ne sais pas ou bien tu ne veux pas le dire ? Ceci n'est pas une affaire personnelle : tout l'appareil des publications est en danger.

Garélas ne me quittait pas des yeux. Il semblait avoir mal, il semblait souffrir avec moi.

– Je ne sais pas.

– Bon, comme tu voudras. Naturellement, tu ne bougeras pas d'ici. C'est la doctoresse qui contactera Garélas. Quant à l'achat du papier, fixe le jour, Vassilis, et téléphone là où tu sais. Sans oublier la consigne, hein ?

– Il y a le problème de la nourriture : je descendrai de nuit en prenant toutes les précautions.

– La doctoresse t'apportera à manger. Tu comprends que nous devons protéger non seulement ta propre personne mais la maison, l'organisation.

– Passons à l'ordre du jour, lui ai-je répliqué sèchement.

– Tu es vraiment pénible et je ne sais où nous mènera ton animosité.

En disant ces mots, il continuait à agiter sa jambe sous la table.

Ils ont proposé de passer au troisième sujet : je les ai ramenés au *Combattant.* Ne trouvaient-ils rien d'autre à commenter que sa couleur ? Le Minus a reconnu que pour un premier numéro, il n'était pas si mal, mais que certaines faiblesses devaient être corrigées. Concrètement, lesquelles ? ai-je demandé.

– Les bavardages de l'éditorial, par exemple. J'en connais qui ne l'ont pas lu. Nos gens ont une petite instruction, les longs articles les effraient.

– Moi, a dit Garélas, j'avais fait quelques critiques. Je vois que tu en as tenu compte pour le deuxième numéro. Je dois t'apprendre aussi que les officiers l'ont lu et qu'au bureau de la Place, on entendait : « Il a un beau brin de plume. Ce doit être un de ceux que Canellopoulos a fait venir récemment et il le laisse tomber, à présent, le transfuge ! »

– Ne t'égare pas, Vassilis. A en juger par les enquêtes qu'on fait sur nous, ils ne se trompent pas tellement, il me semble.

J'ai demandé qu'on m'explique à moi aussi ce qu'étaient ces enquêtes et comment le bulletin avait été accueilli. Ils se sont mis à parler, Le Minus mollement, comme si cette affaire ne me concernait pas, mais Garélas avec plus de plaisir et un enthousiasme qui nous a rapidement gagnés. Sur la petite table, c'était une danse folle de feuilles vert-amande qui tombaient l'une sur l'autre, s'amoncelaient. Un moment, j'ai revécu une émotion oubliée. A Paris, un matin, en descendant de ma chambre de bonne aux Gobelins, j'avais vu soudain les marronniers du boulevard Arago couverts de petites feuilles vert tendre ; les bourgeons avaient éclaté pendant la nuit. Mars finissait, je me le rappelle, et, depuis, l'arrivée du printemps se confond pour moi avec cette vision d’un vert inattendu sur les troncs bruns et les branches décharnées, encore figées dans les gestes désespérés de l’hiver. Au-dessus luisait discrètement un ciel de perle que l’asphalte du boulevard humide reflétait par plaques, ici et là, dans de minuscules lacs immobiles.

Le lancement avait été fait solennellement. Dans la nuit, des équipes spéciales avaient accroché ces feuilles vert-amande aux orangers des dépôts de Bet-Lid, aux eucalyptus de la caserne de Hédéra, aux cèdres de Merdjeyoum. On en avait fixé sur les tentes de Kfariona et de Rafa, affiché sur les maisonnettes de Toulkarem. A la base navale de Haïfa, on les distribuait ouvertement avec le petit déjeuner. Tous les officiers en avaient trouvé une sous leurs couvertures et l’administrateur des dépôts avait sorti la sienne de sa poche en même temps que son mouchoir ; il l’avait lue tout entière. En vingt-quatre heures, de la frontière turque à l’Égypte, une force inconnue avait transformé les Grecs : ils avaient cessé d’être des réfugiés, de se sentir abandonnés. Ils retrouvaient le meilleur d’eux-mêmes, la foi qui avait éclairé le monde aux jours de la campagne d’Albanie. Rien qu’avec une petite feuille verte ? Ce n’était pas le papier, ce n’était pas la couleur, ce n’étaient pas les mots imprimés, remarquait Le Minus. C’était la preuve vivante qu’existait une organisation sachant ce qu’elle voulait ; voilà qui avait suscité l’enthousiasme. « Je vais te le dire avec les mots d’un vieux réfugié Samiote : nous étions orphelins, mon enfant. Nous ne savions pas où nous allions ni ce que nous allions devenir. Qui croire, alors qu’autour de nous tout n’était qu’imposture et mensonge ? Maintenant nous voyons quel est notre devoir, où nous allons, qui lutte et qui sabote, nous savons le pourquoi, nous avons la lumière devant nous ! »

La clarté de cette lumière a dû se répandre sur mon visage car Le Minus a refréné son élan pour me jeter :

– Depuis le premier juin, le mécanisme était prêt. La publication a été retardée d'un mois entier à cause de ton entêtement. Tu te cachais. Et quand nous t'avons trouvé, tu nous as accueillis par des insultes. Fais le bilan de ce que nous avons perdu pendant ce mois, pense, par exemple, à la façon dont nous aurions exploité la trahison de Tobrouk et tu verras combien graves sont tes responsabilités. Voilà où nous mènent tes nerfs. Et maintenant, tu vas encore tout gâcher avec cette sale histoire.

Il me provoquait mais je ne suis pas tombé dans le piège. D'ailleurs, j'avais envie de lui demander comment tout pouvait être prêt puisqu'on examinait seulement aujourd'hui le problème du papier ? Et puis, quelle sorte de combat était-il, celui dont l'arme la plus efficace dépendait de l'humeur d'une seule personne ? Mais la lumière verte du printemps inattendu m'emplissait tout entier. Je sentais quelque chose germer confusément en moi, je sentais mon corps s'apaiser et mon esprit retrouver sa sérénité. Je devenais meilleur. J'oubliais mon petit amour-propre et mes ambitions, seuls m'intéressaient le but et le résultat. Je me retrouvais moi-même, petite pierre dans la mosaïque en train de naître. Non parce que c'était moi qui avais rédigé *le Combattant*, mais parce que le peu que je faisais avait désormais un but, une utilité. Je venais d'apprendre quelque chose de très important. Le grand maître d'œuvre de cette mosaïque, ce n'était ni Le Minus ni Garélas, ni aucun des nôtres. C'était notre idéal. C'est lui qui nous poussait à consacrer le meilleur de nous-mêmes au combat : écraser le fascisme, libérer la Grèce.

Garélas a dit qu'il avait entendu deux gradés, un ancien partisan de Métaxas et un vieux libéral, discuter à propos de ce numéro et le trouver débordant de patriotisme. Ils manifestaient l'intention de contacter ceux qui le publiaient.

– Naturellement, ai-je dit, maintenant qu'ils ont pris conscience de leur faiblesse, ils ont la trouille.

Le Minus a répliqué :

– Ne le prends pas comme ça. Nous acceptons quiconque désire combattre avec nous.

– Mais si nous leur ouvrons les portes, ils vont nous submerger et ils agiront à leur guise !

– N'aie pas peur. *Le Combattant* fait aussi un autre travail. Il découvre les infamies et les dénonce. C'est la pierre de touche, comme on dit. Celui qui est d'accord avec nous sur tous les points, nous rejoint. Mais comment veux-tu qu'un type comme Yassemis, par exemple, que tu as inscrit en majuscules dans la liste des collabos, nous rejoigne ?

– Ces majuscules..., a fait Garélas. Les gens en ont déjà tiré toute une théorie. Te dénonce-t-on en minuscules ? Eh, à la libération, tu écoperas de la détention à vie. En majuscules ? Tu n'échappes pas à la pendaison, mon vieux !

Et voilà à quel malentendu aboutissait un souci esthétique de mise en page ! Il fallait tout prévoir, veiller à tout.

Nous sommes passés au troisième sujet. L'aviation alliée avait été sensiblement renforcée, disait Le Minus. Au cours de sorties ininterrompues, de jour et de nuit, elle pilonnait les lignes avancées de l'ennemi et ses bases de ravitaillement. Pour le moment, les Allemands étaient, disait-on, cloués à El-Alamein. Brusquement, ils manifestaient une infériorité inexplicable en appareils de chasse et en bombardiers, tandis que les Alliés avaient non seulement la supériorité numérique mais encore un rendement miraculeux. Probablement les Allemands transportaient-ils leur aviation vers le front russe. A en croire les déclarations de Goebbels, il semblait logique qu'une attaque se dessinât, avec Bakou et les pétroles pour objectifs.

– Et tu nous vois sur nos camions, en train de traverser l'Euphrate pour nous jeter dans leurs bras ?

– Pas d'ironie, je t'en prie, Simonidis, a fait Garélas. Chaque chose en son temps.

Le Minus a continué : divers renseignements l'incitaient à conclure que les Anglais préparaient une contre-attaque, bien qu'il n'eût pas encore vu arriver de nouvelles divisions, artillerie ou blindés. De toute façon, pour notre première Brigade, les préparatifs de déplacement avaient déjà commencé. L'unité de choc avait déjà reçu son ordre de départ et descendait de Syrie. Mais cela, nous ne pouvions l'écrire dans *Le Combattant* : les fascistes y trouveraient prétexte à déclarer que nous trahissions nos mouvements à l'ennemi.

– … Ici, il faut beaucoup de doigté, Simonidis. Comment réussir la préparation psychologique en évitant les écueils ? Nous devons accentuer, renforcer notre mot d'ordre : « Nous voulons nous battre. » Suite logique : intensification des exercices, maîtrise parfaite des nouvelles armes, efficacité totale au combat. Ne pas interrompre l'entraînement, même au cours des déplacements. Faire pression sur les officiers et au cas où cela les ennuierait ou les laisserait indifférents, nous exercer nous-mêmes. Mot d'ordre : devenir l'unité la plus combative de la VIIIe armée. C'est tout pour le moment, on verra après.

J'ai demandé la parole :

– Si la Brigade se met vraiment en marche, il faudra que vous me remplaciez au *Combattant*. Je propose que vous me donniez quelqu'un pour le mettre au courant.

– Ta place n'est pas à la Brigade, elle est devant la Remington.

– Je ne sous-estime pas l'utilité de la Remington. Mais ma place, en cas de combat, se trouve au milieu des soldats. Je ne vais pas me transformer d'un seul coup en embusqué ?

Garélas est intervenu :

– C'est juste.

– Quoi, juste ? Qu'est-ce que tu racontes, Vassilis ? Écoute-moi ça, embusqué ! Les tâches modestes ne lui plaisent pas ; il veut des décorations.

– Ce n'est pas pour ça qu'il le demande. Moi, je le comprends.

– Dès qu'il mettra le nez dehors, la Police militaire le piquera. Il est recherché pour meurtre, tu piges ?

– Ne vous inquiétez pas. Je me camouflerai. Je ne demanderai pas qu'on me donne une section. Je vais me glisser quelque part comme simple soldat. Il me suffit d'être avec les gars.

– Et bien sûr ! Sa Seigneurie veut mourir, a dit Le Minus.

Moi, mourir ? Quand avais-je eu cette tentation ? Il y a combien d'années ? Et combien éloignés de ma pensée se trouvaient, ce soir, Emmy et la veillée à Saint-Saba et les hurlements des chacals dans le ravin ! Que de changements avait provoqués la feuille verte d'un printemps tardif… Je voulais vivre, mais vivre en assumant ma part de danger, en toute lucidité, à ma place.

– Personne ne veut mourir, a dit Garélas.

– Lui, il le veut, je t'assure.

J'ai compris que Nina lui en avait parlé. Je ne me suis pas fâché. J'étais incapable de me fâcher avec lui maintenant. Mais ça m'a rempli d'une grande amertume. Quand commencerions-nous enfin à respecter la vie privée des autres ? Était-il nécessaire, pour les besoins de la lutte et de la victoire, de palper ainsi, avec des doigts brutaux les sentiments de nos proches ? Au nom de quelle nécessité, de quel principe moral ? Que devais-je dire maintenant ?

– Je ne sais comment tu l'as deviné, mais il est vrai qu'à un certain moment, je l'ai voulu. A présent, ça m'a passé.

– Parce qu'Adam n'est plus là ?

« Manolis, du courage, me suis-je dit. Il ne le fait pas par sadisme. Il est chirurgien et il recherche la nature du mal. Seulement, il tranche dans le vif, il ignore l'usage de l'anesthésie. »

– Laisse le malheureux à ses soucis ! Tu l'as assez fait suer !

Je ne m'attendais pas à cet éclat de la part de Garélas. Ni du Minus à ce qui a suivi. Il a ouvert la bouche, a cessé de pédaler et nous a regardés tour à tour. Il a esquissé un sourire :

– Passons au quatrième sujet.

Nous avons constaté à l'unanimité qu'il avait déjà été épuisé pendant l'examen des trois premiers. Le Minus a cependant voulu récapituler. Ensuite, il s'est levé.

– Il y a un problème que nous n'avons pas résolu, lui a fait remarquer Garélas. Qu'est-ce qu'il va manger ce soir, ce pauvre garçon ?

– Si la doctoresse rentre assez tôt, il l'enverra lui acheter quelque chose. Toi, Vassilis, évite les va-et-vient ; tu ne dois venir qu'en cas de besoin absolu.

– Ce ne sera pas une catastrophe si je reste une nuit à jeun. Ce qui me rend furieux, c'est que je vais être de nouveau bouclé et qui sait pour combien de temps. Chez la Bique, au moins, je sortais le soir et ça me détendait. Envoyez-moi des livres.

– Adresse-toi à la doctoresse ! C'est elle qui sera désormais tes yeux, ta bouche, tes oreilles. Et tes mains. Et tes jambes. Hé hé, salut.

– Si on éteignait et si on se mettait sur la terrasse ? J'étouffe ici, a dit Garélas quand l'autre est parti.

Nous n'avions qu'une seule chaise. Nous avons pris deux coussins et nous sommes sortis. La terrasse n'était pas du tout telle que je l'imaginais. Un mur de deux mètres de haut barrait la vue de tous côtés.

– Regarde, ai-je dit. Pourquoi ont-ils fait ça ? Un puits carré, dallé et crépi, et, tout en haut, le ciel. Exactement la geôle de Reading.

– C'est peut-être par discrétion : pour que les voisins ne voient pas leurs culottes et leurs chemises de nuit quand ils étendent leur linge.

– Plutôt pour que les chacals ne les voient pas ! C'est le désert, tout autour !

– Quand on a construit l'immeuble, ce n'était pas la guerre. Et demain, quand elle sera finie…

Telle était la grande qualité de Garélas : il s'accrochait dur au présent mais son âme s'élançait en avant, vers l'avenir. Comme il serait injuste que cet homme fût tué. Le carrelage était propre et nous y avons déposé sans remords les coussins de Nina. Nous nous sommes assis, les genoux dans nos bras, et nous avons levé les yeux. Les étoiles scintillaient dans le ciel d'un bleu presque noir. Nous avons trouvé la Petite et la Grande Ourse. Garélas n'était pas très fort en astronomie.

– Tu as vu le tour qu'il m'a encore joué avec sa surveillance ?

– Tu te fiches de nouveau dedans, Manolis. Aujourd'hui, il n'a pas vu la doctoresse. C'est moi qui l'ai accueilli au taxi et je ne l'ai pas quitté d'une semelle.

Que voulais-tu qu'il te dise ? Que le 2 juillet, il s'était claqué à attendre que tu sortes pour monter la rejoindre ?

– Voilà ce qui ne me plaît pas. Les petits mensonges, les mystères, les bluffs, là où ils sont inutiles.

– Tu ne peux plus le changer. Et puis, es-tu certain qu'ils sont inutiles ? Lui, il le sait mieux que nous. Il a été clandestin pendant des années. Obligé de créer autour de lui une ceinture de protection à l'aide de mille éléments embrouillés et faux. Ainsi, au moment où on le croyait à Kokkinia, il se trouvait à Gouva[5], par exemple. Mais toi, le novice…

– Pourquoi, novice ?

– Mais est-ce qu'on se cache dans une maison où entrent et sortent tant de diables ? Tu t'es conduit comme un amateur !

– Laisse, ne me le rappelle pas, Vassilis. Quoi que tu dises, pourtant, tu ne m'enlèveras pas de la tête qu'il a bavardé avec la doctoresse. D'où savait-il que je voulais mourir ?

– Réellement, tu voulais mourir ? Tu n'as pas honte de le dire ?

En effet, j'avais honte, maintenant. En retrouvant ma petite place parmi les miens, je voyais combien j'avais vagabondé tant de mois et de façon stupide, détaché de tout, torturé par des craintes indignes et des tristesses ridicules. A l'origine, ma rivalité inavouable avec Le Minus. Même si je disais le contraire, j'avais placé le débat sur un plan personnel. Ensuite seulement j'avais découvert que tout, autour de moi, était pourri. J'avais alors perdu ma foi. Je m'étais accroché à une chimère, revenir en Grèce. Puis, même à cela je n'avais plus cru.

5. Kokkinia, Gouva : quartiers populaires près d'Athènes, situés à l'opposé l'un de l'autre.

Aussi, très vite, m'étais-je laissé glisser vers le romantisme et l'amour pour ne plus penser à l'état auquel j'étais réduit. Mais quand on ne s'appuie pas fermement sur une croyance, la première déception suffit à vous jeter dans un océan de désespoir. Cette bestialité sur le lit d'Amalitsa avait fait s'écrouler ma dernière confiance en l'homme. Il est vrai que j'en voyais peu. Dès que j'ai mieux connu Garélas, j'ai commencé à me retrouver. Je lui devais cet aveu. Lui, sans hésiter, n'avait-il pas reconnu qu'il s'était trompé sur *Le Combattant* et les officiers ? Combien tout devenait plus simple et plus clair quand régnait la confiance.

– J'ai honte, Vassilis, mais c'est vrai ? J'avais cessé de croire que nous faisions un travail utile ici. Le succès du *Combattant* d'un côté, et de l'autre ta présence, m'ont aidé à reprendre pied.

– Doucement, camarade, car tu passeras encore par des hauts et des bas. Que veut dire succès ? C'est maintenant que vont commencer les ennuis. Il faut t'attendre à recevoir des coups, à devoir faire face au terrorisme, aux compromis, à déjouer des trahisons. Mets-toi à la place des Anglais. Ils ne veulent pas faire de nous une armée de libération mais des gendarmes pour la Grèce. Et voilà que la guérilla fait rage là-bas. Il nous faudra, nous aussi, revenir avec des citations. Ils sont donc obligés de nous donner des armes et de nous fixer un secteur de combat. Suppose que nous vainquions et que nous avancions. *Le Combattant* paraît régulièrement, atteint son but, c'est-à-dire qu'il transforme cette troupe de gendarmes en une armée nationale, maîtresse d'elle-même. Je veux dire qu'elle obéit au quartier général en ce qui concerne la conduite de la guerre, mais pour ce qui est des affaires intérieures de la Grèce, elle leur dit stop, le maître c'est le peuple. Que font les Anglais ? Ils ont deux possibilités. Ou nous disperser, mais comment, après tant de lauriers et de citations ? Et qu'est-ce qu'ils répondront aux questions des Alliés ? Ou bien nous jeter dans une opération-suicide, comme Bir-Hakeim, par exemple, et qui vivra verra. Ne te précipite donc pas. Que tu veuilles te battre, je le comprends et je te soutiens. Pourtant, mets-toi bien ça dans la tête : *le Combattant* a encore un grand rôle à jouer. Nous devons rester vigilants pour ne pas le jeter sur les brisants !

« Regarde, me disais-je, ce petit Piréote... quelle tête ! » Je n'avais jamais vu aussi clairement notre place. Le Minus pouvait nous faire perdre des heures, nous faire sortir de la réunion gavés comme des dindons de mots ronflants et de slogans et pourtant incapables – si on nous le demandait – de donner en quelques mots la perspective que Garélas avait esquissée. Je ne sais, mais il a paru deviner ce que je pensais, car il a changé de sujet.

– Je voudrais te demander quelque chose, mais je crains que tu ne le prennes mal.

– Parle, Garélas.

– D'où connaissais-tu cet Adam ?

– Je l'ai surpris... C'était l'amant de cette Autrichienne dont je vous ai parlé.

– Tiens, tiens... Une femme de ministre avec une telle ordure. Mais pourquoi lui en vouloir puisqu'elle était d'accord ?

Je ne disais rien.

– Dis-moi, toi qui as parcouru le monde, ils sont tous comme ça en Europe ?

– Pourquoi est-ce que tu généralises ? Est-ce que chez nous, dans la haute société aussi bien que dans le peuple, le vice n'existe pas ? Avons-nous si peu de viols, d'incestes et de perversions ?

– Peut-être, je ne dis pas. Seulement, des nôtres nous pensons : la bête s'est déchaînée, et c'est tout. Nous gardons la tête froide. Mais ces civilisés – appelons-les comme ça – on croirait qu'ils font quelque chose de très difficile, de très rare, de très raffiné, et qu'à l'envelopper de mystère et de prières, ils lui donnent de l'éclat comme si c'était un exploit que nos têtes ne peuvent concevoir. Alors qu'en réalité, il s'agit de la même chose : saloperie et bestialité.

D'une manière indirecte, cette fois, il me donnait encore une leçon. Mais avait-il raison ? Toute cette angoisse et la volupté de l'angoisse, cette métaphysique du péché, n'étaient-elles pas des raffinements de la décadence ? Je devais y réfléchir.

– Et dis-moi, tu l'aimes encore ?

– Qui sait, Vassilis ? Il me semble que je l'aime.

– Pourquoi ?

Que répondre à un tel pourquoi ?

– Manos ! chanta la voix de Nina.

Nous avions laissé exprès les portes de l'appartement et de la terrasse ouvertes pour qu'elle nous trouve en rentrant. Garélas et elle se connaissaient déjà. Ils se sont serré la main dans l'obscurité, sans parler. Nina n'avait appris que deux ou trois mots de grec.

– Demande-lui de descendre nous chercher en vitesse quelques amuse-gueule et de l'arak. On va passer un agréable moment ici.

Et il se frottait les mains, heureux à l'idée de cette soirée amicale, tranquille, qui s'écoulerait à bavarder et à boire.

19

Emmy passa une nuit d'angoisse. Elle se leva deux fois pour fumer, pour boire de l'eau, mais le sommeil ne venant toujours pas, elle se rabattit sur le whisky. Elle but à la bouteille ; quelle quantité, elle ne pouvait s'en souvenir ; elle se rappelait seulement qu'elle s'était soudain trouvée sur la piste tournante du *Prater*, toute seule, tandis que le limonaire attaquait une mazurka oubliée et que les lampions multicolores dansaient autour d'elle. Elle se jeta par terre, bras et jambes écartés, son ventre nu appuyé de toutes ses forces contre le sol. Mais l'énorme disque accéléra sa rotation et la lança doucement sur le duvet d'une inquiète et fiévreuse inexistence. Le battement rythmé d'une hélice de bateau l'arracha à ces profondeurs. Depuis un moment, on frappait avec insistance à la porte. Elle courut, à moitié endormie, en criant : « Il est venu ! » Qui ? l'éconduit, le voyageur, l'égaré ou le mort ? Ce n'était qu'un homme de la Défense passive qui la priait d'éteindre la lumière car la lune était couchée. Emmy avait dû oublier, quand elle s'était levée pour boire du whisky. Elle se rendormit tout de suite. A l'aube, à l'heure où le plus parfait des amants avait l'habitude de partir, une voix forte la réveilla : « Qui a étranglé Adam ? »

– Mais… Rosa… il me semble.

Elle bondit et appuya ses deux mains sur sa bouche. Elle était seule. « Oh, quel malheur, Rosa, alors ?… » Dans le bref sommeil où l'avait plongée le whisky, elle avait confusément rapproché les mots « meurtrière » et « Rosa ». Le jour de l'assassinat, Rosa avait annoncé qu'elle s'absenterait une demi-heure, le temps qu'on préparât l'onguent à la pharmacie. Elle avait également pris de l'argent pour le taxi. Partie à dix heures, elle n'était revenue qu'à trois. Malgré sa fièvre et ses vertiges, Emmy, inquiète, n'avait pas cessé d'interroger sa montre ; Rosa l'avait effrayée en lui prédisant qu'elle resterait marquée. Naturellement, à son retour, elle avait prétexté qu'on l'avait retardée à la pharmacie. Le pot, cependant, ne portait pas d'étiquette et Emmy avait maintenant l'impression de l'avoir déjà vu sur une étagère, au-dessus du lit des enfants, dans leur chambre du quartier allemand. Que faire à présent ? Comment sortir ? Comment attendre Rosa ?

Elle se mit à errer à travers les chambres. Elle n'avait plus de cigarettes. Elle alluma le réchaud, fit du café. Le lait avait tourné. Plus tard, elle eut faim et mangea tout ce qui restait dans le garde-manger. Elle imaginait la scène qu'elle aurait avec Rosa. Tomberait-elle dans ses bras en sanglotant ou bien allait-elle l'injurier et la chasser ? Mais la femme de ménage tardait. A neuf heures, Emmy n'y tint plus, elle alluma le chauffe-eau, prépara son bain et entra dans la baignoire fumante. Elle était obligée de frotter fort pour enlever la pommade, elle se rappelait les mains affectueuses de Rosa et elle pleurait. « Tant pis si je reste marquée, je n'en peux plus. » Quand elle eut fini, elle s'essuya avec une épaisse serviette, se poudra tout entière avec du talc et s'enveloppa dans un drap. Elle alla vers la porte dans l'espoir qu'entre-temps Rosa serait arrivée et l'attendrait dehors.

Personne. Elle recommença à errer dans les chambres vides, traînant le drap comme un fantôme son suaire. Elle s'arrêtait, pensive, devant chaque moucharabieh.

Vers midi, ainsi enveloppée, elle ouvrit à Mme Rapesco.

– Qu'est-ce qui se passe ? Où est-elle ?

– Laissez-moi entrer, je vous expliquerai.

Michelle avait rapporté, dans son taxi, les deux valises d'Emmy.

– Rosa vous les envoie. Elle ne viendra pas. On l'a arrêtée.

– Donc…

Elle ne put continuer. Ses jambes fléchirent. Elle se retrouva dans les bras parfumés de la petite étrangère qui l'entraîna jusqu'au divan et la gifla.

– Maman, pourquoi me bat-on ? Hans ! criait-elle en allemand. Et quand elle revint à elle : « Oh, quelle catastrophe ! Les enfants, la vieille, que vont-ils devenir ? »

– Voilà ! Bravo ! dit Mme Rapesco qui la contemplait, car, en glissant, le drap révélait son éclatante nudité.

Elle s'assit à côté d'elle, prit son porte-cigarettes en argent et le lui tendit. Elles se mirent à fumer.

– Cette sale espionne de Butler l'a trahie ! dit la Rapesco d'un air amer en soufflant par les narines deux interminables filets de fumée.

– A-t-elle avoué ?

– Non. Elle ne fait que crier des injures. Au mort, au juge d'instruction, aux autorités, à la société, à tout le monde. L'interrogatoire a permis à Butler de conclure à la responsabilité de Rosa : « Un chien, et il a trouvé une mort de chien. J'aimerais baiser les mains de celui qui a débarrassé la terre d'une telle ordure ! » Et qui sait ce qu'elle a pu encore lui raconter en sortant.

– Quelle terrible erreur ! L'homme est mort et maintenant, Rosa…

– Hm, un homme… c'est une façon de parler. Qu'est-ce que nous connaissons des mobiles du meurtre ?

– Mais je n'ai pas dit que c'est Rosa qui l'a commis.

– Voilà, bravo ! Désormais, prenez garde à ce que vous direz. Le frère de l'espionne va vous convoquer. Un joli monsieur ! Hier soir, il a fait son petit Sherlok Holmes : « Élémentaire, docteur Watson, élémentaire, cher ami. » Il nous a donné le récit complet. Il n'a rien trouvé tout seul, pourtant. Le fil, c'est sa sœur qui le lui avait fourni. « Le criminel retourne sur les lieux du crime. » En allant à l'interrogatoire, Rosa est passée par le jardin de la victime et elle a cueilli des roses. Pour qui ? Mais pour mister Butler, bien sûr ! Peut-être par calcul. On pouvait trouver les empreintes de ses pas, il fallait donc les brouiller. Elle a commis une erreur, cependant. « Le petit détail qui fait échouer le crime parfait », nous disait le joli monsieur. Quand elle a cueilli les roses, elle portait ses chaussures de fête. La veille, celles qu'elle met pour le travail. Jusqu'ici, c'est le seul indice.

– Mais les vieilles chaussures, c'est moi qui les lui avais données !

– Aucune importance. Le sergent Winter vous a lavée de tout soupçon. Il a certifié que, depuis plusieurs jours, vous n'étiez pas du tout sortie.

– Winter ? Mais lui aussi s'inquiétait de Rosa, hier soir !

– Avez-vous parlé avec lui ? Vous vous connaissez ?

– J'en avais entendu parler par mon mari. Hier soir il est venu, il a frappé ; je ne lui ai pas ouvert : je n'avais rien à me mettre.

– Ah, le malin !… Mais quelle coïncidence, la malheureuse avait précisément emporté vos vêtements. Il est malade, vous savez, une syphilis évolutive.

Emmy frissonna. Elle prit son visage entre ses mains et demeura immobile quelques instants.

– Je vous remercie. Et moi qui vous haïssais…

– A cause de Caloyannis. Ce n'était qu'un caprice, une espèce de pari. Ça a été oublié tout de suite.

Et, regardant Emmy rougir :

– Nous devons agir rapidement pour sauver Rosa. J'espère que vous vous fiez à moi, maintenant. Vous savez, vous pouvez facilement la tirer de là. Mais il faudra faire un petit sacrifice. Nous allons en discuter et établir un plan. Vous ne voulez pas vous habiller d'abord ?

Emmy s'enveloppa bien dans le drap, prit les valises et entra dans la chambre. Elle se regarda de nouveau, toute nue, dans le miroir.

– Ça alors ! s'exclama pleine d'enthousiasme la Rapesco qui, la tête appuyée au chambranle de la porte, contemplait son dos. Qui donc vous a fait ces marques ?

Emmy ne répondait pas.

Michelle reprit :

– Maintenant je comprends : Rosa a exécuté le vandale !

– Mais pourquoi, pourquoi ? C'est une terrible erreur, elle aurait dû m'en parler d'abord !

– Vous, Emmy, vous brûlez la chandelle par les deux bouts. Vous allez vite vous faner.

Emmy rougit brusquement, ses yeux s'élargirent. Elle secoua ses cheveux dénoués en déclarant avec orgueil :

– J'aime ça !

– Folle ! Et qui n'aime pas ça ? Mais on ne l'avoue pas, on ne l'avoue jamais, même à voix basse. Sinon vous êtes perdue ! Vous êtes comme un blessé qui se traîne dans le désert, l'odeur de sa plaie attire sur lui les vautours. Les hommes vous déchireront : ils vous flairent, se renseignent entre eux, se rassemblent avant de se jeter sur vous, tous en bande. N'attendez pas qu'ils vous comprennent : ils n'ont jamais pitié.

A midi, les deux nouvelles amies allèrent au restaurant arabe d'Allenby Street. Durant tout le trajet, Emmy éprouva des vertiges ; c'est qu'elle avait perdu l'habitude de marcher. Elle croyait que tout le monde la regardait et elle avançait en roulant des hanches comme si elle était encore dans sa chemise de tulle. A tel point que Michelle le lui fit remarquer :

– Vous vous laissez encore aller. Attention aux vautours !

Elles éclatèrent de rire en échangeant un regard de connivence. Michelle gagnait beaucoup à être connue, elle était charmante, quoique dure envers les hommes et cynique dans les affaires d'amour. Elle voulut inviter Emmy à l'*Astoria* mais elles y auraient trouvé Andréanou et cette idée ennuyait Emmy qui craignait de ne savoir comment se comporter après tant d'événements désagréables.

– Le pauvre, lui dit la Française, il est victime du Cercle, lui aussi.

– Quel Cercle ?

– Je vous le dirai quand nous serons assises. Aimez-vous les brochettes ?

Un sous-lieutenant grec, pensif et renfermé, entra à leur suite dans le restaurant et s'installa non loin d'elles, le dos tourné. Cette présence amena la conversation sur Manos ; Emmy avoua qu'il ne l'avait même pas embrassée et reprocha à Michelle de lui avoir révélé ses relations avec Benny et de l'avoir ainsi éloigné d'elle.

– Pauvre Caloyannis, une autre victime du Cercle, dit la Rapesco.

C'est ainsi que vint pour Emmy le moment de connaître l'organisation étrange et mystérieuse qui, parallèlement à tant d'autres, gouvernait aussi Jérusalem. Son champ d'action, précis et concret, se réduisait à la plus humaine de toutes les passions humaines, l'amour charnel.

– Nous avons commencé il y a un an, à peu près, à la suite d'une soirée ennuyeuse dans le bureau du général. C'était une réunion hebdomadaire de routine. Officiellement, elle s'appelle « Coordination et Échange d'informations », mais nous l'avons surnommée « Grattage de cerveau » car le malheureux général, un brave vieux très cultivé, souffre de ce qui inspire les doutes les plus fondés quant à son origine anglaise : il manque d'humour ! Quand je dis nous, j'entends par là un officier de liaison de chacune des forces alliées, plus le représentant des autorités locales, mister Antony Butler. Naturellement, il n'y a pas de Russe. Moi, je suis commandant au Deuxième Bureau des Français Libres. Puisque nous ne pouvions pas, pour diverses raisons, prendre le général comme représentant de la Grande-Bretagne, nous nous sommes contentés du sergent Winter. Mais, sans lui, le Cercle n'aurait pas existé : qui d'autre aurait pu en être l'inspirateur et le théoricien ? Il est d'ailleurs très utile à cause de sa profession. A Londres, il était détective privé : divorces, chantages, avortements, adultères… Ne riez pas, vous allez voir que c'est un type assez complexé. Mais je dois vous dire qu'une proposition de Petsicovic – c'est l'agent yougoslave – relative à l'admission de Hans Bobretzberg dans le Cercle a été combattue avec vigueur par Winter, précisément. Tout d'abord parce que se posait, affirmait-il, un problème de droit international (étant donné qu'il n'existe pas de forces armées d'Autrichiens Libres, ni de gouvernement en exil, ni même de papier ressemblant à un traité d'alliance) et ensuite parce que, tout en étant lui-même catholique pratiquant autant que Bobretzberg, il formulait de graves objections sur quelques hétérodoxies de l'autre. Bref, Bobretzberg n'était pas de ceux qui luttent en corps à corps avec Satan pour le vaincre, mais des autres, de ceux qui lui tournent le dos et confient leur salut à l'encens. En conclusion : la discrétion du candidat était sujette à caution et le fonctionnement du Cercle risquait d'en souffrir. Il nous a fallu quelques jours pour comprendre que l'opposition de Winter était intéressée. Une des clauses du statut non écrit interdit… disons, la bienveillante activité à l'égard des autres moitiés légales des membres du Cercle. Automatiquement, vous auriez été tabou pour Winter et les autres. Cette clause, c'est le prince Jan Listowski – un agent polonais – époux de la très belle Grazina Listowska, maîtresse officielle du général Sosnikowsky, qui l'avait proposée à la réunion constituante. Et vous comprenez que par solidarité entre collègues, nous l'avons acceptée sans discussion pour éviter des drames familiaux. Mais j'anticipe et je vais vous embrouiller. Excusez-moi.

Emmy, qui avait oublié jusqu'à l'existence de Rosa, éclata de rire :

– Allez-y ! Je vous suis parfaitement.

– Un soir donc, en quittant une séance de « grattage de cerveau », nous sommes montés sur la terrasse où Winter avait improvisé un bar, c'est-à-dire installé six sièges et une petite table de bambou dérobés dans le jardin d'une villa. Une bouteille de whisky circulait de bouche en bouche – nous n'osions pas sortir de verres au cas où le général nous surprendrait. Je ne me rappelle plus qui a repris le sujet que notre supérieur avait longuement traité : les camps de la mort hitlériens. Ah oui, le prince Listowski. C'est d'ailleurs lui qui avait fourni les renseignements, grâce à un homme du général Anders qui était arrivé, *via* Téhéran. Alors, votre ami Kurtmeyer a comparé la Ville Sainte qui s'étendait à nos pieds, avec ses monastères, ses souks, ses ruelles, ses masures et ses remparts, à un camp de concentration. Vous savez, bien sûr, que les cabarets et les maisons closes sont fermés. « Et ici, en haut, dit Winter, c'est le mirador, le poste d'observation du camp. » Il a rapproché les tâches particulières de chacun de nous, dans le contre-espionnage, de notre situation personnelle : gardiens mais gardés à la fois. Il existait, à son avis, un moyen original de remplir agréablement nos heures ennuyeuses. Profiter de notre situation spéciale pour méditer sur les passions humaines. « De la philosophie ? interrompit Kurtmeyer, je déteste ça ! » « Philosophie au sens originel, lui répondit Winter. C'est-à-dire étude et connaissance, suivis d'actes. Et avec des récompenses. » Plus tard, en examinant les premiers résultats de l'expérience, nous avons modifié cette dernière clause et en place de récompenses, nous avons proposé des paris, pour les raisons suivantes : *a)* le whisky devenait de plus en plus rare et le Cercle avait de plus en plus souvent soif, *b)* pour rendre l'enjeu encore plus excitant et souder encore plus étroitement les membres au Cercle. En même temps, nous avons voté un léger blâme au sergent Winter parce qu'avec ses récompenses il copiait les méthodes en usage dans les Écoles de catéchisme et peut-être même cherchait à les introduire insensiblement pour nous rattacher à l'une des nombreuses branches du Papisme. Naturellement, Listowski, étant lui aussi catholique, a voté blanc. Mais on a tout de suite proposé une motion qui a été approuvée à l'unanimité : nous reconnaissions que le sergent Winter avait été et demeurait le seul chef idéologique du Cercle, son seul théoricien.

– Excusez-moi, Michelle, quelle était enfin sa théorie ?

– Ah, ici, il faut un peu d'attention. Voici la Ville Sainte, le nombril de la terre avec ses habitants, un abrégé de l'Humanité et de ses passions. Cette ville, divisée en nations, divisée en tribus, divisée en religions, en doctrines et croyances, divisée en classes et en castes, divisée en quartiers, en sexes, en races, en âges. Une mosaïque terriblement embrouillée. Et nous, ici en haut, « grâce à notre situation » nous possédions la « perception » de cette Ville Sainte et de ses alentours, « The Intelligence », vous comprenez ? Une sorte de petits dieux omniscients, selon le sergent Winter, bien sûr. Mais un instant. Avez-vous lu *L'Adolescent* de Dostoïevski ? Non ? Moi non plus. De toute façon, ce n'est pas nécessaire car Winter a tiré sa cosmologie d'une seule phrase du roman que les membres du Cercle ont apprise par cœur, obligatoirement. « *Ces êtres* qui ne résistent pas *sont toujours pareils : ils savent que l'abîme est devant eux et pourtant ils y courent.* » Par conséquent, il y a ceux qui résistent et ceux qui ne résistent pas. C'est là une division de l'humanité plus rationnelle que celle dont nous avons parlé. Mais Winter, grâce à son expérience personnelle et professionnelle, a réussi à enrichir cette constatation savante en découvrant ou en inventant une série inimaginable de subdivisions. Il y a ceux qui ne résistent pas mais qui font comme s'ils résistaient. Ceux qui résistent mais qui font comme s'ils ne résistaient pas. Ceux qui résistent et qui font comme s'ils résistaient. Ceux qui ne résistent pas, qui font comme s'ils résistaient et ne résistent pas. Ceux qui résistent, qui font comme s'ils ne résistaient pas et qui résistent. Et ainsi de suite. Mettez maintenant le verbe croire à la place de faire. Ceux qui ne résistent pas mais qui croient qu'ils résistent. Ceux qui résistent mais qui croient qu'ils ne résistent pas. Et ainsi de suite. Prenez maintenant les deux verbes : ceux qui ne résistent pas mais qui croient qu'ils résistent et font comme s'ils ne résistaient pas. Vous vous rendez compte du nombre infini de variations et de nuances ? C'est quelque chose de terrible et de… parfait. C'est valable pour tous les êtres, de toutes les autres catégories : nation, race, âge, religion, classe, etc. A une condition fondamentale, bien sûr : que l'abîme existe. Mais pour cela, nous faisons confiance à Dostoïevski qui nous affirme son existence et, naturellement, il doit en savoir plus que nous ; de toute façon, la responsabilité en incombe aussi au sergent Winter, son apôtre sur cette terre. Prenons deux exemples pour illustrer la théorie : moi, je ne résiste pas, je fais comme si je résistais et je crois que je résiste. Vous, Emmy, vous ne résistez pas, vous faites comme si vous ne résistiez pas et vous croyez que vous ne résistez pas.

– Oh mon dieu ! A sec de toile dans l'abîme !

– Selon Winter et Listowski, cette triple négation est la formule qui conduit le plus sûrement au Paradis. Personnellement, je ne suis pas d'accord. Il y a, je crois, une contradiction fondamentale à identifier l'Abîme au Paradis. Vous pensez que non ? Je n'insiste pas, c'est possible. Je suis si faible en théologie ! Naturellement, aucune théorie, résultat d'observations, ne peut être appelée scientifique si elle n'est pas prouvée à n'importe quel moment par l'expérience. C'est pourquoi à l'observation objective succède pas à pas l'action, en d'autres termes, l'intervention de l'omniscient du mirador. D'où les passions violentes qui ébranlent les membres du cercle, les divergences, les rivalités, les querelles, les crocs-en-jambe, et… les paris. Inutile de vous dire que par la nature des choses, les… comment les appeler ? les cobayes (vous m'excusez, n'est-ce pas ?) sont pour la plupart des femmes puisque, dans le Cercle, les membres féminins sont minoritaires. Maintenant, quelques mots sur les statuts. Article Premier : en entrant, les membres laissent la politique dans l'antichambre du Cercle. Cela, c'est Winter qui l'a proposé pour nous lier les mains, je suppose. Vous comprenez que je n'aurais pas laissé inexploitées tant d'occasions envoyées par Dieu pour réagir aux machinations anglaises contre la présence française en Syrie et au Liban. Passons. Article deuxième : toute activité est interdite entre les membres du Cercle. Celui-là, Antony Butler a essayé de le violer mais il a eu une amende.

– Combien de femmes y a-t-il dans votre Cercle ?

– Une. Peut-être aurait-il réussi et cela serait-il resté un secret entre nous, mais Winter s'est chargé de m'informer à temps que la « chose » avec Butler implique de tels préparatifs, une mise en scène si compliquée et l'indésirable – quoique non superflue – présence d'un secrétaire roux, que cela devient un travail d'Hercule. J'ai évité l'épreuve ainsi. Malheureusement, vous, vous la subirez si vous voulez que notre amie soit sauvée. Butler a parié pour vous. Ce sont moins les bouteilles de whisky que la satisfaction qu'il retirera à regarder Winter se déchirer de jalousie et d'espérances perdues – ce dernier vous désire comme un damné depuis le jour où vous êtes arrivée. Et, tant que nous y sommes, épuisons le sujet Rosa. Quand nous partirons d'ici, nous irons prendre un café français à l'*Alaska* et de là, toujours ensemble, nous rendrons une visite amicale à Butler, dans son bureau. L'après-midi, sa sœur reste chez elle. Pour qu'il ne s'aperçoive pas que nous sommes de connivence, je ferai semblant d'essayer de lui gâcher ses affaires. Vous êtes appointée par l'OWW, n'est-ce pas ? Je vais vous proposer à la place de Kurtmeyer au Cercle, tant qu'il est absent. Vous, vous demanderez naïvement : « Mais de quel Cercle s'agit-il ? Je dois savoir. » Naturellement, Butler refusera. Moi, je partirai pour mettre, soi-disant, les autres membres au courant. Vous resterez seuls. Peut-être prendra-t-il votre déposition. Peut-être fera-t-il venir le secrétaire. Vous lui affirmerez que vous êtes sûre de l'innocence de Rosa car, la veille du meurtre, Adam vous disait…

– Mais je dois lui parler de mes relations avec Adam ?

– Qu'est-ce que vous risquez, puisque personne ne les ignore, au Cercle ?

– Et Benny ?

– Vous en doutez ?

– Oh, mon dieu ! Comment appelait-on cette comédie… Continuez, Michelle, ne faites pas attention.

– … car la veille de sa mort, Adam vous disait que quelques Bédouins, contrebandiers ou trafiquants, le poursuivaient pour l'assassiner. Butler commencera à vous faire la cour. Alors vous lui mettrez cyniquement le marché en main : oui, mais à la condition que Rosa soit d'abord libérée et le dossier définitivement classé. Ici, il faudra déployer toute votre volonté ; d'abord, Rosa et le dossier. Et… vous n'êtes pas obligée de le subir plus d'une fois.

– Mais je n'ai pas encore accepté ! Vous m'avez effrayée avec ce rouquin. C'est-à-dire… qu'est-ce qu'il fait ?

– Écoutez. Pendant dix ans, j'ai fait le trottoir à Paris et mes yeux ont vu beaucoup de choses. Mais la ridiculisation de l'Empire britannique à laquelle vous pourrez assister me semble un spectacle des plus rares. Comment vous le décrire pour ne pas vous effrayer davantage ? Non, non, ne refusez pas. Il vous tient ferme. Il va vous embrouiller et faire de vous l'auteur moral de l'assassinat, et que deviendra Rosa ?

– Michelle, vous, avec qui avez-vous parié ?

– Avec Winter. Que vous lui échapperiez. Mais je crois que vous aussi, maintenant que vous savez, vous parieriez la même chose.

– Et pour Butler ?

– Qu'il perdrait. Mais c'était avant l'assassinat. Je ne peux plus changer, à présent.

– Et pour Manos, vous aviez ouvert des paris ?

– J'avais parié qu'il me chasserait de sa chambre cette fameuse nuit, et j'ai perdu. Je ne le regrette pas, bien sûr.

– Qui d'autre a perdu, encore ?

– Makridis, par exemple, l'agent grec, à cause d'une certaine fraülein Boehm. Dans votre chambre à l'accordéon, c'est là qu'elle habitait. Il l'avait classée parmi celles qui ne résistent pas et qui font comme si elles résistaient et croient qu'elles résistent. Et il s'est révélé qu'elle appartenait à celles qui résistent mais qui font comme si elles ne résistaient pas, tout simplement.

– Est-ce que Makridis connaissait la présence de Manos à la pension ?

– Il savait qu'un certain Caloyannis y habitait, rien de plus. Je vous l'ai dit, la politique reste dans l'antichambre.

– Est-ce que Benny a gagné des paris ?

– Votre Benny a gagné le plus important. Sur vous, précisément. Tous vous désiraient et c'est pour ça qu'ils ont contré.

– Ses capacités n'étaient tout de même pas si grandes, un autre a dû lui souffler le secret. Et, puisqu'il a utilisé des moyens politiques pour nous faire venir du Caire, ne violait-il pas les statuts ?

– Oh le tricheur ! Bien sûr que c'est une violation des statuts. Si nous l'avions su, nous l'aurions exclu.

– Et Winter ?

– Oh, même si je vous le disais, vous ne connaissez pas ses partenaires. Lui, il agit généralement dans la vieille ville et dans les environs, où il y a des monastères. Vous, vous avez été l'exception – et son seul échec jusqu'à présent.

– Il est malade depuis longtemps ?

– Plutôt ! Je vous répète qu'il agit dans d'autres sphères. Son esprit théorique et sa passion pour la recherche le poussent là où son intervention provoque les drames de conscience les plus déchirants : chez les nonnes, les catholiques de préférence, et puis les orthodoxes russes car leurs « spasmes psychiques » éclairent plus intensément l'abîme, comme il dit.

– Avec les moyens médicaux actuels, on ne pourrait pas se protéger ?

– Mais il ne veut pas guérir. Se protéger, avez-vous dit ? Pourquoi le demandez-vous ? Oh Emmy ! Il vous attire à ce point ? Ce serait le triomphe de sa théorie !

– Qu'est-ce que vous imaginez ? Je demandais comme ça, par curiosité, dit Emmy en rougissant.

– En tout cas, il vaut mieux prendre garde. Si vous déménagiez de nouveau chez Feldmann ?

– Rosa aussi le voulait.

– Vraiment ? Vous savez, cela me fait perdre ma propre estime. A la prochaine réunion du Cercle, je proposerai un complément à sa doctrine : « Moins les êtres résistent, plus il y a de volontaires imbéciles pour les protéger de l'abîme. » Rosa, maintenant moi, et même Winter ! Vous direz qu'il était poussé par la jalousie. Mais pensez que de ses propres mains il a failli détruire l'œuvre de sa vie. La moindre des choses qu'il risquait, c'était l'exclusion.

– Qu'est-ce qu'il a donc fait ?

– Quand Kurtmeyer a gagné le pari, Winter a révélé tout de suite vos relations au général et celui-ci, à son tour, démuni qu'il est de tout sens de l'humour, l'a dit à votre mari.

– Je m'en souviens, ce n'est pas la raison exacte, mais je ne veux pas vous interrompre.

– Il paraît que Kurtmeyer a eu un choc terrible quand il a entendu Bobretzberg lui dire : « Avec Madame, vous vous connaissez… » Il a provoqué un grand tapage dans notre Cercle lorsqu'il en a parlé. Nous avions convenu que tous les crocs-en-jambe seraient permis, mais Benny a soutenu que Winter avait utilisé le général en tant que personnage politique pour lui gâcher ses affaires. Winter l'a admis et s'est retranché derrière cet argument pour déclarer que l'intervention du général était d'ordre politique et n'avait aucun rapport avec les activités du Cercle. Quant aux conséquences de la révélation au premier intéressé – c'est-à-dire le mari –, il les avait prévues et pesées : elles seraient nulles. Et, en effet, ainsi que vous pouvez le certifier, il s'est montré psychologue averti. Ce qui a d'ailleurs sauvé notre collègue : si Bobretzberg avait réagi, Winter aurait dû payer une amende.

– Est-il possible que tout cela soit arrivé comme vous le racontez ? Quand vous a-t-il parlé d'Adam ?

– Mais je ne me rappelle pas si c'est Winter qui en a parlé. Plutôt Makridis. Vous aviez déménagé et vous habitiez chez Kurtmeyer, quand celui-ci nous a annoncé qu'il partait pour deux jours au Caire. Tout de suite, les paris se sont ouverts. Moi j'ai parié pour Caloyannis. Benny a contré. Makridis pour un type du pays – il n'a pas dit son nom pour ne pas lui faire rater son coup. Winter et Butler pour eux-mêmes. Benny a contré ces paris également et il est parti le lendemain. Entre-temps, Makridis avertissait son type que vous habitiez la villa de Bekir-Agha. Il paraît, quoiqu'il ne l'admette pas, que Makridis a créé une annexe du Mirador dans le quartier grec de Jérusalem. Naturellement, il s'agit d'un ersatz, comme il fallait s'y attendre. Là, ils se limitent à l'aspect concret et, soit vulgaire matérialisme, soit insuffisance spirituelle, ils ignorent toute la superstructure de l'angoisse psychique, des problèmes philosophiques, de la passion pour la recherche et pour la connaissance de l'abîme dostoïevskien. Si je ne me trompe, le gars du pays, c'est-à-dire Adam, en compagnie de Makridis, vous avait vue un jour à l'*Astoria*. Tout de suite, il avait diagnostiqué : *Non*. C'est-à-dire : une de celles qui ne résistent pas.

– Je me rappelle. C'était le dimanche 14 juin. Jour fatal. Ça ne s'est pas passé tout à fait comme ça.

– De toute façon, dès que Kurtmeyer est parti, Makridis vous a envoyé Adam ; c'est ce que nous savons. Le succès a été complet ! Mon candidat, qui sait, n'a peut-être pas encore reçu le message où je lui faisais connaître votre nouvelle adresse.

Emmy avait envie de l'interrompre mais elle se retint.

– Vous auriez dû voir la crise d'hystérie qu'a piquée Winter ! Il pleurait réellement et il se frappait ! Il disait que par sa faute, à cause d'une finesse psychologique excessive, il ne s'était pas présenté le soir même du départ de Benny, pour vous laisser sentir un peu votre solitude, et voilà qu'Adam l'avait devancé ! Il proférait des menaces. Il demanderait entre autres à Butler d'examiner le passé de ce monsieur. Je dois vous dire que Butler ne venait plus aux réunions parce que les réfugiés lui donnaient beaucoup de travail. C'est du moins ce qu'il prétendait ; en réalité, il ne pouvait plus supporter Petsicovic qui avait mis sur le tapis le sujet : « Miss Pamela Butler » avec paris à la clé. Le frère avait alors invoqué l'article 2 et nous lui avions déclaré, à l'unanimité, qu'il ne concernait que les épouses. Butler avait cessé de venir et ce n'est qu'hier soir qu'a eu lieu, en quelque sorte, la réconciliation et la reconduction de son vieux pari sur vous. Évidemment, nous avons accepté, nous ignorons encore qu'il avait dans sa manche l'atout de la culpabilité de Rosa.

– Donc, Benny était au Caire quand vous avez été mis au courant pour Adam et… moi.

– Mais je vous l'ai déjà dit, il me semble. Le dernier à l'avoir appris, c'est Butler. Winter le lui a téléphoné hier seulement, de son propre chef ou sur ordre du général. Quant à nous, nous considérions Butler comme exclu. Winter dit qu'il a été obligé de le faire mais il ne fournit pas d'explications. Le mandat d'arrêt contre Caloyannis a peut-être été lancé sous la pression du général. Il s'agit peut-être aussi d'une décision de Butler. De toute manière, bien que maintenant Rosa soit arrêtée, il ne l'a pas annulé.

– Qu'a fait Benny quand vous lui avez appris… au sujet d'Adam et moi ?

– Nous – c'est-à-dire Listowski, Petsicovic et moi – nous pensions le lui cacher. Makridis, lui, voulait se venger de son échec avec Fraülein Boehm, ou peut-être aussi avait-il besoin de whisky. Mais Winter insistait pour qu'on le lui apprît afin de vérifier une de ses préventions : Benny prendrait philosophiquement la chose, même s'il avait parié contre tous les cinq. Et, en effet, il a fait preuve d'un grand sang-froid, au début. « C'est une belle occasion pour me débarrasser de l'iceberg dont je me suis encombré. » Comme Makridis plastronnait, il a parié avec lui de vous refiler à un de ses amis, un Américain : mais il a perdu. Ensuite, il a changé d'attitude, il a présenté les mêmes symptômes que Winter : une haine terrible contre Adam. Il parlait de revolver et d'assassinat. Heureusement, on l'a encore convoqué d'urgence au Caire, et c'est grâce à ça qu'il est resté blanc comme neige dans cette affaire.

Emmy était stupéfaite.

– Est-ce possible ? Est-ce possible ? Puisque vous aviez parié pour Caloyannis, pourquoi lui révéler mes relations avec Benny ?

– Mais vous n'avez rien compris ! C'était avant. Écoutez. J'ai perdu trois paris sur Caloyannis. Le premier : qu'il me chasserait et il ne m'a pas chassée. Le deuxième : que, par la suite, il ne me chasserait pas et il m'a chassée. C'était le soir où il vous attendait sur le banc, c'est alors que je lui ai tout révélé. Le troisième : qu'il vous retrouverait avant Adam et il n'a pas encore paru !

– Comment pourrait-on le trouver ?

– Vous voudriez le revoir ?

– Maintenant ? Absolument pas. Plus tard, beaucoup plus tard... Au fait, pourquoi avez-vous rangé Andréanou parmi les victimes du Cercle ?

– Parce que c'est Butler qui lui a révélé les relations de sa femme avec le gardien du séquestre. Il avait parié avec Winter. Le reste, il l'ignorait puisqu'il ne venait plus au Cercle. A moins qu'il ne l'ait su par son espionne de sœur. Mais, dans le fond, vous n'avez pas appris grand-chose. Nous avons parlé si longtemps sans quitter la même maison. Vous oubliez que Jérusalem a cent trente mille habitants et peut-être autant de soldats, tout autour, en ce moment. C'est ça, la guerre, qu'est-ce que vous croyez ? Le Cercle-Mirador, c'est son enfant. Et voulez-vous que je vous dise ? Je ne sais pas si c'est Winter qui mène le général ou le général qui mène Winter. Le résultat, c'est que le Cercle les sert parfaitement dans leur travail, même si le statut exige que la politique reste dans l'antichambre. Si ça ne les arrangeait pas, ils le dissoudraient. C'est un grand luxe que de risquer tant de secrets appartenant à leur service quand, précisément, l'étude de la physiologie de l'abîme – trahisons, perversions, double jeu, etc. – leur enseigne où se trouve exactement le danger.

– Mais vous, Michelle, puisque vous voyez tout cela, pourquoi y restez-vous ?

– Je fais mon boulot, moi aussi. Ce n'est pas ça, la guerre ?

20

Jérusalem, le 7 juin 1943

Manos, mon amour,

Je t'écris, j'ai tant de choses à te dire mais tout ce que je sais de toi c'est que tu vis, que je ne m'adresse pas à un fantôme. Que fais-tu, où es-tu ? J'ai appris que tu avais été blessé à El-Alamein et que plusieurs jours durant la vague noire t'avait attiré vers le large pour te rejeter de nouveau et t'oublier sur nos rivages. Seulement cela. Oh combien tes amis sont durs de ne pas vouloir me dire où tu es ! Je cherche à imaginer comment tu dois être, maintenant, Est-ce que la blessure a laissé des cicatrices sur le visage aimé ? Est-ce que ton regard a de nouveau cet éclat qui me donnait confiance en moi-même ou bien es-tu resté, mon amour, avec tes yeux amers et indifférents que je priais Nina de me décrire pendant ses nuits de garde ? Comment, Manos, une rencontre qui n'a même pas duré deux semaines, comment un amour qui n'a même pas été scellé par un baiser, ont-ils pu te marquer à ce point ? Pourquoi toi, qui avais plus d'expérience que moi, n'as-tu pas vu en notre rencontre ce qu'elle représentait exactement : une brève aventure de guerre dans un camp de transit où l'on ne sait pas vraiment avec qui l'on vit, où l'on ne peut ni choisir ses amis ni retenir près de soi ceux que l'on préfère ? Pourquoi, puisque je te l'ai dit et que tu l'as toi-même si vite vérifié, pourquoi, puisque je n'étais qu'une Viennoise superficielle et irresponsable, une attardée de l'époque dissolue de François-Joseph, si instable, si coquette, si incapable de résister à n'importe quel homme, au moindre appel de son désir, pourquoi m'as-tu élevée sur un piédestal, pourquoi m'as-tu chargée de porter la responsabilité de tes yeux éteints et mélancoliques ? Tu sais ce qu'était notre amour ? C'était un petit fauve, un jeune léopard qui se frottait à nos jambes et rugissait doucement en attendant les gestes simples, naturels, qui apaisent. Mais nous, nous avons beaucoup hésité, nous avons oublié que nous nous trouvions dans un camp de transit où ce sont les autres qui décident des arrivées, des rencontres, et des départs selon des plans que nous n'imaginons même pas. Au moment où nous comprenons, il est déjà trop tard. Moi, le petit léopard, je l'ai perdu, j'ai cru qu'il s'était sauvé dans la forêt, là où est sa place. Mais toi tu l'as caché sous ta chemise. Et voilà qu'il a grandi, qu'il t'a déchiré. Pourquoi, pourquoi mon amour ? Je t'en conjure sur ce que tu as de plus précieux au monde, dis-le moi franchement, cela en valait-il réellement la peine ?

Tu te rappelles la phrase de Hölderlin que tu m'as dite un jour, mon amour ? « *Denn alles ist gut.* » Oui, tout est bien. Tout passe, tout se décante, tout, et les douleurs comme les joies trouvent un jour leur place et la vie continue, tel est l'essentiel, l'harmonie. Pour moi, tout est bien. Combien je voudrais pouvoir le dire pour toi aussi.

C'est l'après-midi, l'eucalyptus est redevenu touffu devant la fenêtre et je ne peux pas voir le toit rouge de la cathédrale. Mais je n'en ai pas besoin. Dans ce berceau, sous la gravure de Dürer, dort, bienheureux dans son innocence, serrant ses poings tendres et minuscules, mon fils. Je ne me lasse pas de caresser du regard sa chair rose, d'admirer cet être parfait que mon corps m'a offert. Dès que je me réveille et que je pense qu'il existe, qu'il respire, si près de moi, c'est comme si on m'offrait le monde, c'est une vie nouvelle d'espoir et de joie qui commence pour moi. Sais-tu à qui je dois mon bonheur ? A Nina Mieli. C'est elle qui m'a persuadée de le garder. Michelle, et plus tard Hans, insistaient pour que je m'en débarrasse. Mais Nina, avant que nous ne devenions amies, me soignait. Elle m'a expliqué alors les changements que cet enfant apporterait à ma vie et m'a convaincue de le garder. C'est plus tard qu'elle m'a entendue employer – je ne me souviens pas à quel sujet –, le qualificatif que tu m'avais appris à propos des moralistes et des phraseurs et qu'elle m'a parlé de cet homme qui disait lui aussi « têtes-coupées ».

Ô, Manos, mon amour, quand je pense aux joies qui m'attendent avec cet enfant, j'ai envie de danser. Je lui apprendrai les arbres et les oiseaux, je lui apprendrai à dire eucalyptus, châtaignier, platane, peuplier, figuier, pin, canari, rossignol, hirondelle, colombe. Et non seulement à les dire mais à les voir et à les toucher, à savoir exactement ce qu'est chaque chose, quelle forme ont les feuilles et les branches, ce que mange le canari, combien est léger un rossignol, quand reviennent les hirondelles. Je lui apprendrai à ne pas torturer les insectes et les reptiles et si jamais il trouve un caméléon par terre, à poser le malheureux sur l'arbre pour que les autres enfants ne le découvrent pas. Je lui apprendrai à nommer avec justesse les teintes que prend le ciel, de l'aube à minuit. Je lui apprendrai à nager et à peindre. Je lui apprendrai à aimer tous les hommes, à envier les bons ; et les méchants, eh ! les méchants, à les oublier, mon amour. Maintenant, grâce à mon enfant, je m'intéresse autant que vous au monde de demain. Je parle avec Nina, avec Nancy, avec Michelle – au fait, a-t-elle eu le temps de te dire qu'elle n'est pas Roumaine mais Française, née à Paris ? – Souvent, ton ami, l'ancien interprète, vient nous chercher avec sa femme, ils sont si gentils pour mon enfant, ils lui ont apporté un hochet et une pièce d'or. Je les ai priés de lui trouver un nom grec, mais ils n'arrivent pas à se mettre d'accord et, à ce que je vois, ils finiront par l'appeler Emmanuel. Ils seront ses parrains. Je veux l'élever et l'éduquer ici. Le vieux dit que c'est faisable ; c'est un ami du Patriarche et il s'arrangera pour que le petit aille à l'école grecque, un peu plus loin, à Catamon.

Oui, Hans est revenu – très changé. Ses cheveux ont blanchi mais son âme… N'en disons pas de mal, n'est-ce pas ma faute aussi s'il est devenu un petit vieux revêche, indifférent, plein de méfiance ? Pendant sa mission, la peur de la mort l'a saisi. Tu te rappelles la pièce de cuivre qu'il m'avait mise dans la main avant de monter en avion ? Pendant longtemps, j'ai cru qu'il l'avait fait parce qu'il craignait que tu ne lui voles ton amour et qu'il voulait – s'il lui arrivait quelque chose – me donner des remords tels que je parviendrais au repentir et au salut de mon âme. Mais à son retour, il m'a expliqué que le « Je n'ai peur que du Grec » concernait sa mission : s'il se trouvait en danger, ce ne serait qu'à cause de toi, c'est-à-dire des tiens. Et là-bas, il a été en danger – un accident stupide. Ceux qui l'ont envoyé ont tenté de le convaincre que si ce n'était pas un hasard, ce devait être l'œuvre de qui tu sais. Un de ses compatriotes, cependant, un homme de confiance, lui a prouvé, comme deux et deux font quatre, que le chauffeur de la voiture qui a failli l'écraser appartenait au même service que Benny, et alors tout s'est éclairé dans son esprit. Il était donc un témoin gênant appelé obligatoirement à disparaître maintenant que les chances de la guerre tournaient. Et, au lieu de l'éloigner, cela l'a encore davantage rapproché d'eux. Il a peur parce qu'il a peur de la mort. Il a perdu toute sa foi. Il dit que Stalingrad a définitivement barré le chemin au rétablissement des Habsbourg. Dieu le veuille ! Je ne le regretterai pas du tout.

En écrivant Stalingrad, je pense à une chose horrible qui s'est passée précisément quand nous fêtions la grande victoire. Tu te souviens du figuier sous ma fenêtre, à droite, là où était le banc, mon amour. Nous comptions déjà les semaines pour mon accouchement lorsqu'on a trouvé à l'aube, pendu à ses branches, le sergent Winter. On l'a descendu, raidi par la gelée. Neurasthénie, dit-on. Michelle prétend qu'il est impossible que tu ne le connaisses pas. C'était ton persécuteur le plus acharné, c'est lui qui a constitué pièce à pièce ton dossier et si, à l'avenir, tu as des ennuis avec les services anglais, sache-le, ce sera lui le responsable. Il savait que tu m'aimais et il ne me laissait pas un instant de répit, il tournait toujours autour de moi, dans l'espoir que tu commettrais l'erreur de m'approcher un jour, pour pouvoir t'arrêter.

Combien Hans a changé, tu as dû le comprendre à son insistance pour que je me débarrasse de l'enfant, ce qui, pour un catholique, est le péché mortel par excellence. Quand je lui ai annoncé ma décision définitive, il a déclaré que jamais, au grand jamais il ne le reconnaîtrait ni permettrait que cette « semence de Judas » prît son nom. Il croit qu'il est de Benny et je n'ai rien fait pour le détromper. Il aurait pu l'être mais je serais si malheureuse, quoique je l'eusse gardé aussi. Il est d'Adam, mon amour. Ne me demande pas comment je le sais, je le sais très bien, je peux te dire le jour, l'heure, le moment où j'ai senti mes entrailles enfermer en elles, jalouses, cette promesse de bonheur, celle de mon immortalité, même si à cet instant j'ignorais que ce fût cela. Je peux te décrire la position de mon corps, je peux imiter les cris inarticulés de ma jubilation, d'une jubilation précaire, à ce que je croyais. Oh combien je suis reconnaissante à cet homme qui ne m'a jamais donné ni tristesse ni remords et qui, de quelle manière savante et détachée, m'a offert le moyen de vaincre ma dégradation. Michelle a prié le vieux de nous emmener au cimetière grec et j'y ai déposé toutes les fleurs que j'ai trouvées à Jérusalem – c'était l'automne. Et Michelle m'a dit malicieusement, lorsque nous sommes restées seules, que j'étais une veuve très digne et profondément affligée. Je lui ai répondu qu'elle se trompait, que je ne pleurais pas Adam, que je ne l'avais jamais pleuré : je le saluais. C'était un être généreux qui, sans le savoir, s'était pris dans un piège de chasseurs de fauves. Son enfant me donnait des coups de pied dans le ventre tandis que nous nous promenions parmi les tombes et que nous nous efforcions de déchiffrer les noms écrits, pour la plupart, avec vos étranges caractères byzantins.

Rosa m'a interrompue. Elle est venue me rappeler que c'est l'heure de faire téter l'enfant et de lui changer ses langes. Plus tard, elle fera chauffer de l'eau pour son bain. Nancy a déclaré une fois qu'elle était si stricte et solennelle, dans ses devoirs de nourrice, que la reine Victoria elle-même en aurait été jalouse. Je l'ai répété à Rosa pour rire et que m'a-t-elle répondu ? « Cet enfant, c'est à moi que tu le dois. Si son père avait vécu, tu t'en serais débarrassée. » Peut-être a-t-elle raison, mais comme c'est affreux de le dire et même de le penser. Nina m'assure que tu as été au courant de l'affaire jusqu'à la libération de Rosa, puis elle a perdu ta trace et elle ignore si tu connais la suite. En fait, il n'y a pas de suite à t'écrire. Rosa a été absente deux jours. Avec Michelle, nous nous sommes occupées des enfants et de la belle-mère. Dès qu'elle a été arrêtée, je suis revenue m'installer à la pension. Frau Anna m'a fait de grandes démonstrations de joie. Plus tard, nous avons appris – par elle – qu'au début elle s'était opposée à Miss Butler qui était intervenue pour que je reprisse mon ancienne chambre. Elle avait cédé ensuite sous la pression du frère. Ils l'avaient convaincue, dit-elle, de m'accepter lorsqu'ils lui ont déclaré qu'ils comptaient sur elle pour me surveiller et les avertir au cas où tu apparaîtrais dans le quartier. Mais Rosa, qui la connaît mieux, prétend qu'un autre argument l'a séduite : elle n'aurait pas à verser de nouveau la commission à Miss Butler pour la location de la chambre. Ces quelques détails ont dû te faire comprendre que le baromètre, à la maison Kôlher, indique rarement le calme plat… Brusquement des querelles homériques éclatent, le sanctuaire du second étage est profané, des armistices sont violés, des alliances se rompent, d'autres se concluent. Le théâtre de la guerre et le danger imminent s'éloignent de nos régions et la plupart des réfugiés d'Égypte sont rentrés chez eux, mais la passion coléreuse de Frau Anna ne veut pas s'apaiser. Au contraire. Franchement, je crois qu'elle glisse vers la folie. Elle a un fils, presque un jeune homme déjà, et elle ne peut le souffrir. Pendant des jours, elle a tenté de nous convaincre, Michelle, un couple d'Espagnols très sympathiques et moi, que l'hiver dernier elle avait dû, chaque nuit, repousser tes assauts. Pour retrouver son calme, elle avait été obligée de te donner le grenier, occupé maintenant par un vieil Italien, et d'aller coucher au fond, sous l'escalier ou dans la cuisine. Quand elle a compris que le mensonge ne prenait pas facilement, cela a tourné en manie de la persécution. Elle te voit tantôt la poursuivre avec un couteau, tantôt te tenir au-dessus d'elle, les bras ouverts, pour l'étrangler « comme Adam »… Elle dit que tu ne lui pardonneras jamais d'avoir'reconnu tes vêtements mais qu'elle a fait son devoir vis-à-vis de la loi. Après la bataille d'El-Alamein, les Espagnols sont partis et leur chambre est restée vide quelques jours. Elle s'y est installée et la nuit, je l'entendais appeler au secours, pleurer et supplier. Elle se saoulait continuellement. Michelle s'est plainte de ne pouvoir conserver une bouteille d'arak. Puis, c'est une de ses combinaisons qui a disparu. Le vieil Italien est venu nous demander si nous savions que notre propriétaire était une sorcière et qu'elle célébrait des messes noires. Nous l'avons pris à la blague : « Elle a dû se jeter sur vous et vous l'avez repoussée, la pauvre. » L'Italien s'est fâché : si nous supportions le froid et la veille, nous n'avions qu'à observer, de l'imposte, ce qui se passait dans le couloir au point du jour. A cette époque-là, j'avais le ventre comme un tonneau ; Hans, heureusement, avait définitivement emménagé à l'*Astoria*. J'étais donc libre dans ma chambre. Je craignais, pourtant, de tomber de la chaise ; aussi Michelle m'a-t-elle prise en cachette dans son lit. Nous n'avons pas fermé l'œil. L'aube est enfin arrivée. Les coqs du quartier allemand s'égosillaient. Quand nous avons entendu Frau Anna ouvrir sa porte, nous sommes vite montées sur les chaises. Michelle m'avait enveloppée dans sa fourrure et me tenait dans ses bras pour m'empêcher de tomber en cas de vertige. « Ma combinaison ! » me dit-elle à l'oreille. Effectivement, Frau Anna, immense, décharnée, vêtue seulement de cette combinaison noire ridiculement courte pour elle, pieds nus dans le froid, allait et venait, comme hypnotisée, de la porte de Michelle à celle de ton grenier, levant une coupe à champagne en cristal. Tu as vu, bien sûr, les popes balancer l'encensoir et exorciser le démon ? C'était tout à fait ça. « La malheureuse. Vous savez ce qu'elle fait ? Elle mime ma visite chez notre ami », a murmuré Michelle. « Descendons, c'est horrible. » « Un instant, pour voir comment cela va se terminer. » Quand je l'ai vue s'allonger sur le plancher et remuer son ventre de façon provocante en gémissant, j'en ai eu la nausée. « Je m'évanouis, Michelle. L'enfant, mon Dieu ! »

Nancy s'est séparée de l'ambassadeur. Tu savais que son mari était ambassadeur ? Quand Ron a été tué, elle est venue, la pauvre… Mais comment pourrais-tu savoir que Ron était aviateur et qu'il a disparu dans un de ces raids meurtriers qui ont préparé l'attaque d'El-Alamein ? Vêtue de noir, les cheveux coiffés comme tu te le rappelles, et très calme. Elle disait que sitôt qu'elle aurait réglé sa situation avec son mari, elle viendrait vivre ici, ici où, comme le prophète, elle avait entrevu le Paradis. Après la guerre, elle décidera si elle doit rentrer ou non dans sa patrie. Avant même qu'il ne soit né, elle voulait doter mon enfant, mais je ne l'ai pas accepté. Hans nous verse une pension et nous vivons tant bien que mal – Dieu le garde, il n'y était pas obligé. Il m'a délivrée de l'argent des Américains, cela me rendait malade d'y toucher. Nancy a payé généreusement Frau Anna – ceci, je crois, les a réconciliées – pour qu'elle la prévienne dès que les Espagnols s'en iraient. Ainsi, depuis novembre, elle habite la chambre à côté ; en face de moi Michèle et, dans la galerie vitrée, Frau Anna. Il ne manque que toi, dans le grenier de l'Italien, mon amour, pour que tout soit comme autrefois. Je sais que tu ne viendras pas et il ne faut pas que tu viennes. Ta voie est différente, c'est ce que me disent Nancy, Michelle et Nina.

Michelle va nous quitter très vite, on la réclame à Alger. Nancy, avant que naisse l'enfant, m'a demandé un soir de dormir avec moi dans le lit de l'amour – c'était un de leurs anniversaires, à elle et à Ron. Nous avons beaucoup parlé cette nuit-là, mais elle était toujours sereine, je ne l'ai jamais vue pleurer. Elle disait de Ron qu'il avait dû mourir heureux, sûr de la victoire, elle en était certaine. Il est mort juste au moment où le sacrifice de sa vie avait un sens. Un peut avant, il serait mort plongé dans le doute ; un peu plus tard, dans l'amertume, car il aurait vu le nouveau monde en train de naître. Il lui disait souvent que notre civilisation serait sauvée mais les mains qui la protégeraient seraient inexpertes et brutales. Il leur faisait confiance et les bénissait de toute son âme mais il préférait ne pas se trouver là au moment de la relève. Peut-être ses nerfs craqueraient-ils et injurierait-il précisément ceux qui avaient tous les droits à notre respect – ils ont payé plus cher que tout pour la Victoire. De toi, Manos, il disait que vous vous ressembliez, que tu allais beaucoup souffrir quand sonnerait l'heure du changement mais que tu t'en tirerais mieux que lui – l'esprit traditionaliste et la toxine de la décadence n'ont pas eu le temps de te corroder. Et Nancy ? Nancy dit qu'à partir d'un certain âge, quand l'homme a mûri, il a besoin de remplacer les mots par des choses concrètes. Il a soif de vérité. Nous n'avons jamais une exacte connaissance de la réalité. Nous en connaissons une partie, nous en interprétons une autre de travers, quelqu'un connaît ceci mais ignore ce que nous savons, nous. Et notre vie s'écoule ainsi de demi-vérités en demi-malentendus et quand les choses s'éclaircissent, la douleur ou la joie qu'elles nous ont procurées parfois se trouvent déjà derrière nous. D'autres mensonges et d'autres vérités nous préoccupent alors. Pour comprendre qui nous sommes, nous devons nous accrocher fortement et avancer avec précaution. La seule manière de remettre notre vie dans la bonne voie, c'est de l'apprendre depuis l'ABC, avec quelqu'un qui ne sait rien. Avec un enfant. Mais maintenant… Quand il a commencé à faire jour, et tu sais comment la résistance humaine cède après une nuit de veille, au moment où les souvenirs, la soif de sincérité, le besoin de voir aussi clairement que possible ce qui se passe en soi ont enfin raison des gens avec leurs préjugés et leurs fiertés, alors, au moment où l'aurore verte et rose pointait derrière les carreaux de ma petite fenêtre, alors, Nancy m'a avoué qu'elle était venue dans l'espoir de te retrouver. Je sais qu'elle ne se fâchera pas si elle apprend que je te l'ai déjà dit, mais personne sauf Nina ne doit connaître l'existence de cette lettre. Excuse-moi de te l'écrire, n'y vois aucun mal. Mais si grand que devienne le monde libre, il peut se faire que vous vous rencontriez un jour, Nancy et toi. La vie est si bizarre. Et tu dois savoir.

Quand j'étais encore enceinte et que Nina insistait pour que je marche beaucoup, je sortais avec Nancy et nous allions à Catamon. Maintenant que la foule des soldats n'y est plus, on rentre librement au Club grec. Un soir, il pleuvotait et nous nous promenions parmi les orangers ; nous sommes descendues dans le bassin puis nous nous sommes assises sur les marches de la villa aux colonnes ioniques. Chacune de nous avait son lot de souvenirs à raconter. Et nous avons été d'accord pour reconnaître qu'en dépit de tout, cette nuit-là où tu nous avais emmenés danser était une nuit bénie. *Denn alles ist gui* !

Une des premières choses que Nancy ait faites dès son installation, c'est de mettre fin aux visites de Miss Butler. Elle est allée la chercher un jour et elles se sont rendues ensemble chez le frère. Nancy leur a dit deux mots bien sentis et tout à fait nets – et depuis, ils nous ont laissées tranquilles. Bien sûr, Winter continuait à rôder par ici, mais il était officiellement couvert : il te guettait. Ils s'acharnent sur toi, mon amour, et je crois qu'ils exagèrent. Serait-ce toi seul qui leur as gâché tant de plans, au point que depuis mars ils semblent être sur des charbons ardents et s'inquiéter sans cesse ? Après tout, moi je ne connais que toi et cela suffit pour me faire battre le cœur chaque fois que Michelle parle des affaires grecques. Vous avez réussi, je crois, un changement de gouvernement il y a deux mois ; peut-être en sortira-t-il du bien pour vous ? Michelle pense que vous avez encore un long et difficile chemin à parcourir, beaucoup de pièges à éviter, beaucoup de traîtres à démasquer, beaucoup de durs sacrifices à supporter avant que la Grèce ne soit libre. Avant que nous ne puissions t'amener mon fils à Kifissia pour qu'il te baise la main et te dise, dans ta langue : « Bonjour, mon petit oncle ! »

Nina m'assure que cette lettre te parviendra certainement sans être lue de personne. Elle me dit cependant que pour ton bien, je dois te demander de ne pas m'écrire, de ne pas chercher à me voir. Je m'incline, obéissante. Mon plus cher désir serait que tu reçoives ma lettre et apprennes tout ce que je t'écris. Je ne veux plus que tu m'aimes, si tu continues à m'aimer de la manière dont tu m'aimais quand Nina t'a rencontré. Mon amour. Mon amour.

Emmy

P-S. Regarde quelle coïncidence, mon amour ; aujourd'hui il y a un an, je te voyais pour la première fois, et il y a cent ans mourait Hölderlin.

5 août 1960

Index des personnages réels

Cet index réunit tous les noms grecs cités dans le roman ainsi que les noms de quelques personnalités étrangères peu connues.

BODOSSAKIS, Constantin. Né en 1891 en Asie Mineure. Industriel puissant, il contrôle des industries d'explosifs et de munitions, de produits et engrais chimiques, des mines et des carrières.

CANELLOPOULOS, Panayotis. Né en 1902. Homme politique, adversaire de Métaxas qui le déporte aux îles (1937-1940). Engagé volontaire pendant la guerre contre l'Italie, il dirige, au début de l'occupation, une organisation clandestine de jeunes nationalistes. Les Anglais l'aident à fuir au Moyen-Orient où son ascension politique est très rapide.

CARAPANAYOTIS, Byron (1894-1968). Né en Trébizonde, sur la mer Noire, homme politique libéral, ancien ministre d'Eleuthère Vénizélos en 1929-30.

CARVOUNIS, Nicos (1880-1947). Né à Ithaque, poète, critique et journaliste ; lieutenant dans le corps des volontaires garibaldiens durant la guerre contre la Turquie (1912-13), il fit partie des maquis pour la Libération de l'Epire en 1914. Membre du Parti communiste depuis 1933, organisateur de la presse dans les régions libérées par l'EAM durant l'occupation.

CASEY. Ministre d'État britannique, responsable des questions politiques au Moyen-Orient.

EDDY. Nom de guerre du brigadier J.L. Myers, chef de la mission militaire britannique auprès des partisans grecs de l'EDES.

GEORGES II. Roi de Grèce (fils de Constantin) de 1920 à 1924, il remonte sur le trône en 1933 après neuf années de république. Paul, son frère, lui succède en 1946.

GLINOS, Dimitri (1882-1943). Membre du bureau politique du PCG. Philosophe, brillant théoricien en pédagogie. Il fut emprisonné par Métaxas à Acronauplie (1937) où il organisa des cours pour ses codétenus.

GONATAS, Stylianos (1866-1967). Mena, avec Plastiras, la révolution militaire qui renversa le roi Constantin. Premier ministre du cabinet d'E. Vénizélos en 1929. Président du Sénat en 1932-35. Demeura à Athènes pendant l'occupation.

LEEPER, sir Reginald. Ambassadeur britannique auprès du gouvernement grec en exil, successeur de Sir Michael Palairet.

MACRIYANNIS, Jean (1767-1864). Général de la guerre d'Indépendance. Condamné à mort par une cour martiale du roi Othon puis libéré. Presque illettré, il a cependant laissé des Mémoires qui constituent un véritable monument de la prose néo-hellénique.

MANIADAKIS, Constantin, né en 1893. Ministre de la Sécurité sous Métaxas, il employa des méthodes de répression fascistes. Tsoudéros le maintint comme ministre en Crète et en Égypte durant quelques mois avant de le nommer, pour l'éloigner, ministre plénipotentiaire en Amérique du Sud.

MÉTAXAS, Jean. Premier ministre, dictateur du 4 août 1936 jusqu'à sa mort en 1941.

Sir Michael PALAIRET. Ambassadeur britannique à Athènes, il accompagna le gouvernement Tsoudéros en Crète, puis au Caire.

PALAMAS, Costis (1859-1943). Grand poète grec dont l'influence a marqué plusieurs générations. Ses obsèques, à Athènes, tournèrent à la manifestation anti-allemande.

PAPANDRÉOU, Georges (1888-1968). Plusieurs fois député et ministre, fondateur du Parti démocrate socialiste. Habile manœuvrier, il a su à la fois passer pour le « champion de l'Union nationale » et mener une politique nettement anticommuniste. A la fin de sa vie, se trouvant à la tête d'un gouvernement libéral, il pratiqua une politique de démocratisation qui lui attira l'hostilité du Palais, de la droite et des Américains. Son limogeage par le roi Constantin, en juillet 1965, marque le début de la crise politique qui déboucha sur la dictature.

PAXINOS. Chef de la police sous Métaxas. Il suivit Maniadakis dans son exil en Amérique du Sud avant de se rendre aux Indes où il fut assassiné.

RALLIS, Jean (1878-1949). Politicien du Parti populiste royaliste, quatre fois ministre entre 1920 et 1933. Pendant l'occupation, il fut Premier ministre jusqu'à la Libération. Condamné par le Tribunal spécial, il mourut en prison.

ROUSSOS, Georges. Avocat à la cour de cassation mixte d'Alexandrie. Libéral, ancien ministre d'E. Vénizélos, membre influent de la communauté grecque d'Égypte, conseiller du gouvernement grec à Montreux (1937) lors des négociations avec l'Égypte pour l'abolition des capitulations.

Amiral SAKELLARIOU. Né en 1887. Vice-Président du gouvernement sous Métaxas et ministre de la Marine jusqu'en 1942, date à laquelle Canellopoulos le remplace.

SALVAGOS, Miké. Industriel et financier, président de la communauté grecque d'Alexandrie de 1919 à sa mort en 1948. Libéral, conseillé par Roussos, il s'opposa à l'installation de l'EON dans les écoles de la communauté.

SÉFÉRIS, Georges. Né en 1900. Poète de grand talent, diplomate. Prix Nobel 1963.

SIANTOS, Georges. Secrétaire général du PCG sous l'occupation.

SOPHOULIS, Emmanuel. Avocat, né à Samos.

SOPHOULIS, Thémistocle (1862-1947). En 1907, il se mit à la tête des Samiotes soulevés contre la domination turque. En 1935, il remplaça E. Vénizélos comme chef du parti libéral. En 1944, arrêté par les Allemands, il fut interné six mois dans un camp de concentration près d'Athènes. Premier ministre peu après la Libération, il démissionna lors des élections de mars 1946 mais fut de nouveau nommé au début de la guerre civile jusqu'à sa mort.

SVOLOS, Alexandre (1892-1956). Professeur de droit à Athènes, il fut déporté par Métaxas à Naxos. Il prit part à la Résistance et devint président de la PEEA.

TSALDARIS, Panaghis (1862-1936). Royaliste, chef du Parti populiste (droite) après 1922, Premier ministre en 1933, fut renversé par les militaires royalistes pour mollesse envers les protagonistes du coup d'État avorté de 1935.

TRICOUPIS, Charilaos (1832-1896). Libéral. Fut Premier ministre à plusieurs reprises. Il réforma l'administration, la justice et l'armée. Sa politique, tout en favorisant la haute finance internationale, contribua au développement économique du pays. Battu aux élections de 1895, il se retira à Cannes où il mourut.

TSOLACOGLOU, Georges (1886-1948). Général commandant le troisième corps d'armée. Président du premier gouvernement sous l'occupation. Condamné à mort après la Libération, sa peine fut commuée en emprisonnement à vie ; mourut en détention.

TSOUDÉROS, Emmanuel (1882-1956). Banquier, adversaire de Métaxas, devint Premier ministre en avril 1941 avant de suivre le roi et le gouvernement en exil.

VARNALIS, Costas. Grand poète lyrique, né en 1884. Prosateur et critique marxiste, il a reçu le Prix Lénine de la Paix en 1958.

VÉNIZÉLOS, Eleuthère (1864-1936). Homme d'État célèbre, fondateur du parti libéral. Il a conduit la Grèce aux côtés des Alliés pendant la Première Guerre mondiale, contre la volonté du très germanophile roi Constantin, beau-frère du Kaiser.

VÉNIZÉLOS, Sophocle (1894-1964). Fils cadet d'Eleuthère, vécut à l'étranger durant la dictature de Métaxas. Ministre du gouvernement en exil au Caire.

VELOUKHIOTIS, Aris. Nom de guerre de Thanassis Klaras (1905-1946), militant communiste. En mai 1942, il créa le premier groupe de partisans armés qui servit de noyau à l'ELAS. En 1945, il refusa de se plier aux accords de Varkiza qui prévoyaient la dissolution des armées de Résistance. Exclu du PCG en juin 1946. Encerclé avec un petit groupe de partisans, il fut tué par les troupes gouvernementales et sa tête, plantée sur une pique, promenée à Trikkala par ses ennemis.

VOULGARIS, Petros (1883-1957). Amiral, homme de confiance de Bodossakis. En 1935, soupçonné d'avoir trempé dans le coup d'État avorté, il est démis de ses fonctions de commandant de l'aviation navale, des sous-marins et de l'Arsenal. Il parvient à fuir la Grèce pendant l'occupation et il est nommé ministre de l'Aviation en mars 1943, au Caire.

ZERVAS, Napoléon. Chef de l'EDES, maquis nationaliste soutenu par les Anglais.

ZEVGOS, Yannis (1897-1947). Pseudonyme de Yannis Talaganis, instituteur. Membre du PCG, il prit une part active à la Résistance. Ministre de l'Agriculture du gouvernement d'Union nationale sous Papandréou (1944). Assassiné en 1947 à Salonique où il s'était rendu comme délégué de l'EAM auprès de la commission de l'ONU.

Index des personnages fictifs

1. LE CERCLE

ADAM. Proxénète, trafiquant, gendre de Hadjivassilis.

AMALITSA. Femme d'Adam, décédée.

ANDRÉANOU (M). Maître d'hôtel à l'*Astoria* de Jérusalem.

ANDRÉANOU (Mme). Sa femme, maîtresse du gardien du séquestre.

BENLASSINE, Isaac. Juif yéménite, réfugié à Jérusalem, militant communiste.

BENLASSINE, Rachel. Sa femme.

BOBRETZBERG, Hans. Ancien ministre de Schuschnigg, directeur des émissions autrichiennes à Jérusalem. Monarchiste, il entretient des relations secrètes avec von Papen, grâce au Vatican, dans l'espoir de voir l'Autriche rétablir les Habsbourg.

BOBRETZBERG, Emmy. Sa femme.

BUTLER (M). Directeur de la police à Jérusalem.

BUTLER, Pamela. Sa sœur, lui sert d'indicatrice à l'occasion. Missionnaire du Christian Science Movement.

CAMPBELL, Nancy. Femme de l'ambassadeur d'Angleterre en Irak. A quitté son mari pour Ronald Philpot avec qui elle passe quelques jours à Jérusalem avant qu'il ne rejoigne son escadrille d'aviation.

CHLIASKA, Rosa. Juive polonaise réfugiée à Jérusalem avec ses enfants et sa belle-mère. Gagne sa vie comme blanchisseuse. Le sort de son mari, resté en Pologne, est inconnu.

DAVIS, colonel. Agent de l'Intelligence Service.

FELDMANN-ROSENTHAL, Anna. Gérante de pension dans l'immeuble Kohler.

FELDMANN, Sam. Son fils, 14 ans.

GARÉLAS, Vassilis. Militant communiste grec, mobilisé dans la 2e Brigade.

HADJIVASSILIS. Vieux Grec établi depuis longtemps à Jérusalem, allié à la famille Simonidis par sa femme.

KURTMEYER, Benny. Agent secret américain, chargé de la surveil lance discrète de Hans Bobretzberg.

LOIZIDIS. Épicier grec de Jérusalem.

MAKRIDIS. Lieutenant de la 2e Brigade. Réactionnaire.

MARIETOULA. Femme de Hadjivassilis.

MIELI, Nina. Médecin. Italienne acquise à la cause des antifascistes grecs. Maîtresse du Minus. Cache Simonidis chez elle lorsqu'il doit quitter la pension Rosenthal-Feldmann.

LE MINUS. Militant communiste grec que Manos désigne parfois sous son autre surnom : « Tête-coupée ». Dans cette expression, il faut voir une allusion à une attraction foraine grecque : la tête d'un homme « sans corps » débite des discours interminables. Le Minus, stalinien endurci, ambitieux, donne dans le verbalisme et la logomachie.

NICHOLSON, Mike. Lieutenant américain qui a eu une courte liaison avec Emmy. Son appartenance aux services secrets lui a permis de faire nommer Hans à Jérusalem et de jeter Emmy dans les bras de Benny Kurtmeyer.

PHILPOT, Ronald. Professeur, anglais, mobilisé dans la RAF, amant de Nancy.

RICHARDS, Robert (Roby). Professeur, appartient à l'IS Hellénisant, il a été chargé des émissions en grec à Jérusalem. Il sympathise avec Manos Simonidis, ce qui lui vaut d'être rappelé au Caire, les autorités anglaises craignant qu'il ne trahisse la politique de Churchill.

RAPESCO, Michelle. Française, veuve d'un Roumain. Commandant dans les FFL, elle fait partie du 2e Bureau.

SCHRAMEK (Mlle). Tchèque réfugiée à Jérusalem, dactylo dans l'armée anglaise.

SIMONIDIS, Emmanuel (Manos). Communiste grec arrivé clandestinement en Palestine après la défaite. Déserte de la 2e Brigade dans le dessein de rejoindre la Résistance en Grèce. Il vit sous le nom de Caloyannis à la pension Rosenthal-Feldmann. A rompu avec ses camarades à la suite d'un différend avec Le Minus.

THÉOPHILOS. Moine à Saint-Saba où il est entré dans les ordres après avoir violé sa sœur. Ami d'enfance du Minus, il accepte de cacher des documents au monastère.

VASSILIKI. Grand-mère de Manos.

Sergent WINTER. Agent de l'IS. Chargé, en particulier, de surveiller l'action des résistants ou des militants grecs. Tient Simonidis pour l'un des plus dangereux.

Commandant YASSEMIS. Grec mobilisé dans les services de l'Intendance, trafique avec Adam.

(On retrouvera certains de ces personnages dans les deuxième et troisième parties de la trilogie.)

2. ARIANE

ALLÉGRA. Jeune juive italienne, mariée à un employé de banque plus âgé qu'elle, a eu successivement pour amants Bruno, Stamatis Saridis et Manos.

ARIANE. Grecque fixée depuis longtemps en Égypte, épouse de Dionyssis Saridis. C'est un des personnages-clés de cette deuxième partie du roman : sans le vouloir, elle détient les fils de l'intrigue et ce n'est pas sans raisons que l'auteur lui a donné son prénom. Les Égyptiens l'appellent parfois « Om'Mekhali », mère de Michel.

BERTON. Archéologue français, helléniste.

BOLBOL. Jeune garçon qui fait partie d'une bande dominée par l'aveugle Cheikh Saltam.

BRUNO. Amant d'Allégra, interné par les Alliés pour ses opinions fascistes.

CALLINIQUE, Papacallinique, dit Abdoulmedjit. Grec de Turquie, a rejoint la Syrie à pied pour s'engager dans la Brigade.

CHEIKH SALTAM. Jeune aveugle qui fréquente l'école coranique. Exerce son autorité sur ses camarades en dépit de son infirmité.

FANIS. Militant communiste grec. Emprisonné par Métaxas, il a été délivré par ses camarades. Tuberculeux, il s'est quand même engagé dans l'armée. Il s'oppose souvent aux conceptions brutales et cyniques du Minus.

FILFIL. Jeune garçon de la bande de Cheikh Saltam.

FOTÉROS. Inscrit maritime. Militant de base. Il voue une admiration et une obéissance sans failles au Minus.

LE GÉNÉRAL (parfois désigné sous le diminutif familier de Didis). Militaire libéral, il s'est engagé dans la Résistance en Grèce. Machiavéliquement, Dora Mertakis, son ex-maîtresse réfugiée au Caire, réussit à le faire envoyer en URSS pour faciliter l'entrée de son mari dans le Gouvernement provisoire.

MERTAKIS. Ancien ministre grec en exil au Caire. Centriste sans scrupules, il accepte compromissions et trahisons pour satisfaire son ambition et celle de sa femme.

MERTAKIS, Dora. Se sert cyniquement des amants, anciens ou actuels : le Général, Peter, Yassemis, Le Minus.

NABOULION. Surnom donné à Tolbah, fils de Younès, homme à qui Ariane a sauvé la vie pendant les émeutes du Caire en 1919.

OUTAH. Jeune garçon de la bande de Cheikh Saltam.

Commandant PETER. Agent de l'IS, spécialement chargé des Affaires grecques et des rapports avec l'EDES.

RIGAUD. Dirigeant du PCF, en mission au Caire.

SARIDIS. Famille d'origine grecque, fixée au Caire. Elle comprend Ariane, la mère, Dionyssis, le père, garçon de café, et leurs enfants : Mikhalis, Stamatis, Costis, les jumelles Calliope et Uranie, et Nicos.

STOETLIN, Kurt. Allemand, ancien membre des Wandervogel, pacifiste, antinazi, ayant fui l'Allemagne dans les années 30. Interné par les Alliés dans un camp pour ressortissants étrangers, il est assassiné par des compatriotes à lui, hitlériens.

THÉMISTOCLE. Speaker à Radio-Berlin (émissions en grec). Avait logé chez les Saridis au temps où il faisait ses études de médecine pendant la guerre de 1914.

LORD THOMSON. Ambassadeur d'Angleterre au Caire, surnommé « le Grand Ours ».

LADY THOMSON, Gwendoline. Sa femme. Sœur de Ronald Philpot, l'amant de Nancy Campbell.

YOUNÈS EL MAHROUSS. Serveur dans une gargote, père de Naboulion. Il aime Ariane en silence.

3. LA CHAUVE-SOURIS

ALEXANDRE LE JEUNE. Pseudonyme d'un poète grec-égyptien, nationaliste.

LADY ATKINSON. Grecque d'Alexandrie mariée à un Anglais, liée à Lady Gwendoline.

ANTOINOS. Grand-oncle de Paraschos Voliadis qui l'évoque à travers ses souvenirs d'enfance. Antoinos s'était installé à Alexandrie en 1881, après le tremblement de terre de Chios.

AROYROS. Mère de Tonis, nièce d'Antoinos.

BROOKS, John. Tenancier de la pension *Protée* à Alexandrie. Personnage inquiétant, sert d'indicateur au commandant Peter. Durant les émeutes de 1922, a joué, sous le nom de Parker, le rôle d'agent provocateur.

BROOKS, Julia. Grecque, épouse de John. Sa mère fut la maîtresse de Brooks.

CAMPBELL, Charles. Ambassadeur d'Angleterre en Irak, époux de Nancy.

DÉMOSTHÈNE. Père légitime de Julia. Contrebandier, trafiquant. Pour échapper à la prison, a été contraint à l'exil par Brooks-Parker.

ÉLÉNI. Maîtresse du marin Pandélis.

LE GRAND-PÈRE. Frère d'Antoinos, père d'Argyro, évoqué par son petit-fils Paraschos.

HIPPOLYTE. Combattant de l'ELAS, a participé à la libération de Samos. Arrêté par les Allemands lors de la reprise de l'île, il a réussi à gagner l'Égypte.

JACQUES. Banquier belge, amant de Marie-Claude.

KARKALÉMIS. Vieux syndicaliste qui fut un ami d'Antoinos et du Grand-Père et qui reprend la lutte aux côtés des Grecs lorsqu'éclate la mutinerie.

MARIE-CLAUDE. Fille d'un premier mariage de Lady Atkinson. Artiste peintre, maîtresse de Jacques.

PANDÉLIS. Marin grec, amant d'Éléni, participe à la mutinerie.

PARASCHOS. Cousin éloigné de Manos. Employé dans une maison d'exportation à Alexandrie. Mène une vie tranquille jusqu'au moment où, malgré lui, il doit aider Manos et ses camarades.

PYGMALION. Soldat grec tombé dans un piège et assassiné par la faute du Minus.

THANASSIS, dit « la Veuve ». Quartier-maître. Militant communiste, participe à la mutinerie.

TONIS. Fils d'Argyro, cousin germain de Paraschos. Trafiquant indicateur. A été l'amant de Julia.

VON WESTHOLEN, Richard. Ami de Kurt Stoetlin, arrivé en Égypte en même temps que lui. Surnommé Ricchie. A pris le nom d'Abdourrahman en renonçant à sa nationalité. Il entretient des relations louches avec Brooks-Parker.

(D'autres personnages, très épisodiques, sont évoqués dans ce volume à travers les souvenirs de Paraschos et réapparaissent fugitivement tels Dinos, Tapsis, Thalia, L'Écervelée, Aliki, Italia…)

Sigles

EAM : Front national de Libération.
ELAS : Armée populaire de Libération.
EKKA : Ligue nationale sociale de Libération.
EDES : Armée grecque démocratique nationale.
ASO : Organisation antifasciste de l'Armée de terre.
AON : Organisation antifasciste de la Marine.
AOA : Organisation antifasciste de l'Aviation.
OENO : Fédération des organisations de la marine marchande grecque.
PEEA : Comité provisoire de Libération nationale.
EAS : Ligue hellénique de Libération.
EON : Organisation nationale de la Jeunesse (créée par Métaxas).
EPON : Fédération panhellénique de la Jeunesse (extrême gauche).
ELAN : Marine populaire de Libération.
NAFI : Institut des forces armées Terre, Mer, Air.
ATS : Service territorial auxiliaire.
YMCA : Association des jeunesses chrétiennes.
WRNS : Service féminin de la marine royale.
GUESS : Camp général d'entraînement et d'instruction militaire.
OWW : Sigle imaginé par l'auteur pour ne pas désigner un service réel d'espionnage allié.

RÉALISATION : NORD COMPO À VILLENEUVE-D'ASCQ
IMPRESSION : CPI FRANCE
DÉPÔT LÉGAL : JUIN 2021. N° 148058 (3042909)
IMPRIMÉ EN FRANCE